W0411073

ET JE TE DONNERAI LES TRÉSORS DES TÉNÈBRES

DU MÊME AUTEUR

Vietnam sanglant, Stock, prix Albert Londres, 1967
Les Trublions, Stock, 1968, Scali, 2008
Les Orangers de Jaffa, France Empire, 1974, Presses de la Renaissance, 2003
Albanie, sentinelle de Staline, Seuil, 1979
Histoires vécues, L'Archipel, 1993
Madame l'étoile, Flammarion, 1997
La Frontière des fous, Flammarion, prix Vérité, 1998
Le Chant du Farou, Alzieu, grand prix international de Poésie francophone, 2000
Chaman, Presses de la Cité, 2002
Fura-Tena, Presses de la Cité, 2004
Pour qu'il ne meure jamais, Calmann-Lévy, 2010

Jean Bertolino

ET JE TE DONNERAI LES TRÉSORS DES TÉNÈBRES

roman

Collection dirigée par Jeannine Balland

calmann-lévy

© Calmann-Lévy, 2014

Couverture
Maquette : Atelier Didier Thimonier
Photographies : © Robbie Shone (grotte)
© Collection Roger-Viollet (saint suaire)

ISBN 978-2-7021-5527-1

PRÉAMBULE

« Il est permis de violer l'histoire à condition de lui faire un enfant », disait Alexandre Dumas. Si l'histoire est une femme, comme il le laisse entendre, pourquoi donc l'outrager ? Moi, je préfère la chérir.

L'action de mon roman se déroule en 2013 mais elle s'appuie sur des faits qui ont eu lieu en Savoie au XIIIe et au XVIe siècle. En 1248, le mont Granier s'est vraiment effondré. Il a fait des milliers de victimes, partiellement détruit deux villages et en a englouti cinq, dont un bourg, Saint-André, siège du décanat de Savoie. Son doyen se nommait réellement Jacques ou Guillaume Bonivard, transformé par mes soins en Jacques-Guillaume pour être sûr de ne pas me tromper. Ce religieux a effectivement aidé le pape d'alors, Innocent IV, pourchassé par les séides de l'empereur Frédéric II de Hohenstaufen, à se réfugier à Lyon et a obtenu en récompense les bâtiments et les terres d'un monastère qui jouxtait sa propriété. C'est précisément le soir où il célébrait avec des amis cette acquisition nouvelle que la montagne s'est écroulée sur lui, ensevelissant au passage presque toutes les localités de la vallée sous des tonnes de roc, de gravats et de boue.

Autre précision de taille : le saint suaire, aujourd'hui conservé à Turin, a auparavant séjourné dans la sainte chapelle du château de Chambéry de 1502 à 1578. En 1516, le duc Charles III de Savoie montra la relique à François Ier, vainqueur de la bataille de Marignan, et à Léonard de Vinci qui le suivait en France. Dans la nuit du 3 au 4 décembre 1532, elle échappa de justesse à un incendie et les archives me permirent même de retrouver l'identité de l'homme qui la sauva des flammes. Par ailleurs, un mini-état musulman, dépendant de l'émirat de Cordoue, a bel et bien existé au Moyen Âge pendant presque un siècle, en Provence, et la Maurienne, comme vous le verrez, lui doit sans doute son nom.

Voilà quelques-unes des réalités sur lesquelles s'est bâti ce roman. Il y en a beaucoup d'autres. Je remercie dame Histoire d'avoir supporté mes étreintes pendant plus de trois ans avant que puisse naître *Et je te donnerai les trésors des ténèbres*, des trésors qu'elle m'a fait découvrir et qu'il eût été très égoïste de garder pour moi seul.

LE GRAND CHAMBARDEMENT

Cela faisait plus d'un mois qu'il pleuvait. De la montagne gorgée d'eau jaillissaient des cascades qui dévalaient les pentes en mugissant. Elles emportaient tout sur leur passage et allaient se jeter dans l'Isère qui, par endroits, avait débordé de son lit. Dans les villages agrippés sur les pentes, les paysans inquiets n'osaient plus s'aventurer vers les pacages tant les chemins étaient devenus impraticables. Parfois caressés par un rayon de soleil, de lourds nuages généraient, en déversant leur trop-plein, des arcs-en-ciel qui fascinaient tous ceux qui avaient le bonheur de les voir. Convaincus d'assister à un phénomène divin, les gens se signaient et faisaient des vœux.

Pourtant, plus les jours passaient plus l'angoisse augmentait. Parfois, dans la nuit, les villageois étaient réveillés en sursaut par des craquements qui les terrorisaient et affolaient les basses-cours. Les coqs se mettaient à chanter bien avant l'heure. Les chiens leur répondaient par des concerts d'aboiements et, dans les étables, les vaches poussaient des meuglements déchirants.

Au fond de la vallée martelée par les averses, le bourg de Saint-André se devinait à peine. Puis, un jour, la pluie cessa et le soleil fit resplendir ce paysage mouillé. Était-ce la fin du déluge ? Les vilains qui peuplaient les versants en furent persuadés et dansèrent à la veillée avec leurs gros sabots, au son des vièles. Durant la nuit, plusieurs secousses ébranlèrent le sol. La frayeur devint telle que même les animaux en restèrent cois et, dans une ambiance de fin du monde, le mont Granier, tel un fauve prêt à bondir, grogna très longtemps en sourdine. Tous se réfugièrent dans les églises pour prier.

Au petit matin, ils crurent au miracle. Rien ne s'était produit. Les grondements avaient cessé. Jamais journée ne fut aussi belle. Le ciel s'était enfin débarrassé de tous les cumulus qui le rendaient si sombre. L'or et l'azur coloraient la campagne dans un concert de gazouillis rassurants. Hommes et femmes se remirent à l'ouvrage. Coqs, chiens, vaches retrouvèrent leurs voix.

Après la traite du soir, les paysans s'attardèrent à contempler la vallée. À Saint-André, des lumières luisaient dans le crépuscule. C'était rare. À cette heure, d'ordinaire, la bourgade était plongée dans le noir. Il devait y avoir une fête chez le doyen. Peut-être y célébrait-on le retour du beau temps. Une femme soupira : « *Vâ miu touâ lo djable kè lo djable vo twai*[1] ». Le diable, eh oui, ils y pensaient, les pauvres. Qui d'autre que lui, à part Dieu – mais Dieu n'allait tout de même pas les punir pour avoir fait un peu de contrebande avec les voisins dauphinois –, pouvait faire planer sur eux de telles menaces et avoir la force d'ébranler ainsi leur montagne ? La hulotte poussa son cri habituel. À tour de rôle, les chiens aboyèrent, comme des sentinelles en faction. On cassa des noix à la veillée en se faisant peur avec de sinistres légendes.

Au même moment, dans le bourg, messire Jacques-Guillaume Bonivard ripaillait avec les hobereaux du voisinage pour célébrer l'acquisition d'un prieuré qui jouxtait son propre domaine. Le pape Innocent IV, en exil à Lyon, le lui avait octroyé ainsi que toutes les terres qui en dépendaient,

1. « Il vaut mieux tuer le diable que ce soit le diable qui nous tue. »

en échange de services rendus. Quelques heures plus tôt, sans ménagement, le nouveau maître des lieux avait chassé tous les bénédictins qui y résidaient. Accablés de chagrin, ceux-ci étaient allés se réfugier dans la chapelle voisine de Myans pour implorer le ciel de leur venir en aide.

Vers vingt-trois heures, ce 24 novembre, les villageois allèrent se coucher. Ils étaient presque endormis quand, brusquement, les aboiements cessèrent. Le silence était si intense qu'il les tira de leur premier sommeil. Soudain, un fracas terrifiant les cloua sur leurs paillasses. Leurs masures se mirent à glisser de plus en plus vite. La terre se déroba. La chute fut vertigineuse. Les grondements couvraient leurs cris. En basculant d'un coup, toute une partie du Granier les plongea dans les ténèbres.

Ce séisme engloutit cinq villages[1]. La tradition orale prétendit que grâce à l'intervention de la Vierge de Myans qui aurait repoussé de la main le terrible déferlement des rocs et des boues, l'éboulement se serait arrêté juste devant la chapelle. En constatant qu'ils étaient les seuls survivants, les moines, hébétés, se seraient alors prosternés aux pieds de la Madone en criant au miracle. Au petit matin, le paysage n'était plus le même et des hauteurs de Montmélian, les badauds contemplaient abasourdis le chaos fumant qui avait anéanti la vallée…

1. Les cinq paroisses qui ont été entièrement ensevelies sont : Cognin, Vourey, Granier, Saint-Péran, Saint-André. Myans et Les Marches – anciennement appelé Mur – furent, elles, partiellement détruites.

1

LA MALLE DU PAPE

Sept cent soixante-cinq ans plus tard, en 2013…

Le mont Granier présente encore de beaux restes culminant à mille neuf cent trente-trois mètres et sa paroi nord – un à-pic de presque mille mètres qui se dresse, menaçant, au-dessus de la cluse de Chambéry – est comme la cicatrice de l'effondrement de jadis. Personne, dans la région, n'a oublié cette nuit fatidique et ses milliers de morts. La légende continue d'attribuer l'arrêt de l'éboulement à la Vierge de Myans. Depuis, la chapelle qui abrite sa statue est l'objet d'une dévotion particulière et des pèlerins, venus parfois de très loin, l'ont couverte d'ex-voto.

La montagne elle-même, qui fait partie du massif de la Grande-Chartreuse, connue pour ses multiples réseaux souterrains, exerce sur les jeunes une forte attirance. Ils sont nombreux à vouloir l'explorer dans l'espoir d'en percer les mystères.

C'était, en ce matin d'avril, le cas de Joël, Xavier, Alexis et Nadine. Ils s'étaient donné rendez-vous à la brasserie du port d'Aix-les-Bains. Les trois garçons, étudiants en médecine, s'étaient rencontrés durant leur spécialisation en gastro-entérologie à Grenoble. La jeune femme préparait dans la même ville un master d'histoire à l'université Pierre-

Mendès-France. Elle avait fait leur connaissance en Chartreuse, à l'entrée de la grotte du Curé qu'elle comptait explorer seule. Ils l'avaient invitée à se joindre à eux et, depuis cette excursion, ils étaient devenus inséparables. Unis par une même passion pour la spéléologie, ils avaient fini par former une équipe soudée. Chaque fois qu'ils en avaient l'occasion, ils allaient se confronter aux cavernes les plus difficiles de la région. Joël et Xavier, qui habitaient Chambéry, étaient les fils de deux médecins réputés dans la capitale des ducs. Les parents de Nadine tenaient un magasin d'antiquités, à deux pas du grand casino aixois, et ceux d'Alexis le restaurant où ils déjeunaient aujourd'hui.

Depuis leur première rencontre, deux ans plus tôt, ils avaient visité presque toutes les grottes connues du Dauphiné et de Savoie. Entre celles de la Grande-Chartreuse, du Vercors et des Bauges, moult fois, ils avaient eu l'occasion de s'émerveiller ou de s'infliger des frayeurs. Maintenant, ils souhaitaient réaliser une première, mais laquelle ? Tout avait déjà été fouillé, répertorié dans la région. Jusque-là, ils n'avaient fait que suivre les traces des pionniers qui avaient balisé le terrain, laissé leurs pitons sur les falaises ou les surplombs, voire donné leurs noms aux sites qu'ils avaient découverts. Pourquoi devaient-ils refaire sans cesse les mêmes itinéraires ? Trouver des cavernes vierges de toute intrusion humaine récente, être les premiers à déjouer leurs pièges, à surmonter leurs obstacles, à, qui sait ? tomber sur des peintures pariétales, ce projet alimentait leurs conversations depuis déjà plusieurs mois. Plus les jours passaient, plus il se muait en obsession.

Une question les taraudait. Où prospecter pour trouver la faille magique, celle qui les conduirait vers des profondeurs encore inexplorées ? Ce n'est pas qu'ils couraient derrière la célébrité, mais tous les quatre rêvaient de voir leurs efforts récompensés.

Ce jour-là, Nadine leur fit part d'une trouvaille qu'elle venait de faire dans le cadre de ses études.

– J'ai relu les chroniques sur l'effondrement du Granier. J'y ai trouvé des choses passionnantes, par exemple que le titulaire du décanat de Savoie, Jacques-Guillaume Bonivard, celui qui a pris la montagne sur la tête, était dans les meilleurs termes avec le pape de l'époque, Innocent IV.

Alexis l'interrompit :

– A-t-on besoin de remonter si loin pour répondre à nos souhaits ?

– Laisse-la finir, intervint Xavier.

En s'efforçant d'être la plus limpide possible, elle leur expliqua qu'au XIIIe siècle l'Italie, déchirée par un conflit opposant les bourgeois, partisans du pape, et les féodaux, fidèles au Saint Empire romain germanique[1], avait obligé le saint-père, qui ne se sentait plus en sécurité à Rome, à envisager un exil à Lyon, une ville libre, non concernée par cette querelle.

Nadine planta son regard clair dans celui d'Alexis.

– Et c'est là que cela pourrait devenir intéressant pour nous. Grâce à son influence auprès du comte de Savoie, ce Bonivard obtint en 1244 un sauf-conduit pour Innocent IV qui, via le lac du Bourget, le canal de Savières et le Rhône, fut acheminé par bateau à Lyon où on lui fit un triomphe. Il y resta cinq ans.

– Ton cours d'histoire médiévale va finir par nous couper l'appétit, la taquina Joël.

Elle comprit qu'elle ne capterait pas plus longtemps leur attention si elle n'en venait pas directement aux faits.

– Quand le pape a franchi le mont Cenis, plusieurs mulets suivaient sa mule blanche dont un portant un coffre pondéreux. J'ai trouvé cette précision dans les archives de l'archidiocèse de Turin. Eh bien, sache, mon vieux, que ce coffre avait disparu lorsqu'il débarqua à Lyon et que le pape n'avait dans ses bagages aucun objet de valeur. Or il a bien

1. Il s'agit là du conflit entre guelfes, partisans du pape, et gibelins, alliés à Frédéric II de Hohenstaufen.

dû emporter de quoi se permettre un exil confortable. Je me suis dit que, s'il était arrivé ainsi, sans argent, c'est qu'il s'était délesté en cours de route de la malle qui devait contenir sa cagnotte !

Xavier se pencha vers elle.

– Tu t'es dit, tu t'es dit, mais as-tu des preuves ?

– Les textes sont formels sur ce point. Ce n'était d'ailleurs pas dans les habitudes du haut clergé de l'époque et à plus forte raison de l'évêque de Rome de voyager léger.

Elle se mit à parler plus doucement, ce qui les obligea à tendre l'oreille.

– Je pense qu'il y avait une réelle complicité entre Bonivard et Innocent IV et que le saint-père, de crainte de se le faire faucher par les agents de l'empereur lancés à ses trousses, lui avait confié son trésor.

Elle fit une pause. Trois paires d'yeux, soudain allumés par la curiosité, la sommèrent de poursuivre.

– Et si cette malle du pape qu'on n'a jamais retrouvée était cachée ici, chez nous, dans une cave encore inexplorée ? Réfléchissez bien. Où pouvait-elle être le plus en sécurité ? Chez l'ami Bonivard, évidemment, qui disposait en Chartreuse, tout à proximité de son fief, de nombreuses grottes secrètes pour la dissimuler.

– Pure spéculation, souligna Alexis. Pourquoi le pape aurait-il remis son or à ce Bonivard ? N'avait-il pas d'ami plus sûr ? Le comte de Savoie, par exemple. On ne va pas se mettre à fouiller la région de fond en comble pour vérifier tes élucubrations.

Xavier lui fit signe de se calmer.

– Si on devait attendre d'avoir des certitudes pour passer à l'action, on ne ferait pas grand-chose. L'idée de Nadine me plaît, à moi.

– Amédée IV de Savoie était vassal de l'empereur, précisa-t-elle. Faire passer, même discrètement, le pape par ses terres était déjà très téméraire – l'empereur n'était pas tendre avec ceux qu'il considérait comme des félons –, il n'allait pas en plus prendre la décision de cacher l'or du Vatican à son suzerain qui le guignait.

Perplexe, Alexis, dans un geste familier, gratta son menton glabre comme si une barbe imaginaire le démangeait. Elle s'en agaça.

– Tu doutes encore !

– Oui !

– J'ai un autre argument pour te convaincre. Les Bonivard étaient de bons financiers. Jacques-Guillaume avait un frère, Boniface, qui gérait à Vevey, au bord du lac Léman, un autre domaine prospère ainsi qu'une officine de prêt, rue du Crêt, à Lausanne. C'est surtout par ses activités bancaires que cette famille avait acquis de l'influence et, si le comte de Savoie ne pouvait rien lui refuser, c'est parce que, sans aucun doute, comme bien d'autres seigneurs, il était son débiteur.

Toujours aussi dubitatif à l'égard de cette histoire qui lui paraissait fantaisiste, Alexis s'obstina :

– Enfin, si magot il y avait, il aurait pu être mis en sécurité en Suisse. Pourquoi pas à Lausanne, justement ?

– Cela n'aurait pas été très discret, souligna-t-elle. Il y aurait forcément eu des fuites. À mon avis, la cache du Granier était la plus sûre. Personne ne rôdait la nuit dans ces parages peuplés de brigands et de contrebandiers. Bonivard, lui, le pouvait. En plus de son rôle de conseiller auprès du comte, il contrôlait aussi, en tant que seigneur du lieu, les activités des malfrats qui opéraient sur ses terres. C'était un mafieux avant l'heure.

– Mais alors, pourquoi donc le pape lui aurait-il fait confiance ?

– Parce qu'il était aussi un ecclésiastique, et pas n'importe lequel, le plus gradé du comté, une sorte de sous-évêque auquel le saint-père avait peut-être fait miroiter la mitre. N'était-ce pas une caution suffisante ?

– Prêtre et mafieux à la fois, il faut le faire, soupira Xavier. Ton Bonivard était décidément un drôle de chrétien.

Nadine acquiesça en souriant.

– C'était un féodal avant tout. L'Église aussi avait ses grands filous.

– Et pourquoi le pape n'aurait-il pas confié sa cagnotte au roi de France réputé pour sa foi et son honnêteté ? s'étonna Joël. Là, au moins, ça aurait été plus sûr.

– Tu rigoles ! Saint-Louis, étant parti en croisade en Égypte, n'allait pas tarder à se faire capturer par les Sarrasins. Sa mère, Blanche de Castille, n'aurait-elle pas été tentée de piocher dans la caisse papale pour payer sa rançon ? Non ! Éminence grise, homme de l'ombre, discret, ambitieux, retors et rêvant d'un évêché, Bonivard était un dépositaire parfait.

– Et comment a réagi le pape après l'éboulement du Granier ? questionna Xavier.

– Il a certainement envoyé des observateurs sur place qui, au vu des dégâts, furent convaincus que la précieuse malle avait été ensevelie. Boniface, le frère de Jacques-Guillaume, qui avait sans doute, lui aussi, interprété cet événement comme un châtiment divin, a pu le lui confirmer. Après une telle tragédie, qui aurait eu l'audace, au risque de voir la montagne piquer une seconde colère, d'aller sortir cette malle de sa cachette ?

– Ça fait beaucoup de suppositions, marmonna, goguenard, Alexis. Si ma tante en avait…

– J'ai vraiment bossé sur ce sujet, dit Nadine, au bord du découragement. Ça tient la route.

Ils l'aimaient tous bien et même plus que bien, même si elle refusait d'être pour eux autre chose qu'une camarade. Alexis Villard était le plus mordu et c'est sans doute pour cela qu'il était aussi le plus mordant.

– C'est un projet tentant, reconnut Xavier, mais où fouiller ?

– Tout autour du Granier, répliqua-t-elle. Je suis sûre qu'il n'a pas livré tous ses secrets. Si une partie importante du massif s'est effondrée, c'est parce qu'elle était truffée de torrents souterrains qui ont fini par la miner. Et qui dit torrent dit goulets, siphons, caves, trémies. Jadis, déjà, les anciens affirmaient que cette montagne était un vrai gruyère.

– Le problème, fit Joël, c'est de trouver le bon trou.

– Eh bien, il faut le chercher, rétorqua Xavier.

Alexis fut le seul à émettre encore une objection.

– On connaît bien le Granier. À l'exception de la grande paroi réservée aux alpinistes les plus chevronnés, nous l'avons escaladé des dizaines de fois et fouillé pas mal de cavités. S'il y avait eu le moindre indice digne d'intérêt, il aurait retenu notre attention, tu ne crois pas ?

Nadine refusait de s'avouer vaincue.

– Mais il reste des tas de galeries à explorer, Alex. Pourquoi es-tu systématiquement négatif ? C'est chiant à la longue !

– Bon, céda-t-il, par où veux-tu commencer ?

Elle sourit.

– J'ai un instant pensé aux pierriers de la face nord, au-dessus du lac Noir.

– Une cache dans ces parages aurait été broyée, ensevelie par l'effondrement de la montagne, fit-il remarquer.

– Sauf si elle était située plus en profondeur, observa Joël.

Avec le coude appuyé sur la table, le menton reposant sur son poing et son air concentré, Xavier semblait jouer au penseur de Rodin.

– Dans ce cas, dit-il, c'est son accès qui aurait été obstrué, mais elle serait toujours là, quelque part derrière la roche, juste au pied de la falaise. Pour la localiser, il nous faudrait un géoradar. Leurs ondes traversent même le béton le plus épais.

– Tu divagues, mon pote ! s'exclama Joël. Un géoradar aussi performant, c'est hors de prix. Seuls quelques scientifiques peuvent s'en procurer grâce à des aides d'État.

– Je crois que ça se loue aussi, dit Nadine.

– Avec le ou les techniciens pour le faire fonctionner. Et c'est ça qui coûte cher, précisa Xavier.

La défiance d'Alexis refit brusquement surface.

– Je serais quand même très étonné que d'autres, avant nous, n'aient pas eu la même idée et n'y aient renoncé à cause des difficultés. Le Granier est l'une des montagnes les plus fréquentées de la région. Des centaines de randonneurs, de spéléos, de chercheurs de trésor en tous genres rôdent dans ce secteur depuis des décennies.

– Ce qu'il dit est plein de bon sens, admit Joël.

Quand ils arrivèrent au dessert, l'enthousiasme presque général s'était mué en scepticisme. Furieuse d'être revenue à la case départ, Nadine s'écria :

– Bande de défaitistes, c'est un beau projet ! Fonçons au lieu de ratiociner !

Se faire ainsi étriller par la seule femme de l'équipe blessa un peu leur amour-propre.

– M'est avis qu'il faudrait monter un dossier solide puis le proposer au département et à la région pour obtenir des subventions et des aides techniques. On n'a pas les moyens d'agir seul, déclara Joël. C'est l'étape la moins excitante et pourtant la plus nécessaire pour la suite des opérations.

Contrairement à toute attente, Alexis approuva.

– Oui, Nadine, puisque c'est toi l'historienne du groupe, tu peux pondre la première mouture ? Après, on s'y mettra tous pour en faire un document crédible et attractif. Il faut qu'on nous prenne au sérieux dès le premier contact.

Elle se retint de protester devant cette sous-estimation de ses capacités pour ne pas interrompre la tournure positive que prenait enfin la discussion.

Xavier les mit en garde et prôna une autre solution :

– Si nous étalons notre projet au grand jour, même si c'est pour obtenir des aides, vous verrez qu'on va nous le piquer. Il y aura des archéologues, des géologues qui s'y attelleront et on sera très vite écarté. Je crois, moi, qu'il faut se débrouiller seuls, trouver les bons sponsors, comme ces fabricants de géoradars par exemple, et garder la maîtrise des opérations.

– Tu en connais ? fit Alexis.

– Je connais une société russe, Geotechnik, spécialisée dans le matériel de grande précision. C'est à elle qu'il faudrait présenter notre dossier quand il sera achevé et, si elle refuse, on s'adressera à la concurrence.

– Ces Ruskofs, tu crois qu'ils sont honnêtes, eux ?

– Honnêtes, j'en sais fichtre rien. Ce que je sais, c'est que Geotechnik a déjà sponsorisé des fouilles archéologiques au Moyen-Orient, en Grèce, au Mexique. C'est une référence. Je pense que, si on parvient à les allécher, on sera contacté.

Xavier se tourna vers Nadine.

– Il faut leur pondre un dossier en béton. Ces boîtes aussi ont besoin de se faire de la pub et s'attaquer à la recherche du trésor des guelfes, ça va les exciter, c'est certain.

– Le trésor des guelfes ? Il n'y a jamais eu de trésor des guelfes, protesta Nadine.

– Qu'en sais-tu ? Les partisans du pape se sont peut-être cotisés pour que le saint-père ne manque de rien pendant son exil. Qui te dit que ce ne sont pas leurs donations qui se trouvent dans cette malle ?

Au café, elle avait gagné. Le ciel et le lac étaient d'un bleu limpide. Seul un tout petit nuage flottait au-dessus de la dent du Chat, comme une fumerolle. Quand ils se séparèrent, une jubilation intérieure les faisait rayonner, Alexis un peu moins que les trois autres. Ils se voyaient déjà déboucher dans une grotte aux coffres débordant de pièces d'or et de pierreries scintillantes.

2

UNE SOURDE TERREUR

Deux mois plus tard, le concessionnaire français de Geotechnik contacta Xavier, qui s'était chargé d'envoyer le projet et les CV de l'équipe par courriel, et lui laissa son numéro de mobile. C'était un mardi. Étant tous les quatre en cours à Grenoble, ils décidèrent de se retrouver pour déjeuner au snack d'Arsonval, un restau U proche du centre-ville. Il y avait trop de brouhaha dans la salle pour parler sérieusement. Afin de poursuivre au calme leur conversation, ils émigrèrent, à bicyclette ou en scooter, au Bookworm café, un salon de thé bibliothèque, très *british style*, sur les bords de l'Isère.

Dès qu'ils furent tous attablés, Joël émit un petit sifflement d'appréciation.

– Didier de La Renardière... Les Ruskofs ne se refusent rien. Un aristo, ça inspire confiance.

– On l'appelle et on voit ce qu'il nous propose, décida Nadine. Allez Xavier, vas-y, compose le numéro...

Le directeur pour la France de Geotechnik semblait avoir pris leur affaire au sérieux et se déclarait prêt à les aider.

– Écoutez, conclut-il, je n'aime pas beaucoup m'étendre au téléphone. Le mieux est de se rencontrer. Je serai à Grenoble, au Parc Hôtel, dans une semaine. Je vous ferai signe dès mon arrivée et nous discuterons de tout ça, tranquillement, devant un verre. Venez avec toute l'équipe, que je puisse connaître l'avis de chacun de vous, OK ?

Xavier n'eut même pas le temps de lui répondre : M. de La Renardière avait déjà raccroché.

– Nous avons un rendez-vous, balbutia-t-il d'un ton presque incrédule.

– Ici, à Grenoble ! s'écria Nadine. C'est génial !

– Pourvu qu'il nous rappelle, dit Alexis.

– Il nous rappellera, affirma-t-elle.

Joël se leva en s'adressant à ses deux condisciples :

– À seize heures, on a cours. Allez, on se bouge !

– Bon sang ! moi aussi, je dois y aller ! s'exclama Nadine en vérifiant l'heure à sa montre.

– On célèbre l'événement ce soir ? proposa Xavier.

Alexis se montra égal à lui-même.

– Ne vendons pas la peau de l'ours… Attendons que ça se concrétise.

En se quittant, trois sur quatre exultaient et le quatrième commençait à y croire.

Didier de La Renardière, qu'ils avaient imaginé très collet monté – costard cravate, chaussures briquées et attaché-case –, les désarçonna. Grand, brun, les yeux clairs, la quarantaine sportive, chemise et pantalon de lin, Repetto blanches, il avait plus l'air d'un dandy que d'un directeur général, mais d'un dandy sans afféterie, au regard net et à la poignée de main ferme. Tout pour leur plaire.

– Allons droit au but, leur dit-il après les avoir invités à s'asseoir dans le salon de sa suite. Notre appareil peut détecter des vacuums jusqu'à cent mètres de distance. Le problème ensuite, c'est d'y accéder.

Il se tourna vers Nadine.

– Ne trouvez-vous pas troublant que Bonivard se soit fait engloutir avec tous ses amis alors qu'il fêtait l'acquisition du prieuré et que l'éboulement se soit arrêté juste devant la chapelle où les moines avaient trouvé refuge ?

– Cette coïncidence a beaucoup troublé, croyez-moi, répondit-elle. Saint-André, situé au croisement de plusieurs vallées, aurait pu devenir la capitale du duché sans cet effondrement qui a fait des milliers de victimes. Au début, on a cité le chiffre de dix mille morts. Depuis, l'évaluation a été revue à la baisse et on suppose qu'il y en aurait eu environ cinq mille, peut-être moins. C'est pourquoi certains y ont vu la main de Dieu, d'autres, celle du diable.

– Il est curieux, s'étonna le directeur de Geotechnik, qu'on n'ait pratiquement aucun témoignage direct. Pourtant, vous dites bien dans votre dossier que le comte Amédée IV de Savoie vivait à Montmélian ou à Saint-Jean-de-Maurienne, c'est-à-dire tout à côté du séisme. Pourquoi n'y a-t-il jamais fait allusion dans sa correspondance avec les cours d'Europe ? Bizarre, non ?

Nadine approuva.

– Je crois que la stupeur et la crainte que cela puisse se reproduire ont fait taire tout le monde. Vous connaissez l'expression : « Ne parle pas de malheur. » Sans doute les gens avaient-ils peur d'attirer sur eux la malédiction en évoquant cet événement. Beaucoup n'osaient même plus regarder la montagne. Aujourd'hui encore, on la craint et on s'en méfie.

– Et cette fameuse vierge noire de Myans, qui aurait arrêté le séisme, a-t-elle toujours autant de succès ?

– Oui, et pourtant elle n'a été mise là que bien après le cataclysme. L'Église s'est bien gardée de le mentionner. Les miracles servent si bien sa cause.

Le patron de Geotechnik riva son regard sur celui de Nadine, comme s'il cherchait à lire dans ses pensées.

– Quelles preuves avez-vous que la malle existe vraiment et qu'elle est cachée quelque part dans le Granier ?

– Aucune, avoua-t-elle. J'ai seulement de fortes présomptions, étayées par des chroniques de l'époque, révélant qu'entre le mont Cenis et Lyon, où le pape a débarqué sans le sou, un coffre, pardonnez le jeu de mots, s'était fait la malle ! J'en ai donc déduit qu'il avait été confié au doyen Bonivard chez qui Innocent IV a fait une halte au cours de son déplacement.

– En tout cas, bravo pour votre dossier. Il est sacrément bien ficelé et vous avez réussi, malgré tous les aléas de votre histoire, à piquer ma curiosité.

– Alors, vous nous faites confiance ?

Il fit signe que « oui » et, pour la première fois, prit le temps de dévisager attentivement les membres de l'équipe avec laquelle il prévoyait de travailler. Châtain aux yeux noirs, le filiforme Xavier, un mètre quatre-vingt-dix, devait avoir l'esprit aussi affûté que son corps vêtu d'un perfecto et d'un pantalon beige. Cheveux roux, taches de rousseur évidemment, iris bleu clair, Joël, en chemise blanche, jean et baskets, avait la corpulence d'un demi de mêlée et sans doute une ténacité conforme à son physique. Sous les boucles blondes d'Alexis, un regard gris pâle le fixait d'un air dubitatif et le directeur de Geotechnik vit, dans ce grand gaillard aux fines attaches, un sceptique à l'enthousiasme mitigé. « Tant mieux, se dit-il, ce n'est pas plus mal qu'il y ait un élément modérateur dans le lot. » C'est sur l'ensemble marron clair discrètement moulant de Nadine que son regard finit par aboutir avant de s'arrêter sur ses yeux pervenche qui ne cillèrent pas. Elle rompit le silence :

– Comment comptez-vous procéder ?

– Tout d'abord, pour effectuer une fouille, il nous faut une autorisation préfectorale, l'avez-vous ?

– Pas encore, répondit Xavier. On attendait d'être opérationnel pour la réclamer.

La Renardière eut l'air rassuré.

– Eh bien, nous allons la demander ensemble, sans préciser nos objectifs réels.

Nadine sursauta.

– On ne va tout de même pas leur mentir !

– L'omission n'est pas un mensonge. D'abord, on n'est pas certain de le trouver, votre trésor des guelfes.

– Que va-t-on leur raconter pour qu'ils nous prennent au sérieux ?

– Ils nous prendront au sérieux, affirma Didier de La Renardière. Il suffit que nous joignions à notre dossier tous les succès à mettre à l'actif de notre firme au Moyen-Orient, en Asie ou dans le Yucatán et vous verrez.

Alexis paraissait perplexe.

– Pourquoi les fonctionnaires préfectoraux s'intéresseraient-ils à nous ? Quelle utilité y aurait-il à fouiller le Granier, si on ne cherche rien ?

– On cherche quelque chose, voyons, le contredit La Renardière. On cherche des trous, des tunnels, des fissures, des fractures. On explore une montagne instable, dans le but de dresser une carte géologique précise de sa partie cachée. Et la réputation de Geotechnik va bigrement nous aider.

– Et si on trouve la fameuse malle d'Innocent IV ? intervint Joël.

L'industriel reprit :

– Le propriétaire, c'est-à-dire la commune ou l'État, aura droit à cinquante pour cent de sa valeur et nous nous partagerons les cinquante pour cent restant.

Nadine fit la moue.

– Vous êtes très cher.

Il répliqua du tac au tac :

– Et moi qui pensais que seule la recherche vous intéressait, pas l'argent !

Elle en était encore à réfléchir sur sa réponse qu'Alexis avait déjà riposté à sa place :

– L'argent n'est pas notre moteur, cher monsieur, c'est notre carburant, nuance. Si nous en avions, nous pourrions investir dans d'autres prospections, organiser de nouvelles fouilles au-delà de nos montagnes savoyardes, partir explorer les plus belles grottes du monde et visiter tous les sites qui nous font rêver.

La Renardière l'arrêta d'un geste lent de la main.

– Ce n'est pas uniquement le matériel que je fournis, mais aussi toute l'équipe qui va avec : géologue, informaticien, radariste et moi par-dessus le marché, qui suivrai ça de très près. Tout cela a un coût. Si la ou les malles existent vraiment, on est sur une très grosse affaire qui fera du bruit, croyez-moi.

Ils en étaient maintenant tous convaincus.

Trois semaines plus tard, le patron de Geotechnik débarquait en jet privé au Bourget-du-Lac avec, comme prévu, trois techniciens et deux grosses caisses de matériel. Grâce à ses relations, il avait obtenu toutes les autorisations nécessaires pour entreprendre l'étude des réseaux souterrains du Granier. Le minibus qui les attendait à leur descente d'avion les conduisit à un hôtel d'Aix-les-Bains, le Golden Tulipe, d'où il appela Nadine pour lui confirmer le rendez-vous prévu à dix-sept heures.

– Il y a ici une grande salle de réunion où nous pourrons travailler en toute tranquillité.

– Parfait, je préviens mes amis.

Ses trois copains la retrouvèrent à la brasserie du port, chez les parents d'Alexis, afin de préparer la rencontre. Le soleil se réverbérait sur les eaux calmes du lac et, en face, la dent du Chat se découpait dans un ciel sans nuage.

– Cette fois, c'est bien parti, s'exalta Joël. Nous avons un sacré pot !

Alexis tempéra son ardeur :

– Tu veux dire qu'on n'est pas au bout de nos peines.

Nadine hocha la tête et ferma un instant les paupières d'un air las.

– Mon pauvre Alex, quand donc verras-tu le bon côté des choses ? Moi, des peines comme ça, j'en redemande.

– Ne l'écoute pas, fit Xavier. Au fond, c'est peut-être le plus heureux d'entre nous, mais ça lui écorcherait la bouche de le dire.

Ils éclatèrent tous de rire, sauf Alexis qui marmonna :

– Qu'en savez-vous ?

– En tout cas, nous devons une fière chandelle à Nadine, reconnut Joël. Sans ses intuitions et ses recherches, nous en serions encore à rêver d'un hypothétique exploit.

Sur ce point, les trois garçons étaient parfaitement d'accord. Elle profita de cette unanimité pour émettre un avis :

– Il ne faut pas que Didier de La Renardière, sous prétexte qu'il est notre sponsor, prenne la direction de ces fouilles et que nous n'ayons qu'un rôle subalterne. Tout doit se faire dans la concertation.

– C'est bien ainsi que nous l'entendons, confirma Xavier.

Le patron de Geotechnik leur donna, dès cette nouvelle réunion, le sentiment qu'il n'était pas dans ses intentions de jouer les meneurs. Quand ils furent tous assis autour de la grande table ovale de la salle de l'hôtel réservée aux séminaires, il leur présenta les trois collaborateurs qui l'accompagnaient.

– Voici Basile Werner, originaire d'Alsace, comme vous le constaterez à son accent. C'est notre géologue.

– Bonjour, jeunes gens ! Un éminent collègue, spécialiste du Granier, m'a fourni, avant de partir, une documentation très précieuse sur votre chère montagne, déclara l'intéressé d'un ton un peu guttural avant de préciser : Ah ! oui, mon ami Didier a oublié de vous dire que je suis aussi professeur de géologie à la faculté des sciences de Strasbourg.

– Vous ne m'en avez pas laissé le temps, mon cher Basile, répliqua La Renardière.

– « Jeunes gens »… Pour qui se prend-il, celui-là ? grommela à part lui Alexis.

Le prof en question affichait la quarantaine. Il était presque aussi roux que Joël et paraissait un peu imbu de lui-même.

– Lui, c'est Igor Ivanov, notre spécialiste du géoradar, poursuivit le boss de Geotechnik en désignant du regard un homme plutôt grand et costaud, à la tignasse blonde en bataille. Il vient d'avoir trente ans et a déjà travaillé, entre autres, sur la pyramide de Kheops et les sites funéraires de Mycènes.

Igor leur adressa un geste amical et leur décocha un sourire qui révéla une denture sans défaut.

– Salut !

La Renardière enchaîna :

– À côté d'Igor, voici Renaud Martin, le roi de l'algorithme. Avec ses ordinateurs, il sait tout faire ou presque. C'est l'un des meilleurs informaticiens de France.

Svelte et pâlichon, l'as du clavier semblait gêné d'être ainsi mis en valeur.

– Bonjour ! dit-il d'une voix discrète, en jetant un bref coup d'œil aux jeunes spéléologues.

« Le contraire du géologue », pensèrent en chœur les quatre Savoyards.

À son tour, Nadine présenta ses copains.

– Joël Curtet, Xavier Revol, Alexis Villard, étudiants en médecine.

Puis elle se désigna de la main.

– Et moi, Nadine Gachet, étudiante en histoire.

– Bon, puisque la glace est rompue, fit La Renardière en lui souriant, on peut maintenant passer au programme.

Elle s'éclaircit discrètement la gorge et attaqua :

– Avec mes camarades, nous croyons qu'il faut d'abord se rapprocher du Granier en passant par le lac Noir et en remontant jusqu'aux pierriers de la face nord. C'est un bon moyen d'appréhender la montagne avant d'entreprendre son exploration. L'à-pic est là, devant nous, un à-pic de plus de neuf cents mètres et, en levant la tête, devant cette énorme cassure, on ressent malgré soi, vous le constaterez, une... – comment dirais-je ? – oui, une sourde terreur.

Basile Werner ricana.

– Comme vous y allez, une sourde terreur. Rien que ça !

La Renardière, de la main, lui fit signe de baisser d'un ton.

– S'il vous plaît, Basile, laissez-la s'exprimer. Elle est d'ici. Elle sait de quoi elle parle. Continuez, Nadine, je vous prie.

Décontenancée par le trait du géologue, elle observa un court silence avant de reprendre :

– Si le géoradar ne détecte rien dans cette zone, nous pourrons alors sonder les grottes les plus connues où se dissimulent certainement des boyaux menant à des caves souterraines.

– Sans oublier, dans le haut du versant donnant sur la vallée du Grésivaudan et de l'Isère, la grotte d'où jaillit le torrent qu'on appelle le Cernon, ajouta Joël. Elle n'est pas facile, il faudra protéger le matériel dans des sacs étanches et porter des combinaisons de plongée.

D'un ton un peu professoral, Basile Werner commenta :

– Le Granier est formé par une première barre, composée d'une falaise calcaire urgonienne s'appuyant sur une assise marneuse hauterivienne, et par une seconde barre calcaire datant du valanginien supérieur, elle-même...

« Quel pédant, ce mec ! » se dit Alexis tandis que le pédant en question poursuivait :

– Il est truffé de galeries creusées par les eaux des ères glaciaires. Il faut donc se déplacer avec une extrême prudence car certains endroits restent très, très instables et...

Xavier l'interrompit :

– Le Granier nous est familier, vous savez. Est-ce parce que nous sommes de la région et que le séisme hante encore notre mémoire collective ? En tout cas, je le confirme, chaque fois que nous passons près de la face nord, on n'en mène pas large. Cette montagne nous a appris à nous montrer vigilants.

Un agacement commençait à se manifester à l'encontre du géologue. Il fallait le tuer dans l'œuf. Avec diplomatie, La Renardière s'en chargea :

– Mes amis, dit-il en s'adressant à tous, rien de bon ne sortira de notre collaboration si nous ne savons pas faire preuve d'esprit d'équipe. Oublions nos ego. Entre nous, il n'y a pas la moindre hiérarchie, seulement un ensemble de compétences qui doivent être mises au service de l'intérêt commun. Je pense que, pour le bon déroulement du programme, il est indispensable de faire confiance à nos collègues savoyards. Nos deux groupes n'en font qu'un désormais. Serrons-nous loyalement la main pour sceller cette fusion.

Tous approuvèrent.

– C'est bien, on commencera donc par le lac Noir, c'est une bonne idée pour un premier repérage et une mise en condition. J'ai réservé la totalité de L'Étape, le seul hôtel de Bellecombe, pour un mois. Ainsi serons-nous à l'abri des regards indiscrets pour mener à bien nos recherches.

– Tout un hôtel pour un mois ! s'étonna Joël. C'est donc que vous prenez notre affaire vraiment très au sérieux.

– L'auberge n'a que treize chambres et j'ai négocié un forfait assez avantageux. En affaires, il faut être prévoyant. Peut-être ne trouvera-t-on rien. Alors nos dépenses n'auront pas été exorbitantes. Dans le cas contraire, notre profit n'en sera que plus important.

– Ce mot, « profit », me dérange un peu, intervint Nadine.

Là, la voix du patron de Geotechnik laissa poindre un soupçon d'irritation :

– Vous rêviez d'un sponsor. Vous l'avez. Le mécénat est aujourd'hui réservé aux multinationales qui ont d'abord fait de très gros bénéfices avant de se montrer généreuses, avec, en général, l'arrière-pensée d'obtenir des défiscalisations avantageuses. Le sponsor, lui, n'agit que pour percevoir un retour sur investissement. C'est clair, non ?

– Très clair, répondirent trois des quatre étudiants savoyards.

Alexis, lui, fronça les sourcils.

– Décidément, vous pensez à tout sauf à nos études. Nous ne sommes pas libres avant juillet, nous !

La Renardière défia aimablement son regard.

– Sauf les week-ends et les jours fériés. Eh bien, nous travaillerons tous ensemble le samedi et le dimanche. Le reste de la semaine, on s'adaptera à vos emplois du temps. À vous de vous organiser pour qu'il y en ait toujours au moins un parmi vous sur le terrain pour nous conseiller. C'est jouable, non ?

Ils pouvaient tous se permettre de sécher certains cours et s'en faire remettre des copies par des condisciples.

– Jouable !

Quarante-huit heures plus tard, après être passés par Myans et les vignobles d'Apremont, ils se dirigèrent vers le village de La Palud et prirent la route des Petites Roches. À flanc de coteau, le hameau de Bellecombe jouissait d'une vue spectaculaire sur la vallée du Grésivaudan et sur la commune de Chapareillan, lieu de naissance du légendaire chevalier Bayard. Le cadre de L'Étape était accueillant et les propriétaires savaient allier prévenance et discrétion, deux qualités très appréciées de La Renardière qui ne tenait pas du tout à ce que s'ébruitât le but de leur présence en Chartreuse.

3

LES MARMITES DE GARGANTUA

Maître Costa de Saint-Séverin, notaire à Montmélian, n'en croyait pas ses oreilles. Au bout du fil, son ami le sénateur Humbert Guerraz de Saint-Alban l'informait que des spéléologues, équipés d'un matériel impressionnant, s'apprêtaient à fouiller le Granier de fond en comble.

– Avez-vous vérifié qu'il ne s'agit pas d'une simple rumeur ?

– Évidemment, Thomas. Ils logent tous à L'Étape, à Bellecombe. Le propriétaire est mon neveu. Ça l'a intrigué, ces clients inhabituels. Quand je suis passé le voir cette après-midi, il m'en a parlé. Il a surpris l'une de leurs conversations et il est convaincu qu'ils sont à la recherche d'un très vieux trésor. À part le nôtre, je n'en connais point.

– J'appelle tout de suite Louis à Annecy, il se chargera de prévenir les autres. Je vous tiens au courant.

– Il faut faire vite.

– Naturellement, Humbert.

Dès qu'il fut informé, le commandeur Louis Bonivard décida d'une réunion exceptionnelle dans la crypte de Saint-Pierre-de-Lémenc, sur les hauteurs de Chambéry.

Difficile de retrouver le calme après une nouvelle aussi contrariante. Maître Costa de Saint-Séverin sortit sur le perron de son manoir. Dominant les grands hêtres du parc, la face nord du Granier au loin, rosie par la lumière du crépuscule, semblait avoir été tranchée d'un coup par le glaive de Dieu. Jusqu'à ce soir, avoir son horizon fermé par cette muraille naturelle le rassurait. Il se sentait comme protégé par cet énorme roc qui avait, à ses yeux, valeur de palladium. Jamais il n'aurait pu vivre dans un pays plat où le regard se perd dans l'infini ; la monotonie du paysage l'aurait vite rendu neurasthénique.

Naguère, à l'époque des grands succès de Brel, il avait visité, au cours de vacances avec son épouse et ses enfants, les Flandres belges, les polders de Hollande, le port d'Amsterdam et il avait été déçu. Le chanteur le transportait, la réalité l'avait ennuyé. Le ciel si bas qu'il fait l'humilité, ce ciel où les canaux se perdent dans les brumes, cette patrie des Fanette qui fait pleurer les scies musicales et ces tavernes où braillent des marins ivres étaient des visions de poète qu'un notaire savoyard, habitué à être cerné par les montagnes, ne pouvait apprécier qu'en rêve.

La face nord, comme de coutume, avait happé son regard mais, pour la première fois, il éprouva en la contemplant une sensation de danger imminent. Sous l'effet de la lumière crépusculaire qui s'amenuisait au fil des minutes, elle prit la couleur d'un feu qui couve sous la cendre, le même rouge sombre que celui du métal qui, sorti de la forge, se met à refroidir. Là-bas, au fond d'une grotte, dormaient une malle remplie d'objets précieux et le vrai saint suaire dont lui et ses compagnons avaient la garde. Que feraient-ils si la cachette était découverte ? Devraient-ils se débarrasser des importuns prospecteurs ? Pourquoi leur cher Granier ne se chargerait-il pas de cette vile besogne, leur évitant à eux, de fervents croyants, d'avoir à se salir les mains ?

– À table, Thomas. Il se fait tard et Paulette vient de m'annoncer que le dîner était servi.

– J'arrive, répondit-il d'un ton absent.

Il avait du mal à quitter la montagne des yeux. Son rougeoiement avait presque entièrement disparu et elle avait pris une teinte violette. Les merles, qui avaient cessé leurs trilles depuis un bon moment, gazouillaient dans leurs nids. Les stridulations des grillons et les sérénades des rossignols avaient pris le relais, et leur petite musique était, de loin en loin, ponctuée par le hululement d'une chouette qui logeait dans un vieux chêne, au milieu du parc. Malgré la douceur du soir, maître Costa de Saint-Séverin sentit un frisson courir le long de son échine.

La main de son épouse qui se posa doucement sur son épaule le fit sursauter.

– Qu'avez-vous, Thomas, vous ne vous sentez pas bien ?

– Non, Hortense, ça va.

– Eh bien, fermez la porte-fenêtre du salon, je vous prie, les papillons de nuit nous envahissent, et venez, le repas va refroidir.

À table, le notaire ne dit mot et ne toucha presque à aucun plat. Sa femme, qui avait dû être belle, s'était un peu arrondie et avait pris quelques rides qui n'avaient rien d'austère. Bien au contraire, elles renforçaient son charme naturel. La maturité lui allait bien. Ses yeux pers évitaient de s'attarder sur son mari pour ne pas l'incommoder davantage, mais les brefs regards qu'elle jetait dans sa direction étaient chargés d'inquiétude. Inutile d'espérer qu'il révélât ce qui le contrariait ainsi.

Il avait changé d'attitude juste après le coup de fil de Guerraz. Pourquoi ? Que redoutait-il donc ? Elle savait qu'il faisait partie d'un cercle très fermé et qu'il assistait au moins deux fois par mois à des réunions dont il ne lui avait jamais parlé. Au début, elle avait cru qu'il entretenait une liaison, mais non, Thomas n'avait que deux passions : son étude et l'ornithologie. Les femmes, en dehors d'elle qu'il aimait profondément, à sa manière, sans l'afficher vraiment, ne l'intéressaient pas. Qu'avait bien pu lui raconter Humbert pour le mettre dans cet état ?

Malgré un léger embonpoint, son époux était resté bel homme à ses yeux, avec son profil de médaille romaine et ses cheveux grisonnants. Jamais une plainte ou un reproche, jamais de sautes d'humeur, des enthousiasmes ou des colères qui se devinaient mais qu'il eût trouvé inconvenant d'exprimer. Elle l'aurait certes préféré un peu plus extraverti et enjoué, mais sa courtoisie compensait sa raideur. Eh oui, les parents de Thomas Costa de Saint-Séverin ne lui avaient pas légué le sens de la dérision. On était sérieux de père en fils dans cette vieille famille savoyarde.

Durant la nuit, le sentant s'agiter dans le grand lit conjugal qu'ils partageaient depuis bientôt quarante ans, elle lui proposa, d'une voix ensommeillée, une infusion de verveine.

– Non merci, Hortense. Je crois que je vais plutôt me lever et aller consulter quelques dossiers dans mon bureau.

– Il n'est même pas quatre heures.

– Il ne sert à rien de vouloir s'obstiner à dormir quand le sommeil ne vient pas. À tout à l'heure, ma chère. Ne vous faites pas de mauvais sang pour moi. Je vais bien…

Six heures, jeudi matin, 9 mai 2013, date hautement symbolique. C'était le jour de l'Ascension. Les quatre jeunes Savoyards et les membres de la société Geotechnik, avec tout leur appareillage, prirent en minibus la direction du Granier. Ils se garèrent à l'entrée du sentier qui conduisait au lac Noir. Renaud Martin, l'informaticien, resta sur place pour enregistrer sur son ordinateur les images que capterait le géoradar quand Igor Ivanov le mettrait en marche. Les autres, sacs à dos pleins à ras bord, s'enfoncèrent dans les sous-bois, traversèrent deux ruisseaux et, par un sentier fort bien entretenu, pénétrèrent dans un monde sylvestre parsemé de clairières. Insensiblement, les Parisiens de Geotechnik se laissèrent fasciner par l'abondance et la variété de la flore : sabots-de-Vénus, orchis bleutés ou pourpres, orphris, lys martagons, jacinthes, vulnéraires, astragales, ancolies...

– Ma parole, s'exclama La Renardière, c'est une vraie réserve botanique !

– C'en est une, confirma Nadine.

Les nuées de papillons, qui voletaient d'une fleur à l'autre, les cris des éperviers et des aigles réverbérés par la barrière rocheuse créaient une ambiance presque surnaturelle. La colonne de randonneurs passa devant une ancienne borne frontière délimitant la Savoie et le Dauphiné, gravée, d'un côté, d'une croix blanche sur fond rouge et, de l'autre, d'une fleur de lys dont le bleu avait été quelque peu terni par le temps.

– Elle date de 1822, dit Nadine à l'intention des Parisiens. Lorsqu'à la chute de Napoléon Ier, le roi de Piémont-Sardaigne récupéra son duché savoyard, il s'empressa d'en faire édifier une dans tous les endroits litigieux.

– À en juger par les nombreux fortins que nous avons aperçus tout à l'heure sur les coteaux alentour, la possession de ces terres a dû soulever bien des contestations, émit La Renardière.

– Vous jugez bien. Les querelles entre nos ducs et les troupes du dauphin de France pour ce bout de territoire n'ont vraiment pris fin qu'en 1860, au moment de l'annexion de la Savoie par la France. Des siècles durant, il y eut de sacrées bagarres et des paix incertaines.

L'industriel sourit.

– Je crois que vous feriez une très bonne prof d'histoire.

– Quel lèche-cul ! marmonna Alexis qui prenait ombrage de l'intérêt que Nadine semblait porter à celui qu'il qualifiait à part lui de « dandy à particule ».

– Je ne le pense pas, au contraire, répliqua-t-elle. La recherche me passionne beaucoup plus que l'enseignement.

– Pourquoi ? C'est un travail plus solitaire.

– Plus solitaire, mais plus libre aussi. Un exemple : si je suis prof, je dois dire à mes élèves que la Savoie a été rattachée à la France après un référendum populaire qui a vu la victoire écrasante du « oui ». En tant que chercheur, je sais que la Savoie a été trahie par son duc, le futur roi d'Italie, et donnée en cadeau à la France pour remercier Napoléon III de l'avoir aidé à vaincre les Autrichiens à Magenta et à Solferino.

Le sentier bien entretenu permettait une progression facile. Érables, sycomores, hêtres, chênes et sapins l'ombrageaient agréablement. D'enivrantes fragrances grisaient les marcheurs. Parfois, dans une ouverture des frondaisons, apparaissait la paroi du Granier qui créait, tant elle était abrupte, un sentiment d'oppression, puis le feuillage de nouveau la masquait et le charme des lieux leur faisait oublier cette proximité dérangeante.

La Renardière reprit le cours de la conversation :

– Je ne vois pas ce qui vous empêcherait de dire la vérité à vos élèves.

– Difficile de remettre en cause la version officielle qui s'appuie sur l'énorme majorité des « oui » au référendum…

– Vous pensez donc que celui-ci a été truqué ?

– Truqué, le mot est fort, mais habilement préparé, ça, oui. Au départ, certains auraient préféré être rattachés à la Suisse, d'autres que la Savoie devienne une principauté ou une république autonome. Le sénateur français Laity, qui orchestra la campagne, avait de très gros moyens et il put circonvenir la presse, le clergé, les élus locaux. C'est aussi simple que ça, mais dans nos livres d'histoire, la Savoie a massivement opté pour la France.

Leur arrivée près des roselières du lac Noir mit un terme à cet échange. Un bosquet de bouleaux entourait l'étendue d'eau à peine plus grande qu'une mare. Tandis qu'un banc de gardons frétillait dans les fonds sombres, des libellules, à l'affût de proies, stationnaient dans les airs comme de minuscules hélicoptères.

– Je m'attendais à un vrai lac, s'étonna Igor Ivanov.

– Chez nous, on appelle ça une gouille, expliqua Xavier. Après l'éboulement du Granier, plusieurs ruisseaux ont été submergés et leurs eaux ont longtemps stagné sous terre avant de ressurgir sous cette forme. C'est ainsi qu'est né le lac Saint-André, une grosse gouille comparée à celle-ci.

Le sentier les conduisit à proximité d'énormes chaudrons métalliques, en partie oxydés, disséminés sous les arbres.

– Les marmites de Gargantua ! s'exclama Joël.

La Renardière plaisanta :

– Aurait-il élu domicile ici, dans une grotte voisine ?

– Pendant la guerre, raconta Xavier, il fallait du charbon de bois pour faire marcher les véhicules à gazogène. Des charbonniers se sont donc installés là pour le fabriquer dans ces chaudrons. Parmi eux, il y avait une majorité de réfugiés espagnols. L'endroit était tranquille et les Allemands, trop occupés ailleurs, n'y venaient jamais.

Après une courte halte, ils rejoignirent le minibus, prirent une route vicinale menant vers le col, stoppèrent à l'entrée d'un chemin de bûcherons et s'engagèrent sur la pente qui menait directement au pied de la face nord. Là, les difficultés commencèrent. Ils durent s'agripper à des branches ou à des rocs tant la déclivité était brutale. Malgré leurs gants, ils s'écorchaient les mains, progressant parfois à quatre pattes, glissaient, tombaient sur leurs genoux, se relevaient pour rechuter quelques mètres plus loin. À cet exercice, les Savoyards étaient mieux aguerris. Aimablement, Alexis proposa à Igor, que l'escalade épuisait, de prendre son géoradar et, en échange, lui confia son sac à dos, moins lourd. La sueur mouillait les visages et les chemises. Atteindre les pierriers leur demanda plus d'une heure d'efforts soutenus. Ils trouvèrent alors un layon imprécis qui sinuait dans les éboulis.

– Faites bien attention de ne pas glisser, prévint Joël. Ces amas de graviers sont instables et, ici, si vous chutez, vous vous retrouvez en charpie trente mètres plus bas.

Basile Werner, qui jusque-là n'avait pipé mot, voyait, juste au-dessus de lui, l'à-pic de la face nord et, à ses pieds, la forêt qui descendait vertigineusement jusqu'aux vignobles plantés à flanc de coteau. Il comprit mieux le sens de l'expression « sourde terreur » qui avait suscité son ironie. Il imagina l'effroi qu'avaient dû ressentir les habitants de la région avant d'être engloutis dans un fracas d'apocalypse. Nadine avait raison. Cette montagne n'était pas comme les autres. Elle avait tué des milliers de gens et continuait ici ou là à prélever des vies parmi les randonneurs téméraires. Quand il levait les yeux, il ressentait comme une menace imminente, comme si un nouvel éboulement pouvait se produire d'une seconde à l'autre. C'était totalement irrationnel. Tout géologue qu'il était, le Granier lui imposait son emprise. D'ailleurs, ce sentiment de danger n'épargnait personne, pas plus La Renardière qu'Igor Ivanov. Les Savoyards étaient eux aussi sur le qui-vive.

Au bout d'une bonne centaine de mètres, le long d'une sente instable qui, se dérobant parfois sous leurs pas, provoquait des ruisselets de cailloux, ils parvinrent près d'une anfractuosité importante. Joël suggéra à Igor d'activer son radar pour voir si elle ne cachait pas d'autres cavités plus profondes. Pendant que celui-ci préparait son matériel, La Renardière prévint Renaud Martin, resté dans le minibus, de se tenir prêt à capter et à enregistrer les images.

– OK, bien reçu ! répondit l'informaticien.

Ivanov sortit l'appareil de sa boîte, rampa dans le trou et mit le contact. Sur son propre écran, aucune tache sombre.

Par radio, son collègue confirma :

– Je ne vois rien non plus.

Alexis en était presque certain.

– Ce n'est pas ici qu'on trouvera, dit-il. Toutes les grottes, si grottes il y avait, ont dû être écrasées par l'éboulement.

– Alors, que suggérez-vous ?

– La Balme à Collomb. Elle peut nous réserver des surprises, comme elle en a réservé à deux anciens spéléos[1] qui ont découvert là-bas, il y a vingt-cinq ans, un cimetière d'ours des cavernes, morts de froid sans doute au cours de leurs hibernations. Peut-être existe-t-il d'autres cavités qui ne demandent qu'à être dégagées, qui sait ?

– Il a raison, confirma Nadine.

Basile Werner, en nage et encore tout essoufflé, fit remarquer que, si le bas de cette face nord n'avait aucun intérêt, on aurait pu s'épargner un effort inutile.

– Rien ne nous empêchait d'attaquer directement au bon endroit, dit-il, on aurait gagné du temps.

Alexis répliqua :

– Cette étape, comme Nadine vous l'a déjà expliqué, avait surtout pour but de vous faire appréhender cette montagne et les vibrations qu'elle dégage.

– Bon, ça suffit pour aujourd'hui, décréta La Renardière. Rentrons. Demain, on explorera la Balme à Collomb.

– On aura intérêt à bivouaquer sur place, suggéra Nadine.

Le directeur de Geotechnik approuva :

– D'accord ! On préparera le programme dès notre retour à l'hôtel.

Prudemment, en file indienne, ils revinrent sur leurs pas.

---

1. Pierre Guichebaron et Marc Papet du Spéléo Club de Savoie.

4

LES CHEVALIERS DE L'OMBRE

Commandeur des Porte-glaive de la Divine Relique, une confrérie secrète très ancienne, Louis Bonivard se reconnaissait de loin à sa dense chevelure blanche et à sa stature puissante, en concordance avec son statut de président du Crédit alpin, une banque savoyarde qui disposait d'une succursale à Genève. Préférant investir dans les entreprises de décolletage et de mécanique de précision, ses principales clientes, il ne s'était jamais aventuré dans des spéculations hasardeuses et malsaines, ce qui lui valait une réputation de gestionnaire réfléchi. Il avait perdu son épouse, en février 2013, trois mois après un séjour au Laos où ils avaient célébré leurs noces de porcelaine.

C'est à Luang Prabang qu'ils s'étaient rencontrés vingt ans auparavant, lors d'un des tout premiers voyages organisés dans les pays du bloc de l'Est.

À l'époque, fraîchement diplômé d'HEC, il travaillait déjà dans la banque familiale que présidait son père. Gisèle Douvaine, elle, venait de terminer son troisième cycle d'études archéologiques et songeait à rédiger un mémoire sur l'art bouddhique au Laos. Un point commun les avait immédiatement rapprochés : tous deux étaient originaires de Savoie, elle d'Annecy, lui de Chambéry. Elle avait trouvé le grand gaillard blond aux yeux d'un vert perçant séduisant, bien que peu disert, et lui avait été tout de suite conquis par la petite jeune femme, fine comme un tanagra.

Les motivations qui les avaient poussés à faire ce voyage se situaient pourtant aux antipodes. Celles de Gisèle étaient claires et correspondaient à son cursus universitaire. Celles de Louis étaient plus prosaïques. Tout était à faire dans ce Laos qui peu à peu s'ouvrait à l'économie de marché. Il n'osa pas avouer à celle qui lui racontait avec passion l'histoire des temples qu'ils visitaient ensemble le caractère intéressé de sa démarche. Grâce aux discrets contacts qu'il prit sur place, le Crédit alpin put acquérir par la suite des parts dans de florissantes affaires au pays du million d'éléphants.

À leur retour, ils s'étaient mariés. Elle, qui aurait tant aimé participer à des fouilles, tomba enceinte quelques mois plus tard. Tirant un trait sur ce rêve de jeunesse, elle mena une vie plus sédentaire et passa sa brève existence à préparer des diplômes tout en élevant ses deux filles, aujourd'hui respectivement âgées de dix-huit et dix-neuf ans. À la mort de son père, en 2005, Louis lui avait succédé à la présidence du Crédit alpin et, dans le secret le plus absolu, à la tête de l'ordre des Porte-glaive de la Divine Relique.

En octobre 2012, Gisèle subit une IRM. Ce qu'elle redoutait lui fut confirmé par le radiologue. Elle avait plusieurs petites tumeurs. Le meilleur cancérologue de Genève les retira. Dès qu'elle se sentit mieux, elle eut envie de retourner sur le lieu où son mari et elle avaient décidé d'unir leur vie pour le meilleur et pour le pire. Le pire ayant fait son apparition, elle voulut profiter des instants si précieux que lui offrait encore la vie. Louis se libéra donc de ses obligations pour accomplir avec elle ce pèlerinage.

Ils se rendirent dans le nord du pays afin de visiter la célèbre plaine des Jarres, interdite aux touristes lors de leur premier séjour. Devant les centaines de cruches géantes plantées dans le sol, au milieu des cratères laissés jadis par les

B52, elle avait fermé les yeux, comme pour se projeter deux mille ans en arrière.

– Imaginez, Louis, tout près de ces énormes récipients qui devaient servir de greniers ou d'urnes funéraires, un grand attroupement de tribus arrivant des quatre points cardinaux et, à la place de ce silence qui nous entoure, des prières et des chants rythmés par les vibrations des gongs.

Elle sourit.

– Vous voyez, ces jarres ont des choses à nous dire. C'est pour ça que l'archéologie m'a toujours passionnée. Elle m'a permis de vivre plusieurs vies en une seule. Quand je partirai, je n'aurai pas le sentiment d'avoir perdu mon temps sur terre.

Son allusion à la mort le fit frémir. Il détourna la tête pour cacher son trouble. Il fallait revenir à un propos plus léger. Quand il la regarda de nouveau, toute émotion avait été effacée de son visage.

– Gisèle, ma chérie, vous m'avez apporté tout ce que mon métier ne me donne pas.

Ce dernier voyage n'avait pas été de tout repos. Deux semaines seulement après leur retour, elle fut réadmise d'urgence à l'hôpital où le chirurgien qui l'avait opérée un an auparavant constata une prolifération de métastases que son scalpel ne pouvait arrêter. On lui injecta alors des doses de morphine de plus en plus fortes pour apaiser ses douleurs.

Louis, qui avait confié la direction du Crédit alpin à son adjoint, passait presque toutes ses journées auprès d'elle. Quand la fin approcha, il la ramena à la maison et ne quitta plus son chevet. Le moment de lui révéler la vérité sur ses activités secrètes était venu.

– Vous vous interrogiez sans doute sur mes mystérieuses absences, ma chérie. Elles étaient motivées par une juste cause.

Fermant les yeux pour contenir le chagrin que lui causait la vue de son épouse au visage ravagé par la maladie, il lui raconta d'une traite l'histoire de la malle d'Innocent IV et des Porte-glaive de la Divine Relique. Puis il reprit son souffle avant de conclure :

– Ce que j'ai à vous dire de plus important concerne le suaire de Turin… C'est un faux ! Le vrai a été subtilisé jadis par nos lointains prédécesseurs et caché, lui aussi, au sein du Granier pour qu'il ne quitte jamais la Savoie.

Elle parvint à murmurer dans un souffle :

– Le vrai saint suaire ? En êtes-vous certain ?

Il acquiesça.

– Oui, l'empreinte de Jésus est sous notre bonne garde. Vous allez le retrouver maintenant, là-haut, à la droite du Père. N'ayez aucune crainte.

Les pupilles de Gisèle s'élargirent et s'emplirent de fulgurances qui ramenèrent Louis Bonivard au tout début de leur rencontre au Laos, lorsqu'elle lui avait souri pour la première fois.

– Vous m'aviez caché tout cela, mon Grand Bougon, soupira-t-elle, en pressant la main du seul homme qu'elle avait aimé.

Après sa mort, il se jeta à corps perdu dans le travail. Ni ses filles, qui venaient le voir chaque week-end, ni ses compagnons Porte-glaive, qui l'invitaient chez eux le plus souvent possible, ne parvinrent à le tirer de son inconsolable chagrin…

Ce 16 mai 2013, ils étaient tous là, dans la crypte de Lémenc, exacts au rendez-vous du commandeur. Avant de tenir leur chapitre, ils avaient revêtu une longue tunique rouge, décorée sur la poitrine et sur le dos d'une croix blanche, ceint leurs tailles d'une large ceinture de cuir et glissé un glaive dans le passant prévu à cet effet. Ils s'étaient ensuite coiffés d'un camail en fil de fer tressé, comme en portaient les chevaliers du temps jadis. On eût dit des croisés se préparant à aller chasser les musulmans de la Terre sainte. Pour eux, la chapelle souterraine du village de Lémenc, appelé Lemencum à l'époque romaine, était emblématique. Préromane, elle avait été bâtie sur les fondations d'un temple romain consacré à Mercure et figurait parmi les basiliques chrétiennes les plus anciennes de France[1].

Conformément au rituel, Louis Bonivard, descendant de Boniface, le frère du doyen Jacques-Guillaume, procéda à l'appel. Tous savaient que son épouse l'avait surnommé le Grand Bougon – expression d'ailleurs reprise en catimini par son personnel – et cette bougonnerie s'était encore accentuée depuis son récent veuvage.

La pénombre régnait sous les voûtes ornées de peintures médiévales. L'assemblée se tint près d'un imposant reliquaire, remontant aux origines mêmes de cette église, et d'une remarquable mise au tombeau du XVe siècle. Le moindre bruit était amplifié et distordu. Comme jaillies de l'au-delà, les voix humaines vibraient avec une gravité surnaturelle. Un visiteur qui aurait surgi à cet instant précis se serait probablement enfui à toutes jambes, convaincu d'être tombé sur d'authentiques revenants.

---

1. À l'époque, Chambéry n'existait pas et, sur son futur emplacement, se trouvaient les méandres marécageux de deux rivières, la Leysse et l'Albanne, son affluent. Les activités humaines s'étaient donc développées depuis la plus haute Antiquité sur les premières hauteurs du Nivolet, les Monts, comme on les appelle encore aujourd'hui, qui dominent la vallée et où passait la grande route reliant la Gaule à l'Italie. Ce n'est qu'au XIe siècle, que la future capitale des ducs de Savoie fut signalée dans les annales comme une petite cité nommée Camberiaco, signifiant « Marché fortifié » ou « Gué aux écrevisses ». De forme hexagonale, cette crypte de Lémenc, beaucoup remaniée au fil du temps, devint un prieuré bénédictin à partir du XIIe siècle et servit plus tard de soubassement à une église gothique qui fut achevée en 1513.

En entendant prononcer son nom, chacun des membres se mettait au garde-à-vous et répliquait d'un ton ferme : « Présent pour la défense de la sainte relique et du trésor sacré. » Emmanuel Bourget d'Asti, châtelain-éleveur à La Roche-sur-Foron, était le premier de la liste. Derrière son teint fleuri de bon vivant et une jovialité de façade, se cachait un esprit parfois étriqué et sectaire. Après lui, le notaire Thomas Costa de Saint-Séverin, contrarié par les prémonitions qui le hantaient depuis la veille, prononça la formule usuelle d'une voix taciturne. Philibert Cavour d'Albens, procureur de la République de Lyon, arrivait juste après. Légèrement empâté, les lèvres souvent pincées, ce magistrat semblait peu enclin à la conciliation. Le sénateur Humbert Guerraz de Saint-Alban, qui lui succéda, avait le physique de l'emploi : une allure bonhomme, un timbre de tribun. Silhouette ascétique, genre rat de bibliothèque imprégné de l'odeur des vieilles poussières, le cinquième, Arthur Mugnier de Lépin était diplômé de l'École nationale des chartes. Il dirigeait les archives départementales de Savoie et donnait des cours sur la Grèce antique à l'université de Grenoble. Le sixième, Albert de Mongey, correspondait à l'idée que l'on se fait d'un inspecteur d'académie : imposant, regard scrutateur, de la fermeté dans le ton. Victor de Tresserve, le numéro sept, était châtelain-viticulteur aux Marches. Son allure laissait transparaître un caractère trempé prêt à se confronter à d'impossibles défis. À la tête d'une grande entreprise agroalimentaire en Suisse et dans les pays de Savoie, ainsi que d'une entreprise de transports urbains près d'Annecy, le dernier de la liste, Jocelyn Chabot d'Arbin, en bon commercial, savait inspirer confiance et sympathie.

– Jamais depuis sa création notre ordre n'a été confronté à une telle situation, constata Louis Bonivard. D'après les enquêtes réalisées par frère Humbert et frère Albert, nous connaissons désormais tous les protagonistes savoyards de – comment dirais-je ? –, oui, de cette expédition. Cette étudiante en histoire, Nadine Gachet, aurait donc eu un éclair de lucidité qui pourrait nous mettre en péril ?

L'inspecteur d'académie Albert de Mongey ferma un instant les paupières avant de confirmer :

– C'est possible. Elle a la réputation d'être une étudiante brillante et d'avoir du flair. Elle a pu subodorer la vérité et le faire savoir. Si aujourd'hui une équipe de spécialistes est à pied d'œuvre, elle n'y est pas pour rien.

– Bon sang ! Pourquoi n'avons-nous pas été alertés plus tôt ? Nous aurions pu faire bloquer par la préfecture leur demande d'autorisation ! s'exclama le commandeur.

– Il n'est jamais trop tard pour réagir, soutint Philibert Cavour d'Albens. Il faut faire vite. S'ils trouvent la malle, ils trouveront aussi le saint suaire.

– Pas si entre-temps nous le déplaçons, objecta Chabot d'Arbin.

Le commandeur eut un sursaut.

– C'est un lieu sacré !

Et disant cela, il pensa aux spécialistes florentins appelés par son aïeul, Jacques-Guillaume, pour concevoir et fabriquer les passages secrets menant à cette cache. Dès leur travail achevé, ils étaient repartis vers l'Italie. Au col du mont Cenis, de faux brigands s'étaient jetés sur eux et les avaient massacrés. Ainsi, aucun risque de fuite n'était à craindre. Le secret serait bien gardé et le doyen Bonivard pouvait en toute sécurité conserver ce trésor papal qu'il comptait s'approprier si Innocent IV était assassiné par les sicaires de l'empereur germanique, ou les siens ! En tout cas, personne, en dehors de lui et de son frère, ne savait où se trouvait la malle et comment y accéder.

Quand la nouvelle de l'éboulement du Granier parvint à Vevey, son cadet Boniface enfourcha son cheval et se rendit sur les lieux du désastre au grand galop. Bravant les dangers de la montagne encore noyée dans la poussière, il constata que la grotte avait miraculeusement échappé au séisme et que la malle était intacte. Il refusa de toucher à cette fortune, maudite à ses yeux, omit de détromper le pape qui la croyait anéantie et, pour racheter l'âme vénale de son frère aîné, prit la décision de la laisser dormir là où elle était. Néanmoins, il fit en sorte que ce secret soit transmis de génération en génération aux aînés de la famille.

Comme s'il avait lu dans ses pensées, l'archiviste Mugnier de Lépin crut bon de mentionner que ce n'était pas la malle du saint-père qui avait fait de ce lieu le sanctuaire qu'il était aujourd'hui. Il fixa sur Louis Bonivard ses yeux perçants d'avaleur de palimpsestes.

– Sans l'initiative de François, mon ancêtre, fondateur en 1516 de notre confrérie, reconnaissez que cette grotte ne vaudrait que la valeur du trésor qu'elle abrite. C'est quand le saint suaire l'y a rejoint qu'elle est devenue un lieu sacré.

Il marqua un temps de réflexion.

– Il est cependant certain que votre aïeul, le banquier Justinien Bonivard, joua à cette époque un rôle essentiel.

Frère Louis ferma un instant les yeux en signe d'approbation. Son lointain prédécesseur avait en effet été l'un des premiers à rallier les Porte-glaive. Aussitôt il avait fait don à l'ordre de la cave secrète et des richesses qu'elle renfermait, pour qu'il en assurât la garde perpétuelle, et eut également l'idée d'y transférer le saint suaire. Pour la confrérie, c'était l'image de Dieu qui était cachée là-bas avec la malle du pape Innocent IV, une image imprimée par le rayonnement surgi du ciel lorsque le Tout-Puissant avait rappelé son incarnation humaine. Une expression admirative éclaira soudain le visage du commandeur.

– Quel génie ce Léonard de Vinci ! Vous n'avez pas oublié qu'il a vu le linceul sacré qui se trouvait dans la sainte chapelle de Chambéry, en suivant François Ier en France. Et il faut bien reconnaître que la copie qu'il en a faite avec son assistant Francesco Melzi, peut-être en ayant recours à sa fameuse *camera obscura*[1], est époustouflante. Seul le plus grand maître de la perspective pouvait relever ce défi : réaliser un second saint suaire paraissant encore plus authentique que le vrai !

– Et que nos familles à l'époque ont payé fort cher, releva Bourget d'Asti.

La réaction de Thomas Costa de Saint-Séverin, qui haussa les épaules d'un air agacé, fut la plus prompte :

– C'était ça ou voir le vrai linceul de notre Seigneur Jésus suivre nos ducs à Turin ! Dès le début du XVIe siècle, vous le savez tous, ils songeaient déjà à s'installer en Piémont italien et la halte de Léonard de Vinci à Chambéry fut interprétée par les nôtres comme un signe du ciel. Si le maître a accepté notre proposition, c'est parce qu'il était, lui aussi, d'avis qu'il fallait soustraire le divin linceul aux tentations humaines. Grâce au lin et aux pigments vieux de plusieurs siècles qu'il a fait venir spécialement de Syrie, il est parvenu à bluffer les plus grands experts !

Le commandeur profita du silence qui suivit pour apporter quelques précisions que certains de ses frères ignoraient peut-être.

– Ça lui a demandé deux années de travail à l'abri des regards du roi et des curieux de la cour d'Amboise. Ce fut la dernière œuvre magistrale de sa vie. Il est mort quelques mois seulement après l'avoir achevée !

Ces réminiscences les ressoudaient face au danger qu'ils sentaient approcher. Ils pensèrent aux deux clarisses qui, ravaudant le saint suaire en 1519, en avaient profité pour procéder à la substitution. L'une, Marie-Thérèse, appartenait à la famille Mugnier de Lépin, l'autre, Marie-Madeleine, à

1. En 1514, Léonard de Vinci expliquait dans l'un de ses carnets : « En laissant les images d'objets éclairés pénétrer par un petit trou dans une chambre très obscure, on pourra intercepter ces images sur une feuille blanche placée dans cette chambre, mais elles seront alors inversées. »

celle des Bourget d'Asti. Leurs frères n'avaient eu aucune difficulté à les convaincre que l'empreinte du Christ ne devait pas être exposée comme un vulgaire objet de foire et qu'il fallait la protéger à tout prix des idolâtres et des mercantis. En la pliant, les deux religieuses trouvèrent que la copie avait l'air plus vraie que l'original, ce qui atténua leurs remords. La relique récupérée par les Porte-glaive alla discrètement rejoindre la malle du pape dans la cachette que lui avait trouvée, presque trois siècles plus tôt, juste avant d'être enseveli, le doyen retors de Saint-André, Jacques-Guillaume Bonivard.

Dans la quiétude qui régnait au sein de la crypte, les neuf chevaliers se souvenaient de l'histoire du saint suaire comme s'ils l'avaient personnellement vécue. La très forte transmission orale au sein de l'ordre avait, en quelque sorte, aboli le temps. Le passé était si prégnant en chacun d'entre eux qu'ils ressentaient tous un sentiment étrange d'immortalité.

Ensemble ils revoyaient mentalement les moments cruciaux de la journée de ce 4 décembre 1532 où l'incendie de la sainte chapelle, d'origine suspecte, avait failli avoir raison de la reproduction de Léonard. Sans le courage de l'huissier Philibert Lambert et surtout sans l'audace du forgeron Guillaume Pussode, qui se brûla les mains en s'emparant du reliquaire en argent sur le point de fondre, le chef-d'œuvre aurait été anéanti. Ce sauvetage in extremis fut considéré comme un miracle par la foule amassée autour de l'édifice en feu.

Le visage de Louis Bonivard devint un peu moins bougon qu'à l'ordinaire. Ses compagnons crurent même voir pointer l'ébauche d'un sourire sur ses lèvres serrées.

– Si notre saint suaire venait à être découvert, dit-il, il risquerait, du moins au début, d'être pris pour un faux puisqu'il ne porte aucune trace de brûlure.

Les Porte-glaive émirent de petits rires étouffés, comme s'ils étaient eux-mêmes les auteurs de la duperie. Cette gaieté fut aussi brève que le relâchement du commandeur.

– N'oubliez pas, mes frères, que les techniques modernes permettent hélas des datations très précises, reprit-il sur un ton de regret. Parmi les gens qui fouillent actuellement le Granier, il y a – d'après les informations que m'a transmises frère Humbert – un industriel qui, lui, est mû par l'appât du gain. S'il découvre notre chère relique il la fera à coup sûr évaluer au carbone 14, exigera une analyse du tissu, des pigments et découvrira inéluctablement qu'il a en sa possession un suaire datant de l'époque du Christ. Et alors, dites-moi, quelle sera sa réaction ?

– S'il est pratiquant et honnête, il le remettra au Vatican, déclara Emmanuel Bourget d'Asti.

Le commandeur le fixa avec commisération.

– Cher ami, nos vieilles valeurs chrétiennes sont passées de mode dans cette société où tout est devenu jetable, même l'homme. Nous sommes en pleine adoration du veau d'or, c'est un banquier qui vous le dit. Le dieu qui aujourd'hui dirige l'humanité, c'est l'argent, la course effrénée à l'argent. Que fera cet homme s'il est convaincu d'avoir sous les yeux le linceul de Jésus ? Eh bien, il contactera les collectionneurs les plus fortunés pour en tirer une somme faramineuse. Je n'ose imaginer ce qu'il pourrait advenir si le suaire tombait dans de mauvaises mains.

– Il y a peut-être, parmi les spéléologues qui font partie de l'équipe, des catholiques ou des jeunes suffisamment attachés à leur région pour refuser de participer à cette spoliation, supposa l'archiviste Mugnier de Lépin.

Le notaire Thomas Costa de Saint-Séverin lui ôta ses illusions.

– Je crains fort, frère Arthur, que frère Louis n'ait raison, hélas, et, si d'aventure, les étudiants savoyards se dressaient contre leur sponsor pour l'empêcher de monnayer le saint suaire, ils risqueraient d'avoir de gros problèmes. À côté de la divine relique, la malle du pape, c'est de la broutille. Cette pièce de lin sacrée déchaînera la frénésie des spéculateurs.

Après ce constat plein de bon sens, un lourd mutisme s'abattit dans la crypte. Chaque Porte-glaive se forait les méninges pour trouver une solution… En vain ! L'angoisse les saisit. Pour mettre un terme à cette prospection qui risquait de percer à jour le secret jalousement gardé depuis des siècles par leur confrérie, ils ne pouvaient tout de même pas en venir au meurtre ! L'idée était impensable, et pourtant, ils y pensaient tous, même le procureur Philibert Cavour d'Albens dont la profession était de combattre le crime. Dans la balance de la justice, il y avait, d'un côté, le saint suaire et, de l'autre, huit vies de fureteurs trop curieux. Inutile de préciser de quel côté elle penchait.

5

UN HOMME DISPARAÎT

Ils partirent bien avant le lever du soleil avec leurs lourds bardas. Le minibus prit la direction du col du Granier par une petite départementale qui sinua bientôt au pied de la face nord. Arrivé à Entremont-le-Vieux, il bifurqua sur une vicinale qui grimpait jusqu'au hameau de La Plagne. À un croisement, deux panneaux de bois indiquaient la direction du col de l'Alpette, à droite, et de la Balme à Collomb, à gauche. Igor Ivanov, qui était au volant, gara le véhicule sur un parking de fortune. Avant l'ascension, ils s'accordèrent le temps de contempler un vieux four à pain encore en état de fonctionner et, un peu plus loin, deux ânes qui semblaient attendre au milieu d'un pré le moment opportun pour pousser quelques braiements existentiels.

À la queue leu leu, Nadine en tête, ils s'engagèrent sur une piste muletière qui menait aux alpages, puis s'enfoncèrent dans une forêt aussi riche en sabots-de-Vénus et en fleurs rares que les sous-bois du lac Noir. Malgré son équipement de pointe ultraléger, l'informaticien Renaud Martin commença à s'essouffler en attaquant la pente de plus en plus abrupte et clairsemée qui menait aux rocs tourmentés du Granier.

– Putain ! jura-t-il en s'épongeant le front, l'ordinateur n'est pas compatible avec l'effort physique, et après avoir avalé une grande goulée d'air, il reprit : Il va falloir que je fasse un peu de sport.

– Ne t'inquiète pas, plaisanta Joël, ici, tu vas en faire et, comme tu n'es pas plus gros qu'un cure-dent, tu finiras par nous griller tous.

Il n'était pas le seul à souffrir. Certains ressentaient encore dans leurs mollets les efforts de la veille. Les grimaces et les trébuchements d'Igor, portant son radar à l'épaule, firent sourire Xavier qui pensa à un pénitent mimant le calvaire du Christ. La respiration sifflante de Basile Werner et sa toux sèche trahissaient un début d'asphyxie.

« Ce charlot devrait crapahuter plus souvent au lieu de picoler de la bière », ricana à part lui Alexis.

Seul La Renardière, qui faisait une heure de squash tous les jours à Paris, paraissait en pleine forme.

Contrairement à la face nord, les voies latérales d'accès à la cime du Granier recèlent des sangles praticables, équipées aux passages difficiles de rampes et d'échelles de fer. Bien que relativement aisées pour des randonneurs entraînés, elles comportent des pièges qui réclament vigilance et bonne condition physique. Lapiaz, vires, ravines, précipices, l'excursion semble parfois si hasardeuse qu'il vaut mieux éviter de regarder vers le bas pour ne pas être pris de vertige.

Par bonheur, l'accès à la Balme à Collomb, située à mille sept cents mètres d'altitude, est l'un des plus faciles. L'effort réclamé aux novices parisiens était donc rude mais de courte durée.

– Vous verrez, leur promit Joël, dans huit ou dix jours, vous aurez de vraies guibolles de Savoyards.

Comme la veille, Alexis soulagea Igor de son géoradar. Au loin, le paysage se magnifiait avec l'altitude. Des vulnéraires et des gentianes en fleurs mouchetaient de jaune et de bleu la rocaille moussue. Bientôt le sentier cessa de grimper et longea de hauts remparts de calcaire qui se hérissaient hardiment vers le ciel. Devant eux, à la base de cette muraille, apparut une tache noire. C'était l'entrée de la grotte. Tous en étaient convaincus avant même que Nadine ne l'annonce :

– Voici la Balme à Collomb !

Ils pénétrèrent dans l'imposante caverne traversée par un chemin qui débouchait un peu plus loin sur l'extérieur. Sur la gauche s'étirait une longue galerie fermée, au fond, par une porte blindée. Joël pianota sur la cloison de fer.

– C'est là, juste derrière, qu'il y a quarante-cinq mille ans, les fameux ours des cavernes, dont nous vous avons déjà parlé, se sont réfugiés pour hiverner. Ceux dont on a retrouvé les squelettes sont probablement morts de froid durant leur sommeil. C'est un ossuaire sur lequel les anthropologues veillent jalousement.

– Je sais, fit La Renardière. Je viens d'appeler le responsable de la sécurité du gisement à Entremont-le-Vieux. Il s'apprête à monter pour nous ouvrir et, hélas, nous surveiller un peu. C'est son job. Si notre géoradar détecte quelque chose, il faudra le lui dissimuler.

Nadine fit la moue.

– Pourquoi ? En tant que propriétaire des lieux, la commune a bien droit à la moitié du butin, n'est-ce pas ce que vous nous avez affirmé ?

– Oui, je l'ai dit, reconnut le patron de Geotechnik, mais (ici, la formule s'impose) il ne faut pas vendre la peau de l'ours avant de l'avoir tué. Tant qu'on n'a rien trouvé, mieux vaut se montrer discret, sinon vous allez voir déferler toute la presse régionale.

Elle soutint son regard en s'efforçant de lui montrer qu'il ne l'intimidait pas. Cet échange visuel fut brusquement interrompu par Alexis :

– Si vous croyez que, pour nous espionner, le gardien va rester avec nous à se geler toute la nuit alors qu'il habite à deux pas, vous vous mettez le doigt dans l'œil. Il va nous montrer le gisement, nous confiera les clefs et les codes et rentrera chez lui !

Xavier l'approuva :

– Que peut-il craindre de nous ? Qu'on lui fauche ses squelettes ? Ne sommes-nous pas recommandés par la région, le département et la préfecture ?

– Quand même, objecta Nadine qui avait de la suite dans les idées, si par chance, on tombait sur la malle, on pourrait au moins mettre le maire dans la confidence.

– Êtes-vous absolument certaine qu'il saurait garder sa langue ? rétorqua La Renardière.

Non, elle ne l'était pas.

En tout cas, Alexis avait vu juste. Le surveillant de la Balme fit exactement ce qu'il avait prédit et rebroussa chemin au plus vite.

– Eh bien, il n'y a plus qu'à préparer notre bivouac, décréta La Renardière en regardant s'éloigner à grands pas l'agent communal.

Dès que le gardien eut disparu dans la forêt, il sortit de son sac une boîte remplie de mastic et prit soigneusement les empreintes des clefs. Cette action éveilla la suspicion des Savoyards.

– Ce n'est pas très loyal, ce que vous faites là, releva Joël.

Il eut un sursaut d'étonnement.

– Seriez-vous donc naïfs ? S'il nous a confié les clefs, c'est uniquement sur recommandation du préfet. Or celui-ci a beau être un ancien condisciple, il peut très bien limiter notre accès sur ce site et il me faudra le supplier à chaque fois. Croyez-moi, j'agis dans l'intérêt de tous.

L'explication ne convainquit personne sans pour autant susciter de réaction. Ils choisirent le coin le moins venteux, dressèrent leurs tentes, installèrent leurs couvertures de survie qui leur serviraient de tapis de sol et déployèrent leurs duvets.

– Il faudrait aller visiter le sommet, ça vaut le coup d'œil, suggéra Nadine.

– Pas maintenant, tout de même ! protesta Renaud.

– Non, fit-elle. Ce soir, repos, mais demain, il est impératif de ne pas rater le lever du soleil, là-haut.

– Le lever du soleil ! rouspéta Igor. Ma parole, tu veux notre mort ?

Tandis qu'elle partait avec ses trois compagnons ramasser du bois mort, les Parisiens entreprirent de régler leur équipement. Tout en faisant les cent pas à l'orée de la caverne, La Renardière conversa dans son iPhone avec un correspondant. De son côté, le géologue longea la falaise, donnant de-ci de-là de petits coups de marteau pour observer à la loupe les éclats de pierre. Sous un roc qui s'avançait en encorbellement, il crut discerner une empreinte de céphalopode et, un peu plus loin, celle d'une huître. Il se glissa de dos dans l'étroite saillie, tapota doucement avec son outil le pourtour des fossiles. Juste au moment où il commençait à se réjouir de sa trouvaille, il fut aplati comme une crêpe en plein sourire. Un brusque affaissement venait de combler le vide dans lequel il s'était glissé. Une bien belle mort qui ne lui laissa ni le temps d'avoir peur ni celui de crier, si bien que personne ne s'aperçut de rien. Entre-temps, un grand feu avait été allumé dans la grotte et chacun tendait ses mains vers les flammes. À l'heure du frichti lyophilisé, son absence inquiéta tout le monde.

– Basile ! Basile !

Son nom résonna dans toute la montagne. Au bout de deux heures de vaines recherches, il fallut bien se rendre à l'évidence : Basile avait disparu. La Renardière se résigna à appeler la gendarmerie de Montmélian.

– Votre équipier avait-il son téléphone portable sur lui ? demanda le brigadier-chef Dumoulin. La nuit commence à tomber. S'il n'a pas répondu à vos appels, ni donné signe de vie, il va falloir ratisser la zone.

– Qu'attendez-vous donc pour déclencher l'alerte ? Il est peut-être gravement blessé et dans l'impossibilité de communiquer.

Le sous-officier éloigna le récepteur de son oreille tant la voix à l'autre bout de la ligne était assourdissante.

– Écoutez, monsieur, ça ne sert à rien de crier. J'ai besoin de renseignements précis pour alerter le groupe Montagne des sapeurs-pompiers de Chambéry et prévenir notre commandement. Donc, j'insiste, avez-vous essayé de joindre votre collègue sur son téléphone portable ?

– Oui ! Aucune réponse !

– Quand vous êtes-vous aperçu de sa disparition ?

– Il y a environ deux heures.

La Renardière ne lui laissa pas le temps de poser une autre question.

– Plus on tergiverse, plus les chances de le sauver s'amenuisent, dit-il d'un ton excédé. Appelez qui de droit, je vous en conjure, et faites en sorte qu'on intervienne au plus vite.

La patience du gendarme commença aussi à s'émousser.

– Monsieur je-ne-sais-pas-qui, quel que soit votre état de contrariété, nous n'irons pas plus vite que la musique. Alors calmez-vous et déclinez votre identité, s'il vous plaît !

Le patron de Geotechnik faillit s'étouffer de rage mais comprit qu'il valait mieux obtempérer. Bien lui en prit. En quelques minutes, il obtint les précisions qu'il attendait.

– Aucun hélicoptère ne décollera ce soir. Ça ne servirait à rien, précisa le brigadier Dumoulin.

– On ne peut donc espérer aucun secours avant demain ?

– Je n'ai pas dit ça, rectifia le sous-officier. Pendant que vous m'engueuliez, un de mes collègues a prévenu les pompiers de Chambéry. Quatre d'entre eux sont déjà en route pour La Plagne avec l'équipement nécessaire. Un maître-chien et son berger allemand les accompagnent. Ils ont votre numéro de mobile. Dès qu'ils seront sur le chemin de la Balme, ils vous contacteront.

– Désolé de m'être emporté, s'excusa La Renardière.

– Nous avons l'habitude, répliqua le gendarme, bonne chance.

Après le clic sec qui résonna dans son tympan, le sponsor sortit un mouchoir et s'épongea le front.

Nadine lui tendit un gobelet d'eau fraîche.

Près d'elle, Igor soupira :

– Quelle merde !

– Pas de panique, les amis, tenta de les rassurer Joël, dans deux heures, trois, au plus tard, les secouristes seront là et on va le retrouver, votre géologue.

Seul Alexis n'avait pas l'air inquiet. « Ce con a dû s'égarer, pensait-il. Une nuit à la belle étoile ne lui fera pas de mal. »

Personne n'avait vraiment à cœur de s'alimenter sauf lui. Cette indifférence en choqua plus d'un.

– Dis donc, que Werner ait disparu n'a pas l'air de te couper l'appétit, lui reprocha Renaud.

– Ici, il n'y a aucun danger. Je crois que votre copain s'est tout simplement perdu. Je ne te dis pas la tête que vont faire les sauveteurs quand ils verront qu'on les a dérangés pour rien.

Xavier le coupa :

– Arrête tes conneries, Alex. Où qu'on soit en montagne, les incidents de ce genre ne sont jamais à prendre à la légère.

De son côté, La Renardière lui lança un regard peu amène.

– Vous, quand vous prenez quelqu'un en grippe, vous êtes du genre tenace.

Nadine, elle, ne fit aucune remarque et, préférant ignorer les airs ostensiblement désinvoltes d'Alexis, elle parvint à éveiller sa mauvaise conscience. Il stoppa net sa mastication et s'empara de sa lampe.

– Je vais marcher en direction du sommet.

L'ensemble de l'équipe le retint.

– Laisse tomber, Alex. Il fait presque noir.

Cette phrase était à peine achevée que, tout en bas, sur le chemin forestier qui partait de La Plagne, ils aperçurent quatre lumières qui dansaient dans la nuit. Elles progressaient rapidement. L'ouverture d'*Ainsi parlait Zarathoustra* s'éleva de l'iPhone de La Renardière.

– Ici le capitaine Magnin des sapeurs-pompiers de Chambéry. Nous avons entamé l'ascension. Nous serons là très vite.

– On vous attend, merci.

Moins d'une heure plus tard, les secouristes débouchaient dans la Balme à Collomb. Le maître-chien qui tenait sa bête en laisse exhiba le marteau de géologue.

– Vador a trouvé ça, sur le pierrier, à une centaine de mètres d'ici.

– Werner l'avait avec lui quand il s'est éloigné, signala Igor.

Comme des moustiques attirés par la lueur des lampadaires, les nouveaux venus se rapprochèrent de la flambée.

Le capitaine Magnin avait l'air perplexe.

– C'est curieux, dit-il, après nous avoir rapporté cet objet, le chien est reparti gratter au pied d'un rocher, comme si votre collègue pouvait être enfoui dessous.

– Curieux, en effet, consentit La Renardière.

– Eh bien, si on allait voir ça de plus près, décida Alexis qui cherchait à se racheter.

Igor s'empara du géoradar.

– Je l'emporte, on ne sait jamais.

Ils n'eurent qu'une petite centaine de mètres à parcourir et, de nouveau, Vador tira sur sa laisse, puis racla furieusement le sol en poussant de petits gémissements d'impatience. Ses pattes, une fois le gravier éjecté, griffèrent le roc qui paraissait profondément planté dans la pierraille. Igor inspecta minutieusement la roche avec sa machine et, dans la grotte, Renaud étudia les images recueillies par le géoradar.

– Je décèle une fissure très serrée et parfaitement ajustée, qui semble être là depuis toujours, dit-il dans son micro.

– Pourtant, je peux vous garantir que le flair de mon chien est infaillible, avertit le brigadier cynophile.

Son assurance dérouta La Renardière.

– Que doit-on en déduire ?

– Un affaissement subit de terrain ? avança Nadine.

– Cela devrait se voir au géoradar, signala Igor. Tout ne serait pas aussi soudé. Il y aurait des vides, des microcavités, des brisures. Là, rien. On dirait une mâchoire fermée.

Le capitaine Magnin avait l'air très contrarié.

– Il s'est passé quelque chose ici ! Quoi ? je l'ignore. C'est comme si la montagne avait avalé votre géologue. Nous reprendrons les recherches demain, mais je suis certain qu'on ne trouvera rien de plus.

Les pompiers bivouaquèrent avec l'équipe dans la grotte et, après un repas frugal, ils leur proposèrent une *tiota gotta* de génépi autour du feu de bois, histoire d'apaiser les angoisses. Si Basile Werner avait été retrouvé, c'eût pu être une veillée joyeuse. Hélas, ils étaient habités par de mauvais pressentiments et n'avaient pas l'esprit à la fête.

En pleine nuit, un orage éclata qui les réveilla en sursaut. À l'entrée de la Balme à Collomb, des éclairs zébraient les ténèbres. Les déflagrations de la foudre se répercutaient dans tout le Granier. Le vent survint et souffla en rafales. Martelant les rochers, une pluie diluvienne provoqua des torrents qui dévalèrent les pentes. Mugissements, tumulte, fulgurances, comment, devant ce déchaînement de la nature, ne pas songer à la catastrophe de jadis ? Ils étaient tous sur la même longueur d'onde.

Joël voulait garder espoir.

– Croisons les doigts pour qu'on retrouve Basile en vie demain.

Le capitaine Magnin n'osa pas lui faire part de son scepticisme.

Hanté par des images de cataclysme, aucun d'entre eux ne put s'endormir avant la fin de l'orage. Le silence qui survint d'un coup leur parut écrasant. Il les riva sur leurs couches. Après quelques bâillements, bercés par les « ploc ploc » des gouttelettes qui heurtaient le sol devant la grotte, ils sombrèrent tous dans un lourd sommeil.

6

LE ROCHER CANNIBALE

Sitôt le café bu, les recherches reprirent sous un ciel d'aurore où s'attardaient encore quelques étoiles que le jour naissant n'allait pas tarder à éteindre. Vador s'entêtait à venir gratter en jappant au pied du même rocher. Par acquit de conscience, les sauveteurs, accompagnés de toute l'équipe, montèrent au sommet du Granier avec le chien qui ne tirait même plus sur sa laisse, convaincu qu'il était d'avoir déjà fait son travail. Des ruisselets coulaient encore sur les lapiaz et le long des chemins. Ils grimpèrent avec prudence.

Parvenus tout là-haut, Igor et Renaud, comme le leur avait promis Xavier, assistèrent à un spectacle grandiose. La pluie avait dépoussiéré le ciel et l'air était d'une telle transparence qu'il abolissait la perception des distances. Tout semblait si proche. En face, le mont Blanc, baigné d'une lumière orangée, trônait en majesté et, juste devant, se hérissaient les sommets du massif des Bauges auréolés de brume rose. À leur pied, la vallée de Chambéry guida paresseusement leurs regards jusqu'au lac du Bourget où, sur les eaux encore sombres, se reflétaient les tout premiers flamboiements du soleil. Personne n'avait hélas le cœur à se réjouir. À peine revenu à la Balme, Vador, en aboyant, se précipita à l'endroit précis qu'il avait déjà signalé. Plus de doute, Basile Werner avait bien été victime d'un affaissement de terrain.

Devant l'insistance de Didier de La Renardière, qui voulait à tout prix retrouver des lambeaux de corps pour les remettre à la famille du disparu, le capitaine Magnin haussa le ton :

– On ne va tout de même pas attaquer la barre rocheuse au marteau-piqueur. Oubliez ça. Votre collaborateur est désormais soudé à la pierre. Et c'est bien trop risqué de vouloir déplacer quoi que ce soit ici.

Avant de repartir pour Chambéry, les pompiers prévinrent la gendarmerie qui envoya sur place deux de ses hommes afin de dresser un constat. Ils arrivèrent en fin de matinée avec le maire d'Entremont-le-Vieux et le gardien de la grotte de l'Ours qui réclama ses clefs. Contrarié par cet accident qui risquait de faire du tort au tourisme local, l'édile exprima son inquiétude.

– Pourvu que la presse ne fasse pas trop de raffut avec ce drame.

Pour d'autres raisons, Didier de La Renardière l'espérait aussi, sans trop y croire. Moins on en parlerait, mieux cela vaudrait pour la poursuite des fouilles qu'il faudrait certainement interrompre.

– La femme et les enfants de Basile vont être peinés de ne pas pouvoir récupérer son corps pour organiser des funérailles convenables à Strasbourg, souligna-t-il. Ça risque d'apitoyer les journalistes.

Non dénué de sens pratique, Alexis émit l'idée qu'un dédommagement financier pourrait inciter la famille à se montrer compréhensive.

– Comme tous mes collaborateurs, Werner avait une assurance-vie, expliqua le sponsor. De toute façon, les siens seront à l'abri du besoin.

– Ça va quand même être dur de leur faire admettre cette disparition, releva Nadine. Ils auront forcément envie de creuser sous la roche.

– L'envie peut-être, mais pas l'autorisation, intervint l'un des gendarmes.

Hélas, ce qu'ils avaient redouté survint. Escortée par un essaim de correspondants régionaux, la famille de Basile Werner se rendit sur les lieux de l'accident. Dans la plénitude de la quarantaine, en tailleur, fichu et bas noirs, avec à ses côtés sa fille et son fils, tous deux étudiants, la veuve s'agenouilla devant le bloc qui avait écrasé son mari. Poussant de longues plaintes, elle semblait vouloir griffer la pierre avec ses mains. Naturellement, cette scène provoqua la frénésie des photographes qui se bousculèrent pour la mitrailler sous tous les angles.

La mort du géologue alsacien, venu en Savoie pour dresser une carte souterraine du mont Granier, ne pouvait être ignorée des autorités locales. Le préfet se déplaça en personne à Entremont-le-Vieux avec un petit cortège d'officiels et se lança, devant la mairie, dans un pompeux éloge du défunt et de ces hommes de devoir qui n'hésitent pas à braver la mort pour accomplir leur mission.

Après la cérémonie, il s'adressa à La Renardière qu'il avait connu lorsqu'ils étaient tous deux élèves à l'ENA dans la promotion Condorcet en 1992.

– Mon cher Didier, je pense qu'il va falloir reporter cette mission géologique.

– C'est bien dans mon intention, Alban. Je la reprendrai au mois d'août, si tu n'y vois pas d'inconvénient. D'ici là, l'effervescence sera retombée. L'accident qui a coûté la vie à notre collègue prouve que notre étude des structures souterraines du Granier est plus que nécessaire. Cette montagne comporte encore des endroits dangereux qu'il nous faut détecter au plus vite.

– Le mois d'août me paraît très bien, approuva le préfet, à condition de ne pas prendre de risques inutiles. Un autre accident, Didier, n'est pas envisageable. Si un drame semblable à celui-ci se reproduisait, ce serait très fâcheux et je serais dans l'obligation de vous interdire définitivement de poursuivre votre travail.

– Je comprends Alban. Sois tranquille. À l'avenir, nous redoublerons de vigilance, crois-moi.

Le soir même, l'équipe se retrouva à l'auberge de Bellecombe.

– Ça commençait pourtant bien, regretta Igor. Si cruelle qu'elle soit, la mort de Werner va tout compliquer.

Renaud se montra plus philosophe.

– Deux mois, ça passe vite.

Comme à son habitude, Alexis ne chercha pas à travestir ses sentiments.

– On ne va pas être hypocrite. Werner nous tapait un peu sur les nerfs.

Didier de La Renardière était, quant à lui, surtout affecté par la perte financière que cet accident engendrait. Un tel manque de chance confinait presque à la faute professionnelle. Pourquoi s'était-il encombré de ce porte-poisse de Werner ? Il en aurait pleuré de rage et regrettait presque de s'être lancé dans cette entreprise plus qu'incertaine. Nadine, qui l'observait à la dérobée, l'incita à se ressaisir.

– Êtes-vous du genre à reculer à la première difficulté ? On peut très bien continuer notre opération sans que personne n'en sache rien. Pourquoi attendre deux mois ? Le Granier va-t-il être interdit à tous les randonneurs ?

C'est Alexis qui répondit :

– Bien sûr que non. On peut reprendre nos recherches ni vu ni connu !

Joël avait l'air troublé.

– Ce n'est quand même pas fréquent qu'un rocher du Granier aplatisse un bonhomme, surtout près de la Balme à Collomb où il ne s'est jamais rien passé. Il y a un truc que je ne comprends pas.

Didier de La Renardière se leva brusquement de table et se mit à aller et venir dans la salle du restaurant. C'était sa manière à lui de cogiter. Il vérifia du regard que la porte donnant accès à la salle était bien fermée et exprima le fruit de ses réflexions :

– Il n'est plus question de loger à l'hôtel et de se déplacer de manière aussi voyante.

– Ça, c'est sûr, concéda Igor. Même réduits à sept, avec tout notre matériel, on attirera forcément l'attention.

Nadine conseilla au patron de Geotechnik de rentrer à Paris.

– Le seul moyen de ne pas froisser votre ami le préfet, Didier, c'est de vous résoudre à disparaître durant les deux mois que vous vous êtes fixés tous les deux. Entre-temps, de notre côté, nous allons continuer à fouiller avec un maximum de discrétion. On trouve à Aix-les-Bains des meublés à louer à un prix raisonnable où Igor et Renaud pourront loger.

Elle fit l'unanimité, provoquant tout de même une légère contrariété chez La Renardière, qui avait le sentiment d'être provisoirement écarté de la mission. Ce déplaisir fut très passager. Il convint que cette proposition était dictée par le bon sens, mais ne put s'empêcher de leur donner des directives.

– À chaque sortie, il ne faut pas que vous soyez plus de deux : Igor et un spéléo. Toi, Renaud, tu ne viendras sur les lieux que si le géoradar a repéré la veille quelque chose d'intéressant.

– Compte tenu de nos cours, il sera difficile de faire autrement, admit Xavier.

L'informaticien intervint :

– Qui coordonnera les opérations en votre absence ?

– Nadine me semble toute désignée pour ce job, nota-t-il en regardant la jeune femme avec malice. Vous l'appréciez tous et je suis certain que vous serez d'accord avec ses décisions. Pas d'objection ?

– Pas d'objection ! s'écria le chœur des mâles.

Ils dînèrent tous ensemble, passèrent une dernière nuit à l'auberge. Le lendemain, comme convenu, l'équipe se redéploya. Avant de reprendre l'avion pour Paris, La Renardière remit le moule des clefs de la Balme à Collomb à Igor et Renaud pour qu'ils en fassent réaliser des copies par un serrurier de la région. À peine installés dans un duplex qui offrait une vue superbe sur le lac du Bourget, ses deux collaborateurs s'acquittèrent de cette tâche. Les quatre étudiants savoyards, quant à eux, rejoignirent leurs campus respectifs à Grenoble.

Nadine eut recours au tirage au sort pour désigner celui qui serait de la prochaine sortie. Xavier obtint le plus petit bout d'allumette. Sa mission : retourner à la Balme pour enfin commencer la prospection. Il appela Igor et lui donna rendez-vous le vendredi suivant à six heures du matin, à Chambéry, rue de Boigne, devant l'immeuble de ses parents, à deux pas du château.

Les deux collaborateurs de Geotechnik avaient loué un petit quatre-quatre noir. À l'heure dite, le véhicule se gara devant la porte cochère de la famille Revol.

– Salut !

– Salut !

– Tu as bien pris la clef et surtout la balise de positionnement ? s'inquiéta Xavier en entrant dans la voiture.

Igor le regarda, surpris.

– Crois-tu vraiment que j'aurais pu oublier ? Elle est dans mon sac à dos. Pas plus grosse que ma main. Quatre cents watts de puissance, une portée de trois cents mètres, un petit chef-d'œuvre technologique.

Ils avaient prévu de passer la nuit sur place et s'étaient équipés, tous deux, en conséquence…

Quand ils apprirent l'accident qui avait coûté la vie au géologue Basile Werner, les Porte-glaive de la Divine Relique décidèrent de tenir un nouveau chapitre. Le samedi suivant, ils se retrouvèrent dans la crypte de Lémenc. Après avoir revêtu leur uniforme médiéval, ils se réunirent en cercle près du reliquaire. Comme à l'accoutumée, le commandeur Louis Bonivard procéda à l'appel. Bien que l'inquiétude de la précédente réunion ne se fût pas entièrement estompée, les participants étaient nettement moins tendus. Un tel accident, dans cette partie du Granier réputée sans danger, étant incompréhensible, ils se lancèrent dans des hypothèses invraisemblables. Certains l'attribuèrent à l'intervention de forces telluriques que seul le saint suaire tout proche pouvait avoir engendrée.

– Cette nuit-là, il y a eu un orage d'une violence inouïe, releva maître Costa de Saint-Séverin. De Montmélian, le spectacle était sidérant.

Le commandeur jugea utile de préciser que les orages en montagne étaient toujours spectaculaires et que celui-ci, bien que survenu peu après l'affaissement du rocher ayant causé la mort du professeur strasbourgeois, ne se différenciait guère des autres.

– C'est justement cette simultanéité qui est troublante, souligna Victor de Tresserve.

Comme la fois précédente, leurs paroles résonnaient dans la crypte. On eût dit des voix venues d'outre-tombe. L'anachronisme de ce conciliabule, tenu par ces hommes drapés dans des habits d'un autre temps, accentuait encore le caractère irréel de la scène. Pourtant, aucun d'eux n'avait, loin s'en faut, le sentiment d'interpréter un jeu de rôle. C'étaient des personnages extrêmement sérieux, issus de familles illustres qui, de génération en génération, s'étaient transmis la mission de veiller sur la sainte cave dont l'existence était connue d'eux seuls. Jamais secret n'avait été aussi bien gardé. Aujourd'hui, pour la première fois, ils sentaient un péril.

– Si cet accident est réellement dû aux forces émanant du saint suaire, nous ne pouvons que nous en féliciter, déclara le procureur Philibert Cavour d'Albens. Elles nous ont évité d'intervenir. En sera-t-il toujours ainsi ? Les fouilles vont-elles cesser ?

Guerraz de Saint-Alban, qui avait téléphoné à son neveu à L'Étape, leur livra une nouvelle plutôt rassurante :

– Le responsable de Geotechnik est reparti pour Paris, le groupe s'est séparé et les étudiants sont retournés à Grenoble.

Persuadés que ces maudits chercheurs de trésor reviendraient tôt ou tard à la charge et qu'il ne fallait surtout pas baisser la garde, les Porte-glaive se gardèrent bien de pavoiser.

– Si j'en crois ce que j'ai lu dans la presse, intervint Victor de Tresserve, l'équipe de Geotechnik et les quatre jeunes Savoyards ont été autorisés à dresser une carte des sous-sols du Granier.

L'inspecteur d'académie acquiesça :

– Très juste, frère Victor, et si Humbert n'avait pas été informé du but véritable de cette mission par son neveu, nous aurions tous cru à la version officielle.

– Cela n'aurait pas changé grand-chose, fit remarquer Emmanuel Bourget d'Asti. C'est à la mort du géologue que nous devons ce sursis inespéré.

Brusquement, plus aucun Porte-glaive n'éprouva le besoin de parler. Que pouvaient-ils ajouter ? Ce chapitre commençait à prendre la tournure d'une conversation de salon. Rien n'avait été décidé. Ils subissaient les événements et n'avaient pas trouvé la solution qui leur eût permis de les contrôler. Il était aujourd'hui impossible de faire interdire l'accès de certaines parties du Granier au public. Jadis, les anciens plaçaient des sentinelles aux endroits névralgiques et pouvaient compter sur la fidélité des bergers qui les informaient des moindres déplacements suspects et sur l'efficacité des gendarmes qui répondaient sans poser de questions à leurs sollicitations. Jamais la surveillance de la grotte secrète n'avait été aussi bien assurée qu'à l'époque du royaume de

Piémont-Sardaigne. Après l'annexion de 1860, tout devint plus compliqué. Le système républicain détruisit la traditionnelle fidélité des humbles aux vieilles familles du pays, peu à peu supplantées par des politiciens qui ignoraient les serments d'allégeance.

L'archiviste paléographe Mugnier de Lépin finit par crever la chape de silence qui s'était abattue sur l'assemblée :

– Nous pouvons toujours poser des détecteurs de mouvements à l'intérieur du passage secret. Il en existe de très sophistiqués.

– Le problème, c'est leur portée, frère Arthur. Même les plus performants, sous une voûte rocheuse, n'émettront pas très loin, précisa Victor de Tresserve.

– Autrement dit, en déduisit Louis Bonivard, nous n'avons aucune possibilité d'empêcher ces curieux d'agir.

Chabot d'Arbin, qui était rarement à court d'idées, insista :

– On pourrait quand même placer des capteurs dans la première cavité qui fait office de sas d'accès. Un émetteur de qualité supérieure pourrait atteindre Montmélian et il nous suffira alors d'installer une alarme chez frère Thomas.

Le notaire parut sceptique.

– Si les intrus sont déjà dans le sas, quand ça sonnera chez moi, il faudrait se montrer bigrement rapide pour être sur place avant qu'ils n'atteignent la sainte cave.

– Ce serait toujours mieux que rien, repartit frère Jocelyn, et faute de pouvoir les coincer à l'entrée, nous pourrons toujours les bloquer à la sortie.

Oui, ce serait mieux que rien, ils étaient tous d'accord sur ce point. Cependant, dans l'immédiat, ils se sentaient dépassés.

– Remettons-nous-en pour l'instant à la divine providence, murmura le commandeur. Il y a déjà eu un mort sans que nous ayons à intervenir. Il peut y en avoir d'autres. Je ne crois pas que notre chère relique se laissera approcher facilement par des êtres aux intentions impures.

Tous approuvèrent. Louis Bonivard joignit ses mains et invita les autres à faire de même.

– Prions, mes frères.

Après l'Ave Maria et le Pater Noster qui conclurent ce chapitre, ils se changèrent, rangèrent comme d'habitude leurs tenues d'apparat et leurs glaives dans de grands sacs avant de les remiser à l'intérieur d'un petit oratoire voisin dont ils possédaient tous la clef.

7

PRISONNIERS DES TÉNÈBRES

Alors que le soleil dorait déjà les falaises du Granier, l'ombre bleue du petit matin recouvrait encore le hameau désert de La Plagne. Les clarines des troupeaux pâturant dans les prairies tintaient au loin. L'air était vif. La marche fut aisée. Lorsque Xavier et Igor parvinrent à l'entrée de la grotte, la vallée à leurs pieds était inondée de lumière avec, ici ou là, quelques floches de brume qui tardaient à se dissiper. Un peu comme les chevaux qui dressent leur tête et semblent humer les odeurs montant des herbages en remuant les naseaux, ils inhalaient, avec une appétence qui faisait frémir les coins de leurs narines, le parfum des fleurs nichées par milliers sur les pentes.

Après avoir siroté un gobelet de café chaud qu'ils avaient emporté dans un thermos, ils mirent leurs casques, entrèrent dans la Balme à Collomb et prirent la galerie qui menait à l'entrée de la grotte de l'Ours. Xavier ouvrit les portes avec les codes et les clefs qu'il avait fait copier puis, dès qu'ils furent tous les deux dans la place, les referma.

– Je ne pense pas qu'on trouvera quelque chose ici. L'accès à ces caves a été bouché par un éboulement pendant des milliers d'années, prévint-il. Il était impossible de savoir qu'elles existaient à l'époque où Bonivard aurait cherché à cacher la malle du pape.

– Et comment les spéléologues les ont-elles localisées ? s'enquit Igor.

– C'est un courant d'air qui leur a mis la puce à l'oreille. Ils ont alors entrepris de dégager les pierres qui obstruaient le passage.

Le faisceau de lumière de leurs lampes frontales étant trop circonscrit, Xavier prit dans son sac à dos un projecteur LED qui les éclaira comme en plein jour.

– Environ douze mille ossements ont été sortis d'ici, et seulement trois cents mètres carrés, soit dix pour cent des salles, ont été explorés, précisa-t-il. Je ne te dis pas ce qui doit rester là-dedans.

– Et pourquoi a-t-on arrêté les recherches ?

– À l'époque, dans les années quatre-vingt-dix, c'est le conservateur du Muséum d'histoire naturelle de Lyon qui les dirigeait[1]. Il a bien fallu à un moment qu'il étudie et classe ces bouts de carcasses éparpillés, sinon ses successeurs se seraient retrouvés noyés sous une masse d'ossements et il n'y aurait toujours pas de musée de l'Ours des cavernes à Entremont-le-Vieux.

– Autrement dit, il y a encore plein de squelettes cachés dans cette gadoue ?

– Oui. Ça fera du travail pour les futurs paléontologues.

Le sol était glissant. Igor, déséquilibré par son géoradar, se retrouva le cul par terre dans la glaise. Xavier s'esclaffa malgré lui et, faute d'attention, partit les quatre fers en l'air, provoquant à son tour l'hilarité de son coéquipier. Leurs belles combinaisons orange, immaculées quelques instants plus tôt, étaient maintenant souillées jusqu'à la taille et la boue s'était agglutinée sur leurs bottes. Ils riaient tellement qu'ils en oubliaient de se relever. Quand ils purent enfin se remettre sur leurs jambes, ils grelottaient presque. La température ambiante était de deux degrés et des vents humides

1. Michel Philippe.

mugissaient en s'engouffrant par tous les interstices. Le décor n'avait rien de féerique. Ils se sentaient poisseux. Deux heures durant, Igor promena le géoradar le long des parois et sur le sol. En vain.

– Il y a beaucoup de creux, mais ils sont vides. J'ai l'impression qu'il faut chercher ailleurs. Y a-t-il une autre grotte pas loin ?

– Oui, il y en a une, celle de Pincherin, qui fait partie du même réseau. Elle se trouve à une vingtaine de mètres seulement de l'endroit où Basile Werner a été écrasé.

Tout en devisant, ils avaient rangé leur matériel et étaient ressortis de la caverne en prenant bien soin de verrouiller les portes. Du sombre corridor de la Balme à Collomb, ils marchèrent en direction des deux ouvertures envahies par la clarté du jour. Arrivés à l'air libre, ils s'assirent, prirent le temps de siroter un second café en contemplant le val des Entremont : ses pâtures peuplées de troupeaux, ses forêts sombres de résineux et les synclinaux perchés de la Chartreuse. Tout près d'eux, des nuées de papillons multicolores butinaient et un charivari d'oiseaux égayait ce spectacle. Le souffle intermittent d'un petit vent matinal chargé d'arômes acheva de les griser. Ils seraient bien restés ainsi, immobiles, les sens alanguis par tant de charmes à la fois, si une famille de bouquetins qui les observait d'une falaise proche ne les avait distraits.

– Ouah ! s'écria Igor, c'est la première fois que j'en vois d'aussi près.

– Chuuut ! Tu vas les faire fuir.

Sitôt dit, sitôt fait. Avec une aisance de spécialistes, les caprins, sautant de roche en roche, disparurent dans les replis. Désenvoûtés, Igor et Xavier remirent leurs casques, se harnachèrent de leurs sacs à dos. L'un prit son géoradar et l'autre son rouleau de corde en bandoulière. Xavier ouvrit la marche. Il emprunta une sente dans les éboulis qui longeait la barre rocheuse. Au bout de trois cents mètres, l'ascension devint un peu plus périlleuse. Avant de grimper jusqu'à une vire située quinze mètres plus haut, il prit la précaution d'assurer Igor et, une fois arrivé, l'aida à se hisser jusqu'à lui.

– Elle est encore loin, cette fichue grotte ? haleta celui-ci.

Après s'être essuyé le front avec sa manche, Xavier désigna de la tête un arbre mort accroché à la rocaille qui, tel un supplicié, semblait tendre ses deux moignons vers le ciel.

– On y est, dit-il. L'entrée est juste derrière.

– Tu as vu la forme de ce tronc ? s'écria Igor. On dirait presque un homme tout tordu. Ses deux branches font penser à des bras. C'est peut-être un signe.

– Quoi, quel signe ? Je ne te savais pas aussi superstitieux.

– C'est sans doute l'influence de mes origines slaves. Tu ne trouves pas ça troublant, toi ?

– Troublant ? Pas du tout ! Ce n'est qu'un squelette de résineux qui s'est desséché !

Le Parisien insista :

– Regarde ! Je te dis que ça craint.

– Allez, arrête tes conneries, Igor. Toi qui as exploré la pyramide de Kheops de fond en comble et des tas d'autres vieux tombeaux que des dingues prétendent chargés de maléfices, tu ne vas pas me faire tout un cinéma pour ce bout de bois rabougri ?

– Eh bien, ce bout de bois rabougri ne m'inspire pas confiance.

– Enfin, quoi, t'as la trouille ?

Après une lutte silencieuse, la moitié cartésienne du radariste mit au pas l'autre moitié, beaucoup plus encline à se laisser dominer par d'irrationnelles réactions.

– Non, je n'ai pas la trouille mais, comme tu viens de le dire, dans mon métier, je passe mon temps à transgresser le sacré et à violer des sépultures. Ça m'oblige à un minimum de prudence et je n'aime pas trouver sur mon chemin de mauvais signes. Pour moi, cet arbre mort en est un.

Xavier s'approcha de lui, posa ses mains gantées sur ses épaules et le regarda droit dans les yeux.

– Le gouffre de Pincherin est très apprécié des spéléologues et, jusqu'à présent, il n'en a tué aucun. Récemment, une équipe a découvert dans l'un des plafonds une lucarne donnant accès à un nouveau réseau de galeries. Elle s'y trouve peut-être en ce moment et, avec un peu de chance, on pourrait la croiser.

Igor se laissa convaincre. Il sourit et soupira :

– Tu as raison, Xavier, on y va. C'est la mort de Werner qui me fait dérailler.

– Oublie-la !

Contrairement aux deux grands porches de la Balme à Collomb qui se voient de loin, celui de Pincherin est beaucoup plus discret. Il faut avoir le nez dessus pour le remarquer et se baisser pour le franchir. Une fois à l'intérieur, à la lueur de leurs lampes et du projecteur, ils empruntèrent une galerie descendante, étroite et tortueuse. Elle les conduisit à une chatière d'où, comme d'une bouche de ventilation, sortait un puissant courant d'air.

Igor s'exclama :

– Et tu crois que la malle de ton pape a pu passer par là ?

Taquin, Xavier répliqua :

– La malle du pape, non, mais nous, on va le faire.

– C'est idiot, à quoi ça sert d'aller plus loin ?

– Avant l'effondrement du Granier, les accès à ce gouffre étaient peut-être très différents. De l'autre côté de cette chatière, il y a une grande galerie, facile à explorer. Allez, vieux, on se bouge.

En rampant, Xavier s'introduisit avec le matériel dans le boyau et, parvenu de l'autre côté, attendit Igor.

– Ouf ! fit celui-ci en jaillissant à ses pieds comme d'un trou à rat, ça souffle là-dedans et, bon Dieu, il ne faut pas être claustrophobe !

– Tu connais, toi, des spéléos claustrophobes ? Moi, pas, plaisanta le Savoyard.

Le Parisien s'ébroua comme un chien mouillé qui veut chasser l'eau de son poil. Lui, c'était la peur, bien sûr, qu'il aurait voulu ainsi expulser, une peur insidieuse qui collait à sa peau.

– Tu me parlais tout à l'heure de la pyramide de Kheops, dit-il. Il y a à l'intérieur des passages très étroits, mais on sait que l'édifice a été conçu par d'excellents architectes, de bons maîtres d'œuvre, et que ça a tenu pendant plus de quatre mille cinq cents ans. On y va donc en confiance, alors qu'ici, je me demande à chaque instant si je ne vais pas, comme Werner, me faire écraser par une masse de gravats.

Xavier sourit.

– Tu penses trop.

Tout en réglant son géoradar, Igor riposta :

– Je suis loin d'avoir une existence casanière, mais j'ai quand même le droit de ne pas aimer jouer les taupes dans un conduit qui n'a pas été étayé. Tu n'as aucune phobie, toi ?

– Non, aucune ! affirma Xavier.

Il ferma les yeux, parut réfléchir et, conscient d'avoir répondu trop vite, revint sur cette affirmation :

– Attends, si, j'ai les rats en horreur. Je ne pourrais jamais dormir dans un endroit où je sais qu'il y en a.

– Eh bien, tu vois, à chacun ses terreurs !

Ils rirent de bon cœur tous les deux, puis commencèrent leur prospection. Ils se trouvaient dans un vaste corridor où ils pouvaient se déplacer sans difficulté. Igor promena son appareil le long des parois grumeleuses et des coulées de boue pétrifiée. Il prit un air dubitatif.

– J'ai l'impression que nous sommes dans un labyrinthe souterrain. À cinquante mètres d'ici, on trouve un autre couloir. Il y en a aussi un au-dessus de nos têtes, mais comment y accéder ?

– Je te l'ai dit tout à l'heure, il existe une lucarne verticale pour passer à l'étage supérieur, lui rappela Xavier. Le problème, c'est que je ne sais pas où elle se trouve.

Soudain, ils prêtèrent l'oreille. Des paroles indistinctes résonnaient au loin.

Il enchaîna à voix basse :

– Tu vois, on n'est pas seul.

Les voix se rapprochaient. Elles étaient au moins trois, brouillées par une forte réverbération. Parfois, ils parvenaient à capter des fragments de phrases et des rires sonores qui donnaient à penser que ces gens avaient probablement trouvé dans ces lacis obscurs une raison de se réjouir.

– Ils vont passer par ici, prévint le Savoyard. Il faut cacher le géoradar, vite. Sinon, ils vont nous bombarder de questions.

L'appareil fut dissimulé dans une enfonçure. Des lampes s'agitèrent au loin. Ils marchèrent à leur rencontre et se retrouvèrent nez à nez avec trois inconnus qui dissimulèrent mal leur déplaisir d'être surpris en ce lieu. Pourtant, dans l'éclat de leurs regards, se lisait une joie qu'ils ne parvenaient pas à masquer. Xavier, qui n'ignorait rien des pratiques en usage chez certains spéléologues, fut conforté dans la conviction que ces trois hommes venaient de réaliser une première et s'obligeaient à la garder secrète jusqu'à ce que la Fédération de spéléologie la leur attribue officiellement. Il ne fallait pas s'attendre à obtenir de leur part le moindre renseignement utile. En bon novice qu'il était, Igor crut le contraire.

– Vous avez vu des trucs intéressants ?

– Non, mentit l'un d'eux, vous ne trouverez rien dans cette direction.

Xavier, qui ne les sentait pas du tout sincères, insista :

– Pas le moindre goulet, aucun entonnoir, aucune chambre ?

– Non, rien qui débouche sur quelque chose de sérieux.

– Bon, puisqu'on est là, on va quand même aller voir. Peut-être aurons-nous plus de chance que vous.

Celui qui semblait être le meneur leur adressa un sourire doucereux.

– Peut-être.

Xavier rompit les chiens.

– Allez viens, Igor, on avance.

– Bon courage, les gars ! leur souhaitèrent les inconnus en s'éloignant avec tout leur barda.

– Quelle bande de faux-culs ! marmonna le Chambérien.

– Pourquoi faux-culs ? fit Igor intrigué.

– Parce que je suis presque certain qu'ils visent le titre d'inventeurs ! Comment peut-on donner pareil titre à des mecs qui découvrent une grotte que la nature a mis des centaines de milliers d'années à façonner ? C'est dingue, non ?

– N'est-ce pas l'expression en usage dans le milieu ?

– Oui, mais je la trouve inadaptée.

– Pas toujours, nuança Igor, la grotte Chauvet porte le nom de son premier explorateur et je trouve ça normal. Sans son intuition, nous n'aurions jamais découvert l'existence des peintures et des gravures qu'elle dissimulait.

Xavier riposta :

– Ses vrais inventeurs, ce sont les artistes de la préhistoire qui ont occupé les lieux !

– Et tu crois que Cro-Magnon est aussi venu rôder par chez vous, à la Balme à Collomb ?

– Sans aucun doute, mais chez nous, il devait être à court d'inspiration. Dans toutes les caves et les gouffres que j'ai visités, je n'ai pas vu le moindre dessin.

Igor pouffa.

– Vous avez dû hériter des plus toquards de la horde.

– Couillon, va !

Ils récupérèrent le radar et reprirent leur progression. Leur grande taille les handicapait et, sans leurs casques, ils se seraient durement cogné la tête. Si la minceur du Savoyard, qui se faufilait comme un serpent dans les anfractuosités les plus étroites, présentait un réel avantage, il n'en allait pas de même pour son équipier dont la carrure était un inconvénient majeur. Soufflant, grimaçant, gémissant chaque fois qu'il franchissait un boyau un peu trop resserré, il ne lâchait pas prise. Les encouragements de Xavier l'aidaient à se surpasser.

En voyant les gravats tombés au sol lors du passage des spéléologues rencontrés tout à l'heure, ils levèrent la tête. Soudain ils l'aperçurent. Elle était là, la lucarne donnant accès à d'autres salles, sans doute inconnues jusqu'à ce jour. Sans leur projecteur, ils ne l'auraient peut-être pas remarquée. Dans le plafond inondé de lumière, l'orifice faisait comme une tache sombre.

– Il va falloir que tu me fasses la courte échelle, Igor.

– *No problem, Sir* !

Xavier posa son sac à dos sur le sol, garda sa corde de rappel, se hissa sur les épaules de son collègue et, lentement, disparut.

– Tu vois quelque chose ?

– Vingt dieux ! Ici, c'est l'antre du Minotaure ! Un vrai nœud de galeries. Bon, il faut attacher les sacs. Attrape la corde !

Dès qu'ils furent hissés, il la renvoya.

– À ton tour ! Mets ton baudrier et accroche-toi.

– Ouaaah ! s'exclama le Parisien quand il émergea à l'étage. Moi, j'ai plutôt l'impression d'être dans le ventre de la baleine, comme Jonas. Vise-moi tous ces boyaux.

– Oui, ça peut aussi faire penser à l'intérieur d'un ventre, c'est sûr.

Le ton de Xavier était devenu grave. Il ne put s'empêcher de songer aux milliers de morts avalés par cette montagne vorace. Il secoua la tête, comme si ce brusque mouvement pouvait chasser de son crâne la vision qui s'y était installée. Le courant d'air froid, qui balayait les conduits tentaculaires, émettait des plaintes qui, arrivant par bouffées, firent divaguer encore plus son imagination. Pendant un court instant qui lui parut très long, il crut entendre les lamentations de l'armée de défunts dont les âmes étaient restées prisonnières sous les monceaux de boue et de débris.

– Tu fais une drôle de tête, constata Igor, j'ai l'impression que, cette fois, c'est toi qui flippes.

Xavier eut l'air d'être réveillé en sursaut.

– Écoute ce vent, ça ne t'évoque rien ?

Le Parisien devina que son équipier était tout remué par les vieux souvenirs liés à ce lieu. Pastichant le célèbre poème de Hugo mis en musique par Brassens, il entonna :

Chantez, dansez, villageois, la nuit gagne le mont Granier…
Le vent qui vient à travers la montagne me fait délirer.

Cette diversion ramena Xavier sur terre.

– Allez, on fouille !

Par où commencer dans cet enchevêtrement de galeries et surtout comment ne pas s'égarer ? Le projecteur qui fourrageait le long des parois rugueuses s'arrêta sur une flèche dessinée à la craie bleue.

– Elle a dû être faite par les trois types de tout à l'heure, supposa Xavier. Ils en ont sans doute laissé d'autres, plus loin, pour ne pas se perdre.

– Eh bien, suivons-les.

Igor mit en route son appareil et ils se coulèrent dans un boyau. À un croisement, ils aperçurent une autre flèche et s'engagèrent dans la direction indiquée. Ils progressaient au milieu des blocs de calcaire et de grosses stalagmites qui jaillissaient comme des sabres ou des phallus en érection dans le faisceau de leurs lampes. Le vent qui continuait de souffler fort et de hurler les obligeait à se pencher en avant. Tous les vingt mètres, une flèche nouvelle balisait le chemin à suivre.

– Ils ont quand même fait un bon job les mecs, de vrais pros !

Igor approuva :

– C'est sûr. Moi, je n'ai pas pensé à prendre de craie.

– Et moi non plus.

Bientôt, ils ne trouvèrent plus aucune flèche.

– Il faut revenir en arrière au dernier croisement, c'est là qu'ils ont dû bifurquer, supputa le Parisien.

– Attends, fit Xavier, j'aperçois quelque chose, là-bas.

Ils aboutirent devant un éboulis de pierraille qui bouchait la voie. Impossible d'aller plus loin.

– Je vais voir là-haut, dit le Savoyard, en levant la tête.

Ses mains gantées et ses bottes s'enfoncèrent dans la caillasse. Il s'agrippa, pédala, glissa, remonta, glissa de nouveau. Après d'harassants efforts, il parvint au faîte de la pente. Là, une récompense l'attendait. À quelques centimètres du plafond, par une large fente, sifflait un courant d'air glacial. Il y glissa son projecteur qui révéla un espace aussi spacieux qu'une cathédrale.

– Oh, la vache ! s'exclama-t-il, c'est incroyable ! Je vais élargir le passage et on va y aller.

– Mais quoi, qu'as-tu vu pour t'exciter comme ça ?

– C'est énorme. La Balme à Collomb, à côté, c'est de la gnognotte.

Le Parisien recula pour ne pas se faire canarder par les cailloux.

– Va doucement, tu veux provoquer un autre éboulement ?

– Tu as raison, je me calme.

– Attends ! Je viens t'aider.

À son tour, Igor batailla avec les déblais pour atteindre le sommet de l'éboulis.

– C'est presque aussi grand que Notre-Dame de Paris ! s'extasia-t-il, juste avant de se mettre lui aussi à la tâche.

Au bout d'une heure de travail, ils étaient parvenus à dégager un espace suffisant pour se glisser de l'autre côté avec leur matériel. Ils venaient juste de poser le pied dans cette nouvelle salle quand, d'un coup, dans un grondement amplifié par l'écho, le plafond s'effondra derrière eux. Un épais nuage de poussière humide les enveloppa. Les tremblements du sol, alliés à la panique qu'ils éprouvèrent, leur firent perdre l'équilibre. Ils se retrouvèrent à genoux, recouverts de terre, à moitié hébétés, les yeux grands ouverts sur l'énorme mur qui se dressait désormais entre eux et la sortie.

8

NUIT DE CAUCHEMAR

Depuis plusieurs heures, Nadine essayait de joindre Xavier sur son mobile. Hésitant à téléphoner chez ses parents de crainte de les inquiéter inutilement, elle appela Renaud, l'informaticien, qui lui confirma le départ d'Igor à cinq heures du matin pour Chambéry.

– As-tu tenté de le contacter ?

– Pas encore. Il est vingt heures à peine. Tu sais mieux que moi qu'on ne rentre jamais très tôt de ce genre d'expédition.

– Essaie de l'avoir quand même et tiens-moi au courant.

La communication à peine coupée, Nadine prévint Alexis.

– Oui, Nad ?

– Xavier est injoignable. Je tombe à chaque fois sur son répondeur. Qu'en penses-tu ?

– Attends, j'essaie à mon tour.

Quelques secondes plus tard, il rappela.

– Pas de réponse. J'ai aussi fait le numéro d'Igor, idem. Ensuite, j'ai eu Renaud qui s'apprêtait à te téléphoner pour te dire qu'il n'avait pas eu plus de succès. C'est pas cool. On alerte Joël et on se voit.

– OK, rendez-vous dans une demi-heure à l'Absinthe café.

Situé à deux pas de la résidence Univercity où elle habitait durant la semaine, ce bistrot était l'un des plus conviviaux du quartier. Elle aimait sa décoration inspirée des œuvres de Jules Verne, son bar en bois et en cuivre, ses immenses miroirs, ses tas d'objets hétéroclites dignes du *Nautilus* et ses tables qui portaient les noms des plus célèbres héros de l'écrivain. En quelques coups de pédales, elle fut sur place. Première arrivée, elle attendit ses deux camarades à la table Phileas Fogg.

Les garçons, logeant aux Estudines Europole, arrivèrent dix minutes plus tard.

– Ils ont peut-être été coincés par un éboulement, supposa Nadine. Mais où, à quel endroit précis ? Au fait, prévient-on La Renardière ?

– Trop tôt ! estima Joël. Demain, on foncera sur place avec un récepteur de balise, j'en ai un chez moi.

– D'accord, fit-elle. On va louer une voiture. À six heures, vous passerez me prendre.

– Qui va payer ? s'alarma Joël.

– Geotechnik ! La Renardière m'a laissé un numéro de compte et un code pour ce genre d'urgence.

Après l'éboulement, Xavier fut le premier à se ressaisir. Il regarda sa montre.

– Vingt heures, déjà ! Et nos mobiles qui ne passent pas ! Si on ne donne pas de nouvelles, les copains vont finir par s'inquiéter. En attendant, le mieux, c'est de continuer.

– On n'allume pas la balise ?

– Ils ne seront pas là avant demain matin. À quoi bon user les batteries pour rien ? Nos deux gourdes sont pleines. On a des aliments de survie. Alors, pas de panique. On peut tenir au moins deux jours, peut-être plus, si on trouve de l'eau, ce qui n'est pas impossible.

À pas prudents, ils se remirent en marche. Sculptées par les eaux du pléistocène, les concrétions, fistules, draperies, colonnes que leur révélait le projecteur attisaient leur émerveillement. Tandis qu'Igor sondait les parois, Xavier partit explorer les abords. Il revint quelques minutes plus tard avec une bonne nouvelle.

– Je crois que j'ai trouvé un passage mais, avant de s'y hasarder, étudions de plus près cette caverne. Qu'en penses-tu ?

– C'est bizarre, dit Igor, mon écran est complètement parasité, comme s'il y avait une source de brouillage pas loin d'ici.

– Une source de brouillage ? Qu'est-ce qui peut bien provoquer ça ?

– Je ne sais pas moi, quelque chose de radioactif, peut-être.

– Mais que peut-il bien y avoir de radioactif dans ce foutu coin ? La malle du pape ? Pourquoi serait-elle radioactive ?

– Pourtant, il n'y a pas de doute, nous sommes proches de quelque chose qui dérègle ma machine.

– Très proches ?

– Je ne peux pas te le dire.

Le Chambérien parut songeur.

– Il doit bien y avoir une explication à ça. Continuons d'avancer. Nous finirons par trouver une issue !

Ils s'enfoncèrent dans un couloir bourdonnant comme une soufflerie, courbèrent l'échine pour laisser moins de prise au vent qui gémissait en se frottant aux aspérités rocheuses. En évitant les obstacles qui se dressaient sur leur chemin, ils avaient la sensation de slalomer entre les crocs d'un tyrannosaure qui leur aurait soufflé au visage son haleine infernale. Au bout de dix minutes, le passage s'évasa et ils débouchèrent dans une nouvelle chambre aux murailles composées de cascades de calcaire fossilisées. Ils firent une halte. Malgré les appréhensions qui par moments les assaillaient, ayant maintenant acquis la certitude que personne avant eux ne s'était aventuré jusqu'ici, ils échangèrent un regard de triomphe.

Nadine n'avait pas fermé l'œil de la nuit. Quand à six heures pétantes Alexis et Joël toquèrent à sa porte, elle était prête. En moins d'une heure, ils arrivèrent à Myans et filèrent à vive allure sur la vicinale qui sinuait au milieu des vignobles d'Apremont. Le soleil n'éclairait pas encore La Plagne lorsque Joël gara le quatre-quatre sur le petit parking du hameau. Ils s'équipèrent à la hâte et empruntèrent le chemin forestier menant à la Balme à Collomb.

Après avoir minutieusement exploré la caverne de l'Ours, guettant en vain un signal, ils en arrivèrent à la conclusion que Xavier et Igor étaient probablement coincés dans une autre grotte. Comme la plus proche était celle de Pincherin, ils se rendirent sur les lieux.

Une fois la chatière venteuse franchie, ils progressèrent en observant attentivement chaque recoin. Aucune anfractuosité, si ténue soit-elle, ne leur échappait. Avisant au sol un léger amas de débris, Joël finit par apercevoir une lucarne juste au-dessus de sa tête. Une lueur d'espoir apparut dans ses yeux.

– On est passé par là, avant nous. C'est peut-être eux ?

Cette intuition décupla leur vigueur et ils se hissèrent vite à l'étage supérieur de la galerie. Durant leur progression, ils découvrirent une, puis deux flèches bleues. Convaincus tous trois qu'elles étaient l'œuvre d'Igor et de Xavier, ils se mirent à suivre la direction qu'elles indiquaient.

Nadine se tourna vers Joël.

– Que donne le traceur de balise ?

– Pas grand-chose. Des crachotis m'empêchent d'entendre quoi que ce soit. Écoutez…

Il monta le potentiomètre.

– Quelle purée ! grogna Alexis.

– Je vais le laisser à pleine puissance, même si ça nous casse les oreilles. Avec un peu de chance, on finira bien par l'entendre, ce maudit « bip bip ».

À une intersection, une autre flèche, qui avait échappé à Igor et Xavier, leur signala de bifurquer vers un étroit goulet qui allait en s'évasant. Ces parois ressemblaient à des tubes d'orgues géantes. Des formes étranges, dissimulées dans la pénombre, évoquaient des divinités chthoniennes. Machinalement, leurs mains caressaient les courbes de la roche, ses ondulations, ses turgescences et ses rugosités. Le tunnel se rétrécit jusqu'à n'être plus qu'une goulotte. Parvenus de l'autre côté, ils durent s'encorder pour attaquer une pente instable qui les fit déboucher dans une salle encombrée de gros blocs. Soudain, dans le chuintement horripilant émis par le détecteur de balise, Joël perçut un signal presque inaudible.

– Chut ! Écoutez !

Ils s'approchèrent de l'appareil. Ce n'était pas une illusion. Des pulsions ténues mais régulières parvenaient à franchir la muraille sonore du brouillage. Ils cherchèrent à les rendre plus précises. En suivant la nouvelle flèche bleue qui leur indiquait un chemin sur la gauche, elles disparurent. Ils revinrent donc sur leurs pas et les réentendirent. Joël avisa une fente, à droite. Plus il s'en approcha, plus le signal monta en puissance. Ils durent planter quelques pitons, descendre une falaise en rappel, en escalader une autre, se treuiller pour franchir un abîme. Au fur et à mesure qu'ils avançaient, le « bip bip » se faisait plus franc. À un moment, ils crurent qu'ils allaient tomber nez à nez avec Xavier et Igor tant le son était fort. Hélas, ils étaient face à une muraille qui ne présentait pas la moindre faille. Ils crièrent à tue-tête.

– Xavieeeeer !

– Igooooor !

Pas de réponse…

La nuit fut longue. Ils frissonnaient. Malgré leurs couvertures de survie, ils eurent froid et furent assaillis de cauchemars qui tournèrent en boucle dans leurs têtes. Presque en même temps, les deux garçons s'extirpèrent de leurs duvets.

– Je ne veux plus me rendormir, dit Xavier. Dès que je ferme les yeux, j'ai l'impression de plonger dans le vide.

– Moi aussi, avoua Igor. C'est horrible !

Ils allumèrent la balise de détresse et décidèrent, pour oublier leur sale nuit, de reprendre leur marche, en quête d'une éventuelle sortie. Tombant sur une cheminée verticale, ils l'escaladèrent et débouchèrent dans une salle voûtée, parsemée de concrétions rappelant les rondeurs des vénus antiques. Le vent, de plus en plus fort, hurlait comme une horde de loups. Ils atteignirent une faille dans laquelle ils eurent du mal à se glisser.

– On va finir par rester coincés là-dedans comme deux steaks dans un Big Mac, plaisanta Xavier en soufflant comme un bœuf. Jamais le rouquin ne pourrait passer par là.

– Tu penses à Joël ?

– Tu en connais d'autres dans notre bande qui soit aussi baraqué que lui ?

Au bout d'une heure et demie d'acharnement, ils s'extirpèrent de cette anfractuosité pour se retrouver dans une sorte de sas et, là, ils poussèrent tous deux un cri de joie. Une fissure laissait passer avec parcimonie la lumière du jour. Xavier regarda sa montre.

– Huit heures. Sans doute nous cherchent-ils déjà ?

– Tu crois qu'ils capteront les signaux de la balise ?

– Croisons les doigts…

9

DERRIÈRE LA PORTE DE BRONZE

Leur espoir fut de courte durée. Ils avaient beaucoup progressé sous terre et il leur était impossible de localiser leur position. La boussole ne réagissait plus, le géoradar était totalement brouillé, la balise bégayait et leurs téléphones portables ne captaient aucun signal. Bref, ils étaient perdus et ce filet de jour qui filtrait de la roche était si ténu et venait de si loin qu'il n'était pas raisonnable de songer à creuser une brèche pour sortir. Il aurait au moins fallu un marteau piqueur, et encore, ça aurait pris des jours, avec le risque de provoquer un éboulement majeur. Ils étaient bel et bien dans un cul-de-sac. Crier ? Ils s'y employèrent jusqu'à n'avoir plus de voix. Rien ! Pas de réponse. Alors ils entreprirent de fouiller méthodiquement l'antre dans laquelle ils avaient abouti.

Des cannelures encadrant des lits de petites pierres rondes recouvraient le sol. Les murs étaient grumeleux. Du plafond, pointaient de minces stalactites aussi cassantes que du verre.

Revenir sur leurs pas ? Ils ne s'en sentaient plus la force. Leur thermos était vide. Il leur restait très peu d'eau et quelques biscuits à grignoter. La faim commençait à les tenailler. Ils se turent pour tenter de percevoir un bruit de source ou de torrent vers lesquels ils auraient pu se diriger. Hélas, ils n'entendirent que la plainte du vent qui s'insinuait par la fissure. Ils s'assirent, le dos collé à une paroi, et, lentement, Xavier braqua son puissant projecteur sur le mur d'en face. C'est Igor qui le premier aperçut l'anomalie.

– Arrête ! dit-il. Reviens un peu en arrière.

– Tu as vu quelque chose ?

– Regarde cette fêlure en arc de cercle et, là, juste au milieu, cette fente toute droite.

– Oui, je vois, fit Xavier. Des fentes comme ça, il en existe des milliers. Tu penses sérieusement qu'on va pouvoir faire s'ouvrir cette paroi ?

– Nous, non, reconnut Igor, mais tout à côté, il y a une sorte de niche, mets bien le projecteur dans l'axe. Et que vois-tu dans la niche ?

– Je ne sais pas. On dirait un morceau de roche qui a vaguement la forme d'un trèfle.

– C'est ça, vaguement la forme d'un trèfle.

Le Parisien se leva. S'aidant des deux mains, il agrippa cette étrange pierre et s'efforça de la tourner en sens inverse des aiguilles d'une montre. Rien ! Pas le moindre mouvement. Il s'arc-bouta et y alla de toutes ses forces, sans résultat. Il changea de sens, décupla son effort en poussant un grand cri pour se stimuler et, là, il sentit que ça remuait légèrement.

– Je prends le relais, dit Xavier en constatant que le visage d'Igor avait pris la teinte d'une pivoine.

Lui aussi y mit tout ce qu'il avait dans le ventre et parvint enfin à vaincre la résistance de l'étrange loquet qui fit un demi-tour avant de s'immobiliser. Leurs quatre yeux se rivèrent sur la muraille, comme s'ils voulaient la désintégrer. Pendant un temps qui leur parut très long, rien ne bougea, puis un grincement survint qui les fit sursauter. Lentement, en faisant un bruit effroyable, la fente s'élargit et les lourdes masses rocheuses, qui se révélèrent être les panneaux d'une porte, furent entraînées vers l'intérieur.

– Nom de Dieu ! Une entrée secrète !

Sous le faisceau du projecteur apparut un escalier taillé dans le calcaire qui s'enfonçait vers d'obscures profondeurs. Les deux jeunes se regardèrent d'un air interrogatif. Fallait-il s'y aventurer ? Avant d'aller plus loin ils voulurent savoir s'il n'y avait pas un autre dispositif donnant directement sur l'extérieur dans la partie qui laissait filtrer la lumière du jour. Cette hypothétique deuxième porte leur aurait assuré une retraite stratégique. N'en ayant pas décelé, ils prirent la décision d'aller de l'avant et s'engagèrent sur les marches qui descendaient en colimaçon. Derrière eux, dans un vacarme sinistre, le mécanisme, faisant tout vibrer autour de lui, se remit en marche. Il n'y avait plus de repli possible. Les lourdes pierres avaient repris leur position initiale.

– Plus question de faire machine arrière, constata Xavier en s'essuyant le visage avec sa manche.

– Merde ! s'écria Igor. La balise ! As-tu récupéré la balise ?

– Non, j'ai cru que tu t'en étais chargé.

Ils revinrent sur leurs pas, cherchèrent fébrilement dans tous les recoins un moyen de rouvrir les panneaux et n'en trouvèrent aucun. Cette fois, ils étaient totalement coupés du reste du monde.

Au bas de l'escalier, un corridor zigzaguait au milieu de grands blocs d'une prodigieuse hauteur. C'était une sorte de canyon creusé en période glacière par une rivière souterraine. En dehors de cette spectaculaire érosion qui attestait de la puissance du courant au temps des grandes froidures, il ne restait plus aucune trace d'eau. Le sol était parfaitement sec. De ce torrent antique ne subsistait pas même un ruisselet pour pouvoir s'abreuver. La soif leur brûlait la gorge. La galerie fut coupée net par une muraille qui avait résisté pendant des millénaires au travail de sape de la masse liquide. Xavier orienta le projecteur vers le haut. Il éclaira la voûte d'une caverne comme ils n'en avaient encore jamais vu. Faute de pouvoir creuser en face d'elles, les eaux en furie avaient surmonté l'obstacle et s'étaient taillées, juste au-dessus, dans de tendres marnes, une voie royale. Trente mètres d'à-pic étaient à franchir pour atteindre ce siphon cyclopéen.

– Il va falloir pitonner, lâcha Xavier.

Igor leva la main.

– Attends. Regarde bien, à droite du mur, là, dans le coin. Que vois-tu ?

Xavier écarquilla les paupières.

– Bon Dieu ! Encore une niche. Tu as l'œil, mon salaud !

– À chacun son métier, vieux !

Le Savoyard se précipita sur la manette en forme de trèfle et, en poussant un « han ! » sonore, la tourna lentement. Rien ne se produisit durant les premières secondes, puis la forte secousse et le grincement survinrent. Tout un pan de rocher, qui n'avait pas cédé des millénaires durant aux coups de boutoir du torrent, s'ouvrit. Bouche bée, la peur au ventre, redoutant de se retrouver emmurés, Igor et Xavier marquèrent une hésitation. Tout ce chemin, tous ces efforts pour reculer au dernier moment ? Non ! Aucun des deux ne pouvait s'y résoudre. À pas prudents, ils franchirent la porte et se retrouvèrent à l'entrée d'un goulet assez large. Dans leur dos, ce qu'ils redoutaient se produisit. Un craquement d'enfer les informa que la roche avait repris sa place. Leur curiosité refoula la montée de frayeur qui leur glaçait l'échine. Ils continuèrent d'avancer en prenant garde de ne pas heurter avec leurs casques les agrégats qui boursouflaient le haut du conduit. Après une centaine de mètres, dans un virage à angle droit, ils tombèrent nez à nez sur une autre porte, en bronze celle-là, ornée d'un splendide soleil en relief comportant vingt-quatre rayons, symboles de la révolution terrestre. L'astre était entouré d'un texte latin artistement gravé qu'ils ne parvinrent pas à traduire. Sans l'acuité visuelle d'Igor, Xavier, seul, n'eût pas trouvé la manière de l'ouvrir. Il fallait appuyer simultanément sur le premier et le douzième rayon qui lui était opposé. Le battant s'écarta d'un coup.

Une cave étroite apparut. Au milieu trônait un coffre imposant recouvert de cuir et orné de ferrures fixées par de gros rivets aux effets décoratifs. Mise à part la couche de vert-de-gris qui le recouvrait par endroits, il semblait avoir été épargné par l'usure du temps. Était-ce dû à la température qui régnait dans la pièce ? Leurs cœurs se mirent à battre très fort. Nadine avait vu juste. La malle du pape, enfin ! Ils n'en croyaient pas leurs yeux.

Près d'elle, sur un socle en fonte, un coffret en argent paré d'une croix sertie de pierreries scintillait dans la lumière. Médusés, incapables de prononcer le moindre son, ils tombèrent à genoux. Le premier, Igor retrouva avec difficulté l'usage de la parole.

– Une force incroyable nous tient en respect. Sais-tu ce qu'il peut y avoir là-dedans ?

Xavier déglutit avant d'articuler.

– Dans la malle, oui, dans le coffret, je l'ignore. Nadine n'en a jamais parlé.

Après une telle découverte, il eût été normal d'exulter, de crier victoire. Ce fut le contraire. Un sentiment de gêne, de honte, comme s'ils venaient de commettre un acte sacrilège – le viol d'un sanctuaire –, les accabla. Igor, qui n'en était pas à ses débuts en ce domaine, s'étonna d'être ainsi affecté. Ils voulurent rebrousser chemin. Peine perdue, le ventail de bronze, sans qu'ils s'en fussent aperçus, s'était refermé, comme tous les autres avant lui. La panique s'empara d'eux. Il n'y avait apparemment plus la moindre possibilité de s'échapper.

Un imperceptible bruissement attira l'attention du Chambérien. Il s'en approcha et découvrit, dans un angle, un petit bassin qui recueillait une source s'écoulant d'un bec de pierre taillé dans le mur. Cette trouvaille leur procura une vraie joie. En cet instant précis, elle valait toutes les richesses du monde. Évitant de trop s'approcher de la malle et du coffret, ils se mirent à plat ventre et burent avidement cette eau fraîche et délicieuse qui s'écoula dans leurs corps comme une eau de jouvence.

La montre de Nadine affichait neuf heures. Son regard affolé croisa ceux de ses camarades. Eux non plus ne parvenaient pas à dissimuler leurs craintes.

– Bon Dieu ! Ils étaient là, tout près ! Vous avez bien entendu le bip de la balise ? s'écria-t-elle. Pourquoi n'émet-elle plus ?

– Une panne de batterie ? conjectura Alexis.

– C'est ça, ce ne peut être que ça, approuva Joël.

Nadine réfléchissait.

– Je pense que, sitôt dehors, il faudra téléphoner à Renaud. Il trouvera peut-être un moyen d'entrer en contact avec eux.

Joël ajouta :

– Et s'il n'y arrive pas, il préviendra La Renardière.

Elle le reprit d'un ton sec :

– Ce n'est pas Renaud Martin le responsable de la mission. Si quelqu'un doit prévenir Didier, c'est moi.

– Hou là ! Quelle susceptibilité !

– Elle déteste les machos, tu le sais bien, commenta Alexis.

– Ça suffit ! Nos copains sont paumés. Si on ne les retrouve pas très vite, ils risquent d'y passer !

La grosse pogne de Joël tapota doucement son épaule.

– Nos nerfs sont à vif. Nous aussi, on a peur de les perdre, tu sais.

Elle secoua nerveusement sa tête, comme pour chasser l'émotion qui l'avait submergée.

À regret, les trois spéléologues revinrent sur leurs pas. Ils escaladèrent le ravin qu'ils avaient descendu tout à l'heure, s'égarèrent plusieurs fois avant de retrouver la chatière, passage obligé vers la sortie. Quand ils surgirent à l'air libre, la lumière du jour leur fit l'effet d'un flash.

Nadine appela alors l'informaticien qui ne perdit pas de temps en conjectures :

– Que l'un de vous m'attende en bas, à La Plagne. Dans une heure trente au plus tard, je serai là.

Alexis fut le premier à réagir :

– Je descends pour l'aider.

Avant qu'ils n'aient pu dire un mot pour le retenir, Joël et Nadine le virent dévaler le chemin qui menait au hameau.

Après s'être désaltérés, Xavier et Igor sentirent s'estomper l'inexplicable force qui les avait sidérés et tenus à distance de la malle et du mystérieux coffret. Avec une craintive lenteur, ils tendirent leurs mains vers la croix d'argent. Leurs doigts effleurèrent les pierres précieuses qui la décoraient. Ceux d'Igor glissèrent vers la languette qui servait de fermeture. Il la releva, souleva le couvercle et découvrit un tissu rugueux et jauni savamment plié. Il l'ouvrit en partie et un visage, comme imprimé, apparut. Malgré les boursouflures qui les déformaient, ses traits leur semblèrent étrangement familiers. Des taches noires sur le pourtour du crâne – peut-être du sang séché – leur firent penser à une couronne d'épines. Le spécialiste des nécropoles voulut aussitôt sortir le linge et le déplier entièrement pour l'étudier en détail. La main de Xavier l'arrêta.

– Pas question d'y toucher. Si c'est ce que je pense, il faut le laisser là où il est et rabattre tout de suite le couvercle.

Il joignit le geste à la parole. Igor le fixa d'un air surpris.

– Pourquoi tant de précipitation ?

– C'est le suaire du Christ qu'on a sous les yeux, j'en mettrais ma main à couper !

– Je croyais qu'il était à Turin. Deux suaires, il y en a forcément un de trop !

La réponse de Xavier fut catégorique :

– C'est l'autre. J'ai lu des trucs là-dessus. Certains experts pensent qu'il est bidon.

Igor ôta son casque et gratta sa crinière blonde.

– Et comment le vrai serait-il arrivé jusqu'ici ? Avec la cagnotte du pape ? Avant ? Après ?

– Ça, mon vieux, je n'en sais fichtre rien. Il faudra demander à Nadine.

Leurs regards se portèrent en même temps sur la malle d'Innocent IV.

À l'aide de son couteau suisse, Igor parvint à crocheter les serrures et, pendant que le Savoyard l'éclairait, procéda à l'ouverture. Les vieilles charnières grincèrent. Un amas d'or et de pierreries scintilla de mille feux.

– Un vrai trésor de pirate ! s'exclama Xavier d'un ton émerveillé.

Igor voulut s'emparer d'une poignée de pièces et de gemmes, juste pour le plaisir tactile de les faire glisser entre ses doigts, et faillit se faire coincer le bras par le couvercle qui, lui échappant des mains, se referma d'un coup.

– Tu as vu ? Je n'ai pas pu le retenir.

– Sacrilège ! s'écria Xavier. Je crois qu'on va en être pour nos frais. Ces deux, ces deux…

Il n'arrivait pas à trouver les mots justes pour achever sa phrase.

– Ces deux quoi ? s'impatienta le Parisien.

Xavier déglutit.

– Le suaire, la malle sont protégés par quelque chose qui nous dépasse.

– Des choses qui nous dépassent ?

– Comment, tu ne devines pas ? Si c'est le vrai saint suaire qui est là, il doit avoir des pouvoirs !

Le prospecteur de tombeau eut l'air incrédule.

– Tu veux dire que nous sommes en ce moment sous surveillance divine ?

La voix de Xavier vibra :

– Oui, je le pense sincèrement. Et si le Seigneur voit monter en nous la convoitise, il agira, comme il vient de le faire.

– Voilà que tu te mets à jargonner comme un prêtre et tu m'accuses, moi, de superstition !

Sous sa toison dorée, le crâne d'Igor bouillonnait et de mauvais pressentiments assombrirent ses traits. Quand La Renardière apprendrait qu'en plus de la malle, la cache recelait le saint suaire, il s'emballerait et chercherait par tous les moyens à empocher ce jackpot dont il n'aurait jamais osé rêver en se lançant dans cette entreprise.

– Tu en fais une tête ! s'exclama le Chambérien. Avoue-le, toi aussi, tu redoutes la colère de Dieu !

Non, ce n'était pas la colère de Dieu qu'il redoutait, mais bien les réactions de son boss. Le Parisien savait que, derrière ses allures de gentleman, il cachait une avidité capable de le rendre détestable. En d'autres circonstances, il avait déjà eu plusieurs accrochages avec lui. Ayant besoin de ses services, La Renardière savait néanmoins faire amende honorable quand il sentait que leur discorde pouvait les entraîner trop loin. Là, devant une telle aubaine, saurait-il contrôler ses penchants ?

10

LE GRAND MAELSTRÖM

Igor commençait à regretter la découverte de cette cave. C'est alors que son attention fut attirée par le petit bassin qui recueillait la source. Le trop-plein s'évacuait par un minuscule orifice creusé dans le bas de la paroi rocheuse. Celui-ci ne pouvait s'être fait tout seul. Les hommes qui avaient aménagé ce réduit en étaient forcément les auteurs. Il demanda à Xavier de balayer le plus lentement possible cette cloison avec le projecteur. Le premier passage ne donna rien. Au second, il remarqua tout en haut, à la lisière du plafond, l'empreinte presque imperceptible de trois doigts.

– Stop, ne bouge plus !

Il s'approcha, y posa les siens et poussa fortement, en vain. Il réitéra ce geste plusieurs fois, sans succès.

– Laisse-moi essayer. J'aurai peut-être plus de chance.

Le Savoyard eut beau faire craquer ses phalanges, la roche ne bougea pas d'un pouce. L'œil acéré d'Igor recommença à étudier le mur avec minutie et s'arrêta soudain sur un détail qui lui avait jusque-là échappé. Dans un angle, il parvint à distinguer un orifice. Il y introduisit sa main gauche, sentit une sorte de minuscule cheville. Avant de l'actionner, il remit les trois doigts de sa main droite dans l'empreinte du haut et, d'un seul coup, simultanément, abaissant l'une, poussant l'autre, il sentit que les deux clenches cédaient sous sa pression. Un tremblement ébranla la pièce et le mur s'entrouvrit en émettant des cliquetis sinistres. Un vent humide s'engouffra par l'ouverture. En glougloutant, un cours d'eau s'écoulait dans une galerie spacieuse.

– Ceux qui ont conçu ces mécanismes étaient de grands maîtres en serrurerie, estima-t-il.

Xavier jubilait. Il avait bien cru qu'ils allaient rester tous les deux coincés là.

– Tu vois, nos ancêtres savoyards avaient tout de même quelques dons.

Igor aussi se sentait envahi par des bouffées d'allégresse.

– Désolé de te décevoir, mais votre Bonivard a dû les faire venir d'Italie, peut-être de Bourgogne où cet art comptait des champions parmi les bâtisseurs de cathédrales.

Avec un bruit sourd la porte se referma derrière eux.

Malgré le poids de leur matériel, ils avancèrent d'un bon pas dans le lit du ru qui chenalait au cœur de la masse calcaire ou marneuse de la montagne. Après une demi-heure de marche sans le moindre incident, ils furent arrêtés par un affaissement de terrain qui avait bouché la voie et donné naissance à une mare assez profonde. L'eau était sans doute parvenue à se forer un chemin sinon elle aurait reflué davantage, mais une question se posait à eux : ce passage était-il suffisamment large pour leur permettre de se faufiler à l'intérieur et surtout débouchait-il assez vite de l'autre côté afin qu'ils puissent reprendre leur souffle ? L'angoisse de périr coincés, étouffés, noyés, dans cet étroit boyau, les oppressait. Pourtant, ils n'avaient pas le choix. C'était ça ou essayer de rouvrir les passages secrets et rebrousser chemin, sans être certains de s'y retrouver dans le labyrinthe qu'ils avaient emprunté à l'aller. Xavier se délesta de son sac et du projecteur, alluma la lampe étanche de son casque, attacha la corde de rappel à ses hanches et tendit le rouleau à Igor.

– Si tu ne sens aucune réaction au bout de trois minutes, tu tires de toutes tes forces pour essayer de me ramener et, si c'est moi qui tire, tu me rejoins avec le matériel ficelé derrière toi.

– Je peux y aller en premier, tu sais.

– Je sais, mais si je n'y connais rien en archéologie, j'ai plus d'expérience que toi en ce domaine. À chacun son job !

Lentement, le Savoyard s'enfonça dans l'eau. Igor le vit frétiller comme une truite puis disparaître peu à peu dans une vase trouble, comme s'il y avait été aspiré. Il vérifia l'étanchéité des sacs qui contenaient l'équipement et les attacha tout en surveillant son chrono. « Bon Dieu, déjà quatre-vingt-dix secondes et toujours rien ! » Et ces maudits chiffres qui défilaient à une vitesse vertigineuse ! Jamais l'écoulement du temps ne lui avait paru aussi rapide. Du fond de la mare montait un nuage de boue qui attisait ses craintes.

Dans le trou, Xavier n'y voyait rien. Tout était trouble autour de lui. Redoutant un effondrement, il rampait avec un acharnement dicté par l'instinct de survie. Cent trente-cinq secondes. Il commençait à se sentir oppressé et s'obligeait à rester calme sans pour autant relâcher son effort. Les bords glaiseux du conduit que le ruisseau avait amollis s'écartaient au fur et à mesure qu'il s'enfonçait dans la masse liquide. D'un coup, il déboucha dans une eau plus légère, se propulsa de toutes ses forces et, comme une baleine après une longue plongée, jaillit à l'air libre en soufflant. Cent soixante-quinze secondes !

Insidieusement, la panique altérait la lucidité d'Igor. Il s'apprêta à passer à l'action. Parviendrait-il à haler Xavier hors de ce trou opaque ? Celui-ci n'allait-il pas rester bloqué au fond ? Qu'adviendrait-il s'il se retrouvait seul ? À l'instant précis où il s'arc-boutait pour tracter son collègue, il fut projeté violemment en arrière, perdit l'équilibre et s'aplatit dans la mare. Loin d'être contrarié, il poussa un cri de joie.

Aussitôt, radar et sacs attachés à l'une de ses jambes, il se glissa dans l'orifice et fut brutalement tiré vers l'avant, comme ferré par un pêcheur de gros.

– Belle prise ! se moqua Xavier, qui l'accueillit avec un sourire triomphal et avoua après une petite pose : C'était un sacré risque, je ne crois pas que je referai un truc pareil !

– Moi non plus !

En s'observant tous deux, dégoulinants de boue, crottés jusqu'aux oreilles, comme au début de leur expédition, ils éclatèrent d'un long rire nerveux. Une fois cette hilarité apaisée, ils se nettoyèrent un peu avant de poursuivre leur périple. À certains endroits, le couloir se rétrécissait sans pour autant empêcher leur progression. Enrichi par des ruissellements, le cours d'eau grossissait à vue d'œil. Ils bondirent entre les caillasses vers une sortie qu'ils sentaient toute proche. Leur désillusion fut à la hauteur de leur espérance. Sous leurs yeux dépités, le torrent disparut en bouillonnant. Le projecteur leur révéla qu'il aboutissait dix mètres plus bas dans un puits. Descendre avec la corde n'était pas très compliqué. La question était de savoir s'il existait une évacuation praticable.

– Il faut aller voir, décida Xavier.

Aussitôt, il planta un piton et s'harnacha. Après avoir vérifié ses mousquetons, il se plaça au bord du trou. Perplexe, Igor le regardait.

Par bonds successifs, en se faisant copieusement doucher, le Savoyard s'effaça dans les flots. Seul le faisceau lumineux de sa lampe dansait dans le tumulte de la cascade.

– Tu aperçois quelque chose ?

La voix essoufflée de Xavier, brouillée par le bruit des eaux, lui parvenait par à-coups.

– On a une sacrée chance, mon pote. La sortie est en surface, un petit collecteur descendant en pente douce. Il a l'air fait pour nous et… devine ?

Deviner quoi ? Le spécialiste du radar n'avait rien d'un augure. Il risqua quand même la réponse qui lui tenait le plus à cœur :

– Tu aperçois la sortie ?

– Ga-gné !

Cette nouvelle avait en cet instant plus de valeur à leurs yeux que la découverte de la cave renfermant la malle du pape et le saint suaire. Le Savoyard remonta pour aider Igor. Les deux hommes pataugèrent ensuite dans le torrent glacé, avançant parfois à quatre pattes vers une tache pâle qui luisait à peine. Hélas, plus ils s'en rapprochaient, plus elle s'éloignait. Après une légère bifurcation, ils se retrouvèrent à nouveau plongés dans le noir et irrésistiblement entraînés par le courant. Soudain un tourbillon les aspira et les catapulta vers la sortie. Ils n'eurent même pas l'idée d'avoir peur. Le phénomène les avait comme anesthésiés. Tout étourdis, ils surgirent des eaux dans une gerbe d'écume. Quand ils reprirent conscience, ils s'aperçurent qu'ils se trouvaient au milieu d'un grand bassin occupant le fond d'une grotte. Ils vinrent s'accrocher aux roches de la rive.

– Hou lala ! s'écria Xavier. Que s'est-il passé ?

– On a gentiment été jetés dehors. Regarde, on n'est même pas essoufflés.

– C'est dingue ce truc ! Impensable !

Le Savoyard avait du mal à retrouver ses esprits. Les mots jaillissaient hors de sa bouche dans le désordre, succession d'exclamations, d'onomatopées, de jurons, d'éclats de rire convulsifs. Son excitation extrême frisant l'hystérie, Igor cria de toutes ses forces :

– Calme-toi ! Il faut vite sortir de ce trou si on ne veut pas risquer d'être aspirés en sens inverse et revenir à la case départ.

Xavier se ressaisit et tous deux s'extirpèrent rapidement de l'eau avec le matériel qui était resté attaché à leurs jambes. Ils suivirent le courant impétueux qui dévalait vers la sortie.

Bientôt, ils aperçurent une trouée de jour. Des rayons de soleil brillaient comme des fils d'or dans la pénombre.

– Je reconnais l'endroit, s'écria Xavier. Ce sont les sources du Cernon, ça alors ! Extraordinaire ! Je n'en reviens pas.

– Pourquoi ?

– Mon vieux, on a fait une grande première. On est parti de Pincherin et on se retrouve carrément de l'autre côté de la montagne, à la sortie d'un réseau qui en principe n'a rien à voir avec le premier !

– Je ne comprends rien à ton charabia, Xavier.

– C'est très clair ! Les eaux du Cernon ne viennent pas du Granier, mais du plateau de l'Alpette, au sud. Ça a été prouvé par coloration. Donc, si on est là, ça veut dire que les deux réseaux communiquent. C'est une vraie trouvaille !

Igor hocha la tête.

– Oublie ça ! À qui penses-tu faire avaler qu'on a été aspiré dans un siphon comme des fétus de paille et qu'on a parcouru, sans appareil de plongée et sans la moindre égratignure, une distance aussi énorme ? Pourrais-tu seulement retrouver le conduit qui nous a amenés jusqu'ici ?

Ils s'arrêtèrent à l'entrée de la grotte et, éblouis par la lumière du jour, fermèrent les yeux quelques secondes avant de doucement les rouvrir. À leurs pieds, le torrent dévalait en une succession de cascades un ravin très pentu encombré de rocs, puis tout en bas de la montagne traversait, apaisé, la bourgade de Chapareillan, avant d'aller se jeter dans l'Isère. Le panorama montagneux dominé par le mont Blanc était d'une beauté saisissante. Après avoir passé une trentaine d'heures sous terre, ils se laissèrent envahir par la joie que leur procurait la vue de ces grands pics bleutés aux sommets enneigés.

Les sonneries de leurs mobiles, à l'abri dans des étuis étanches, les firent sursauter.

– Allô, oui ?

C'était Nadine et Alexis qui ne comprenaient pas ce qu'ils faisaient tous les deux près du Cernon alors qu'ils les cherchaient depuis l'aube dans le secteur de Pincherin. Impossible de leur expliquer par téléphone ce qu'ils venaient de vivre. Xavier prit l'appareil d'Igor et répondit dans les deux :

– On se dirige vers Saint-Marcel-d'en-Haut. On vous attendra à l'entrée du chemin.

Alors qu'ils descendaient de la montagne par un sentier forestier bordé de troncs d'arbres, leurs neurones fonctionnaient à plein régime. Comment décrire les heures qu'ils venaient de vivre à leurs camarades ? Elles étaient si inconcevables qu'ils risquaient de passer pour des affabulateurs.

Quand le chemin devint plus praticable et qu'ils purent marcher côte à côte, ils convinrent que le mieux était de tout raconter, y compris les extravagances de cette odyssée. Libre à eux de les prendre au sérieux ou d'en rire.

– Si on ne nous croit pas, ton patron retirera ses billes. Nadine, Joël, Alexis et moi retournerons à nos chères études et tout redeviendra comme avant, prophétisa Xavier, presque soulagé.

Igor lui jeta un regard dubitatif.

– On voit que tu ignores tout de Didier. Il n'en a pas l'air, mais c'est un pitbull. Il me connaît trop bien pour mettre ma parole en doute.

– Alors, ça ne va pas être simple. Impossible de démarrer la recherche à partir du Cernon. On ne sait même pas comment on en est sorti.

Le Parisien pensa à la fissure qui leur avait laissé entrevoir le jour près de la cave secrète.

– Celle-là aussi, si le géoradar est encore parasité, ne sera pas facile à localiser.

Depuis leur nuit de cauchemar, les deux hommes n'étaient plus tout à fait les mêmes. De noires prémonitions tempéraient leur enthousiasme.

Ils se remémoraient les mots prononcés par Nadine au tout début de la mission, deux mots qui avaient suscité l'ironie du géologue Basile Werner, tué peu après par un roc instable : un châtiment qui prouvait à quel point ils étaient appropriés. Oui, c'était exactement cela qu'ils ressentaient tous deux en s'approchant du village : une sourde terreur.

– La seule chose dont je suis sûr, affirma Igor, c'est que Didier va s'obstiner et que nous allons continuer à la fouiller, cette putain de montagne…

11

ET ÇA REPART...

Nadine, Alexis et Joël n'oublieraient jamais l'instant de ces retrouvailles, sur le chemin des Crozets, à l'orée de Saint-Marcel-d'en-Haut. Ils les virent arriver de loin, épuisés, sales, n'ayant même pas le réflexe de courir à leur rencontre. C'est l'inverse qui se produisit. Tous trois se précipitèrent vers eux, les serrèrent dans leurs bras et les assaillirent de questions sans leur laisser le temps de répondre. Où ? Quand ? Quoi ? Comment ? La première parole qu'Igor trouva la force de prononcer en montant dans le quatre-quatre loué par Renaud ne fut pas, loin s'en faut, à la hauteur de leurs attentes :

– Il faut qu'on retourne à La Plagne récupérer ma voiture.

En s'asseyant à l'arrière à côté d'Alexis, Xavier ne fut guère plus inspiré :

– Je vais aller chez moi prendre une douche et dormir.

Nadine comprit qu'ils avaient besoin d'y voir plus clair et de décompresser. Elle les laissa donc se reposer, se réservant la possibilité de prévenir Didier de La Renardière, en fonction de ce qu'ils diraient.

Bien qu'ils eussent décidé de tout révéler aux autres, quelque chose les retenait encore. Pourtant, le moment venu, alors qu'ils étaient tous réunis dans l'appartement d'Aix-les-Bains loué par Geotechnik, ils racontèrent leur épopée sans exaltation, comme s'il s'agissait d'un événement tout à fait ordinaire. Le regard rivé sur leurs lèvres, Renaud et les trois Savoyards buvaient chacune de leurs paroles et se gardaient bien de les interrompre, de peur de briser la magie du récit. Leur attention atteignit son paroxysme quand Igor et Xavier en arrivèrent au moment crucial : la découverte de la malle et surtout du saint suaire. Là, Nadine ne put s'empêcher d'intervenir :

– Qu'est-ce qui vous fait penser que c'est le saint suaire ?

– Parce qu'il nous a figés sur place pendant un bon moment avant de nous permettre d'approcher, expliqua Xavier. On a vécu des choses incroyables.

Igor convint qu'ils avaient été en présence de phénomènes incompréhensibles.

– Le radar et la balise ont été neutralisés, sans explication rationnelle. Quant à savoir comment on a été éjecté, vraiment ça me dépasse !

Le saint suaire ! Nadine n'en revenait pas ! Si les deux garçons disaient vrai, cette découverte allait bien au-delà de tout ce qu'elle avait pu imaginer.

Elle se sentait de plus en plus excitée et plus que jamais déterminée à poursuivre les recherches.

– Est-ce que vous pourriez situer de l'extérieur le fameux sas où vous avez entrevu un filet de jour ?

– Pas sûr, répondit Igor. On ne savait plus très bien où on se trouvait à ce moment-là.

Xavier eut un petit rire.

– Même la boussole avait perdu le nord.

Elle réfléchit un instant avant d'enchaîner :

– Peut-être aviez-vous, sans vous en rendre compte, progressé en direction du plateau de l'Alpette ?

Il la regarda d'un air désolé.

– Tu sais, quand le chemin du retour a été obstrué par l'effondrement dont on vous a parlé, on n'a pas eu d'autre choix que de profiter du moindre boyau. Savoir où il nous mènerait était bien le cadet de nos soucis.

Alexis résuma la situation :

– En conclusion, on sait que la malle existe, mais on ignore toujours où elle se trouve. C'est comme s'il fallait chercher une aiguille dans une botte de foin !

Presque en même temps, Xavier et Igor se souvinrent qu'ils avaient laissé sur place la balise et que celle-ci continuerait en principe à émettre jusqu'à l'épuisement total de ses batteries, c'est-à-dire pendant trois jours environ. Le seul risque, c'était qu'elle fût rendue inaudible par le brouillage qui avait déjà neutralisé les autres appareils.

– La balise ! s'écrièrent-ils en chœur.

– Quoi, la balise ?

– On l'a oubliée dans le sas.

Nadine se leva de son siège.

– Pourquoi ne pas nous en avoir parlé plus tôt ? On aurait gagné un temps précieux.

Les deux garçons haussèrent les épaules. Ça leur était tout simplement sorti de la tête.

– Bon ! fit-elle, on retourne tout de suite au Granier.

Renaud intervint :

– On ne prévient pas Didier ?

– Trop tôt, nous ne sommes pas du tout certains de réussir.

L'informaticien se rapprocha d'Igor.

– Tu trouves ça normal, toi ? murmura-t-il.

– Que voudrais-tu qu'elle lui dise à cette heure ?

Il ne restait plus qu'eux dans le living. Tous les autres étaient déjà dehors, sur le palier à appeler l'ascenseur ou à dévaler l'escalier.

– Si on attend que tout soit terminé pour lui faire signe, il va être furieux, avertit Renaud. C'est maintenant qu'il faut lui parler. Tu vas voir, il va prendre le premier avion.

Igor réfléchit un instant.

– Moi, je ne suis pas chaud pour le faire. À toi de voir.

– Cours rejoindre les autres pendant que je le mets au courant. Je n'ai pas envie qu'il prenne la mouche, tu comprends ?

Non, il ne comprenait pas, mais n'ayant pas l'intention d'imposer son avis, il décampa. Quand La Renardière apprit que Xavier et Igor avaient vu, au fond d'une cave, non seulement la malle du pape mais aussi, très probablement, le vrai saint suaire, il éructa dans l'appareil :

– Ne décidez rien sans moi, rien ! J'appelle tout de suite Nadine.

– Mais, Didier, elle va me traiter de cafteur !

– Allons donc ! Vous n'avez fait que prévenir votre employeur, ce qui me semble tout à fait légitime. Allez, Renaud, rejoignez-les autres.

Se montrant diplomate, La Renardière évita d'adresser à la jeune femme le moindre reproche et se contenta de lui prodiguer des conseils qui, en fait, étaient des directives.

– Commencez donc les recherches maintenant et, si le radar d'Igor ou le récepteur détectent quelque chose, attendez-moi. Je serai là dans – il consulta sa Rolex – dans vingt-quatre heures au plus tard.

Le lendemain, son Learjet se posait au Bourget-du-Lac où l'informaticien était venu le chercher pour le conduire directement au hameau de La Plagne. Sitôt arrivé, il revêtit une tenue de randonneur et prit avec son collaborateur le chemin de la Balme à Collomb où avait été établi un camp de base provisoire. Laissant Renaud loin derrière lui, il gravit le sentier avec une vélocité qui aurait fait pâlir d'envie un montagnard chevronné. Une fois sur place, il dut s'asseoir pour recouvrer son souffle afin de parvenir à prononcer les quatre mots qui lui brûlaient les lèvres :

– Où en est-on ?

– D'abord, bonjour, Didier. Comment allez-vous ? répliqua sèchement Nadine.

Réalisant qu'il venait de se comporter cavalièrement, il se confondit en excuses. Il devait éviter d'afficher son impatience et surtout de se mettre les Savoyards à dos. Comme par un coup de baguette magique, il redevint le dandy bien élevé qu'il pouvait être.

Les nouvelles n'étaient pas bonnes. Igor avait promené en vain son géoradar sur un vaste périmètre autour de Pincherin et le récepteur de balise n'avait rien capté.

Le sponsor fronça les sourcils, signe que ses « petites cellules grises » carburaient, puis se mordit les lèvres, signe qu'elles étaient au bord de la surchauffe. Nadine entreprit alors de lui expliquer la situation devant une carte géologique qu'elle déploya sur le sol. Elle se lança dans un petit exposé d'hydrologie et lui fit comprendre que la sortie inattendue d'Igor et de Xavier par l'exsurgence du Cernon laissait supposer qu'ils avaient, à leur insu, progressé vers le sud, en direction de l'Alpette.

– Donc, dit-elle, on vient de décider que, dès demain, on reprendrait les fouilles non plus à partir d'ici, mais de l'Alpette, et qu'on sonderait la barre rocheuse de la face ouest. Peut-être aura-t-on une petite chance de détecter la fameuse fissure et la cavité qui se trouve derrière.

S'il s'était écouté, Didier de La Renardière aurait bousculé tout le monde. Pour dissimuler sa fébrilité, il fit mine d'explorer les parages et de lorgner les écrans de ses deux techniciens. En fin de journée, il signala à Nadine qu'il devait retourner à Chambéry et qu'il logerait cette nuit à l'hôtel des Princes.

– Êtes-vous déjà épuisé pour nous quitter aussi vite ?

Non, il ne ressentait pas la moindre fatigue. S'il allait déserter provisoirement le terrain, c'était, lui confia-t-il, pour accueillir, le lendemain à huit heures à l'aéroport de Lyon, un spécialiste des drones qui amenait dans ses bagages un ShadowHawk, un mini-hélicoptère utilisé d'ordinaire par la police aux États-Unis.

– J'ai fait installer sur cet appareil un radar miniaturisé. Celui d'Igor est trop lourd et ne nous permet pas d'explorer, avec précision et sans risque, tous les recoins du Granier.

– Formidable ! s'écria Xavier. Ça nous évitera des efforts inutiles.

– Ça en fera un de plus dans la confidence, releva Alexis.

– Pas du tout, le détrompa La Renardière. Il sera payé à la prestation, pas au pourcentage, et les scans du radar, c'est nous et nous seuls – il désigna du regard ses deux collaborateurs – qui les étudierons. Si je l'ai engagé, c'est parce que c'est un as dans sa spécialité.

Il changea de sujet.

– J'ai besoin de quelqu'un pour me descendre en ville. Renaud ?

Avant que l'informaticien n'ait eu le temps d'accepter, Nadine avait déjà répondu à sa place :

– Ce sera moi, Didier, si vous n'y voyez pas d'inconvénient. J'en profiterai pour faire des courses. Il nous manque des tas de choses.

Elle suggéra à ses copains de transférer dès ce soir le camp de base au refuge de l'Alpette et les pria également de venir les attendre, le lendemain à onze heures, à La Plagne pour les aider à porter les provisions.

– Sans moi, dit Alexis.

Le patron de Geotechnik crut à une foucade.

– Pourquoi, sans vous ?

– Parce qu'il faut bien qu'il y en ait un qui poursuive la prospection avec le récepteur de balise.

En consultant sa montre, La Renardière constata qu'il ne leur restait qu'une cinquantaine d'heures pour capter le signal, deux jours seulement avant que la batterie ne rende l'âme. Ce constat fit monter son stress d'un cran.

– Entièrement d'accord avec vous, Alexis, et il faut commencer cette nuit même.

Nadine refusa.

– Pas question, c'est trop dangereux !

Il insista :

– On peut se servir de spots très puissants.

Alexis vint se planter à quelques centimètres de son visage.

– Et révéler ainsi notre présence à tous les habitants de la vallée ? Bonjour la discrétion, monsieur le sponsor.

Agacé, La Renardière recula d'un pas, défia l'insolent du regard avant de reprendre son sang-froid.

– D'accord, fit-il d'une voix apaisée. À demain, donc. Allez, en route, Nadine.

Les trois Savoyards, Igor et Renaud attendirent qu'ils aient disparu sous les frondaisons pour faire le ménage dans la grotte. Ils prirent ensuite leurs lourds sacs à dos et longèrent un éboulis qui menait au refuge.

12

LES FOUINEURS SONT DE RETOUR

Quand Nadine et Didier de La Renardière arrivèrent rue de Boigne, à l'hôtel des Princes, à environ deux cents mètres de la célèbre place des Quatre sans cul[1], les magasins de la ville commençaient à fermer.

– Retenez ma chambre, dit-elle. Je vais dans la zone commerciale acheter tout ce qu'il nous faut.

– D'accord ! fit-il en sortant de la voiture avec les bagages. Je vous attendrai au bar.

En roulant, elle songea que, depuis plus d'un an, elle n'avait pas fait l'amour. Sa dernière liaison lui avait laissé un

1. Fontaine érigée en 1838 par le sculpteur grenoblois Pierre-Victor Sappey. Son eau s'écoule par la trompe de quatre éléphants sans arrière-train – d'où le surnom du monument – qui semblent surgir d'une colonne en forme de palmier. À son sommet, Benoît de Boigne (1751-1830), né Benoît Leborgne, en tenue de général. Cet aventurier chambérien, fils d'un marchand de fourrure, amassa une immense fortune comme mercenaire en Inde où il dirigea pour les radjahs mahrattes une armée de près de cent mille hommes, organisée sur le modèle européen. Il revint à Chambéry en 1807 et fut anobli par le roi de Piémont-Sardaigne en 1816 en tant que bienfaiteur de sa ville qu'il s'attacha à moderniser. Il fit en effet raser les quartiers les plus insalubres de la cité ducale et édifier des rues nouvelles, comme celle de style italien qui porte son nom et qu'il contemple désormais pour l'éternité, du haut de son perchoir.

goût amer. S'étant entichée d'un de ses profs qui était marié, elle avait eu, presque chaque fois qu'ils couchaient ensemble, à subir ses remords. Après leurs ébats, il n'avait qu'une hâte : rejoindre son épouse et ses deux enfants qui étaient, à l'en croire, le sel de sa vie. Le comble, c'est qu'en plus il se montrait possessif à son égard et jaloux de son passé, voulant toujours savoir combien elle avait eu d'amants avant lui. Elle se mettait alors à compter sur ses doigts et prenait plaisir à le voir se décomposer.

En vérité, un seul avait compté et, quand il l'interrogeait, c'est toujours à lui qu'elle pensait : Manuel, son bel Espagnol rencontré sur la Costa Brava. Elle avait dix-sept ans. C'était son premier amour. Comme elle avait pleuré lorsqu'elle avait dû repartir avec ses parents à la fin des vacances ! Elle ne l'avait jamais revu, jamais oublié non plus.

Lorsqu'il la sentait perdue dans des réminiscences, Jacques s'inquiétait.

– C'était tellement mieux, avant moi ?

Qu'est-ce que ça pouvait bien lui faire ?

– Ah ! oui, le super pied !

Il n'était pas sûr qu'elle plaisantait et se sentait toujours obligé de la reconquérir. Authentique conteur, fin et cultivé, il l'étourdissait alors de belles paroles. C'était, il le savait, son principal atout.

C'est d'ailleurs par une belle pirouette verbale qu'avait commencé leur liaison, quand il était passé sans transition de l'Europe des grandes invasions à l'Inde de la même période où un jeune étudiant, Vatsyayana Mallanaga, achevait une œuvre qui allait défier le temps : le *Kama-sutra* ! À ce jeu-là, il n'avait pas son égal.

S'étant trop investie dans cette relation amoureuse, elle avait fini par se lasser de l'attendre. Invitations imprévues, scènes de ménage, maladie des enfants, ces prétextes récurrents lui étaient devenus insupportables.

– Mon pauvre Jacques, ta famille, quel boulet ! lui répétait-elle souvent.

Elle avait tenu deux ans et puis, un soir, à bout de nerfs, elle lui avait claqué la porte au nez. Il avait cherché à la retenir et constaté avec horreur qu'elle ne le regardait plus, comme s'il était soudain devenu transparent à ses yeux, pire encore, qu'elle ne l'écoutait plus. C'est alors qu'il avait réalisé à quel point il s'était attaché à elle. Trop tard.

Refroidie par cette première désillusion, Nadine n'avait plus cherché à créer de relations durables avec un homme. Et c'est pour mieux oublier Jacques qu'elle avait cultivé une passion nouvelle, la spéléologie, à l'origine de la bande des quatre.

Ce soir, elle se sentait d'humeur légère.

Une heure plus tard, elle était de retour au centre de Chambéry. Elle gara la voiture dans le parking de la mairie, à deux pas de l'hôtel où Didier de La Renardière, accoudé au bar devant un scotch, l'attendait en lisant le journal. Il leva la tête.

– Vous avez trouvé tout ce dont vous avez besoin ?

– À peu près, oui.

– Vous prenez quelque chose ?

– Non, merci. Si vous voulez bien m'accorder vingt petites minutes, le temps de prendre une douche.

– Pas de problème, chère Nadine. Sur les conseils de monsieur (il désigna le barman du regard), j'ai réservé une table au restaurant Les Halles. C'est, paraît-il, une des bonnes adresses de la ville.

– Oui, il est plutôt sympa, approuva-t-elle en prenant la clef que lui tendait la réceptionniste.

Quand elle réapparut, il écarquilla les yeux. La jeune sportive en short et baskets était devenue une élégante citadine en tailleur-pantalon de lin noir, perchée sur des hauts talons à brides. Une touche de maquillage, un nuage de parfum rehaussaient cette métamorphose. En se levant de son tabouret pour aller la rejoindre, il eut la nette impression qu'elle s'était faite désirable à son intention.

Sur le chemin du restaurant qui était à deux pas de l'hôtel, elle lui demanda en riant :

– Vous l'avez fait exprès ?

Il marqua un arrêt et lui lança un regard interloqué.

– Que voulez-vous dire par là ?

– Savez-vous comment s'appelle la rue où on va ?

– Non, je n'y ai pas prêté attention.

– Il s'agit de la rue Bonivard. Bonivard, ça ne vous dit rien, Didier ?

La réponse ne lui vint pas tout de suite.

– Si... Si... Voyons, je n'ai pas tout à fait oublié vos leçons. C'est celui qui aurait caché la malle du pape, non ?

– Celui qui a caché la malle, c'est Jacques-Guillaume. Vous savez, les Bonivard, c'est toute une lignée de bourgeois et d'ecclésiastiques enracinés depuis toujours dans l'histoire de Chambéry, de la Savoie et même de la Suisse romande. Ils furent presque tous de grands commis du duché.

De nombreux piétons flânaient dans le quartier. À gauche, la rue avait conservé ses bâtisses d'antan alors qu'à droite elles avaient été rasées dans les années trente et remplacées par un marché couvert, récemment enrichi d'un centre commercial à l'architecture d'avant-garde. La devanture du restaurant ne payait pas de mine. À l'intérieur, le décor, avec ses murs lambrissés, était plutôt chaleureux et la salle donnait sur une petite cour où des tables avaient été dressées sous des parasols rouge sombre. Toutes étaient prises, sauf la leur, relativement isolée dans un coin de la terrasse.

Pendant le hors-d'œuvre, il ne cessa de la questionner sur la malle et le saint suaire. Quand arriva le plat de résistance, le vin blanc d'Apremont lui montant légèrement à la tête, son propos devint moins intéressé. Il lui raconta quelques souvenirs de jeunesse, quelques frasques de collégiens, lui parla de ses copains de l'ENA. Là, c'est la demi-bouteille de mondeuse rouge qui le tira de ce marécage estudiantin pour le mettre, juste avant le dessert, au diapason de Nadine. Il promena sur elle un regard langoureux et affirma que, jamais avant elle, il n'avait rencontré une aussi parfaite synthèse d'intelligence et de charme. Elle faillit être prise de fou rire.

Ils regagnèrent l'hôtel main dans la main et il la suivit dans sa chambre. Dès la porte fermée, leurs gestes s'accélérèrent et elle eut vite la révélation que, comme son ex-amant, lui aussi connaissait bien le *Kama-sutra*.

Devant se lever très tôt pour aller chercher le spécialiste des drones à l'aéroport Saint-Exupéry, ils firent l'impasse sur les banalités d'usage. Didier se rhabilla pour regagner sa chambre. Au moment où il ouvrait la porte, elle lança dans son dos :

– Durant toute cette soirée, vous ne m'avez pas parlé une seule fois de votre épouse et de vos deux enfants. J'espère qu'ils vont bien ?

Le regard qu'il lui adressa avant de sortir ne recelait plus la moindre lueur de tendresse. L'amour tel qu'elle venait de le vivre ressemblait à ce qu'en disait Chamfort : « Un échange de deux fantaisies et le contact de deux épidermes. »

À sept heures, ils se retrouvèrent dans la salle du petit déjeuner, se saluèrent comme si de rien n'était et furent l'un et l'autre soulagés de constater qu'ils étaient sur la même longueur d'onde. Après un café pris à la hâte, ils mirent leurs sacs de voyage dans le coffre du quatre-quatre où s'entassaient déjà les courses de la veille. Nadine s'installa d'autorité à la place du conducteur et ils prirent l'autoroute de Lyon.

Le grand gaillard châtain clair qui descendit de la navette d'Air France s'appelait Lionel Ferrand. Au retour, Nadine se fit flasher deux fois en fonçant vers La Plagne qu'elle rallia en un temps record.

– Toujours rien ? s'enquit-elle auprès de l'équipe qui les attendait au village.

– Non, toujours rien !

Igor étant absent, La Renardière en demanda la raison à Renaud.

– Il est resté avec Alexis pour ne pas le laisser crapahuter seul avec le détecteur de balise. Il continue les recherches avec son radar.

Le patron de Geotechnik vérifia le cadran de sa montre. Plus qu'une trentaine d'heures avant que la balise ne cesse définitivement d'émettre. Ensuite, ils ne pourraient plus compter que sur le drone. Il se tourna vers le spécialiste.

– Si vous n'avez pas l'habitude de la montagne, je vous suggère de confier la mallette contenant votre hélico à l'un des spéléos de notre groupe. La grimpette va être rude.

– Je m'en charge, proposa Joël, le plus costaud de la bande.

On se hâta de répartir dans les sacs à dos les provisions et les duvets de montagne que Nadine avait achetés la veille, puis la colonne menée par Xavier prit le chemin du col de l'Alpette…

Alexis et Igor avaient ratissé presque tout le terrain sans résultat. Toisés par le mont Blanc qui règne au loin en majesté dans ce décor alpestre, ils étaient partis dès potron-minet du refuge par une sente en lacet jusqu'au pas des Barres. Là, il leur avait fallu escalader une ravine verticale équipée de câbles, d'échelles et de barres de fer – à l'origine du nom du passage – pour accéder au vaste plateau sommital. Pour le Savoyard, rompu à cet exercice, cet obstacle fut facile à franchir, beaucoup moins pour le Parisien. Ayant connu bien pire aux côtés de Xavier quand ils erraient tous deux dans les entrailles du Granier, le simple fait d'opérer à l'air libre apaisait ses appréhensions. Munis de baudriers afin de pouvoir être assurés pendant que l'un écoutait la roche et que l'autre la sondait, les deux hommes étaient souvent obligés, pour prendre du recul, de se mettre perpendiculaire à la paroi. Parvenus à la jonction des chemins de l'Alpette et de la Balme à Collomb, ils se dirigèrent vers la Fontaine Neuve, pas si neuve que ça, dont le bassin en forme d'abreuvoir atteste d'un pastoralisme en altitude abandonné depuis longtemps déjà. Ils s'assirent et prirent un casse-croûte roboratif, arrosé par l'eau pure et fraîche de la source.

– M'est avis qu'on ne trouvera rien par ici, dit Igor.

Alexis se tourna vers lui.

– Qu'est-ce qui te fait dire ça ?

– Pendant qu'on jouait les acrobates, pour ne pas penser au vertige, j'ai beaucoup réfléchi et je suis arrivé à la conclusion que des gens normaux, même un peu sportifs et pas plus doués que moi en escalade, n'iraient pas planquer un trésor dans un lieu inaccessible.

– Et tu en as déduit quoi ?

– J'en ai déduit qu'on ne cherche pas au bon endroit. On a déjà bien exploré ce secteur. Il vaudrait mieux maintenant étudier la paroi de la face est, au-dessus du Cernon, d'où nous sommes ressortis Xavier et moi.

Alexis approuva.

– Il n'y a qu'à retourner au refuge. Les autres nous y attendent peut-être déjà.

Ils attendaient en effet. Traversant un troupeau de tarines trop occupées à brouter l'herbe parfumée de la prairie pour leur prêter la moindre attention, les deux hommes aperçurent l'équipe de loin. Elle s'était regroupée devant le bâtiment et les regardait approcher au son des clarines qui se répercutait dans toute la montagne. Didier de La Renardière leur présenta Lionel Ferrand, les écouta avec attention et prit au sérieux leurs dernières remarques. Les efforts allaient donc être concentrés sur la face est, via la piste du pas de Bellecombe.

– Je crois qu'on a intérêt à camper sur place, conseilla Nadine.

Chacun se coiffa d'un casque jaune équipé d'un émetteur-récepteur qui permettrait de se parler sans avoir à hurler pour se faire entendre. Le soleil était au zénith quand la colonne s'ébranla. Bientôt le drone, tel une libellule en chasse, entreprit son inspection méthodique et envoya ses scans sur l'un des ordinateurs de Renaud. Le nez sur l'écran, La Renardière réclamait parfois des zooms à l'informaticien. De son côté, Alexis continuait de sonder les moindres recoins à l'affût d'un « bip bip » qui se laissait désirer, tandis que Nadine et Joël surveillaient le second écran connecté au géoradar d'Igor.

Cet affairement n'échappait pas aux randonneurs qui, passant dans les parages, avaient tendance à s'agglutiner autour d'eux pour les observer. Assez régulièrement, il fallait interrompre les fouilles pour venir leur raconter la raison officielle de leur présence et la plupart d'entre eux repartaient convaincus. Quelques-uns, plus intrigués que les autres par leur manège, s'attardaient sur place et l'usage d'un ton plus ferme devenait alors nécessaire. Il était certain qu'il fallait aller vite.

De temps en temps, le regard du sponsor se fixait sur la silhouette de Nadine, moulée dans sa combinaison de toile, et un sourire équivoque s'inscrivait en coin sur ses lèvres. Tout en observant les images transmises par le drone, il faisait défiler dans sa tête le film des quelques heures intimes passées avec elle et regrettait d'avoir pris ses distances si tôt.

Elle devinait qu'il l'observait à la dérobée. Ça l'émoustillait, et elle se disait que, s'il lui refaisait des avances, elle ne le repousserait pas. Avec un homme tel que lui, aucune crainte de complications. Il n'était pas du genre à s'accrocher.

Le drone vibrait par à-coups comme un gros insecte sur le point de se poser. Il examinait les lapiaz qui recouvraient le sol, allait fouiner dans les sapinières, étudiait les moindres ressauts, se glissait sous les encorbellements. Toujours rien ! La sente, de plus en plus abrupte, ralentissait leur progression. Le doute, l'énervement commençaient à les gagner tous.

Dès son retour au refuge, Alexis avait senti que Nadine leur cachait quelque chose. À deux ou trois reprises, il avait surpris le regard de La Renardière posé sur elle sans qu'elle manifestât la moindre gêne. Ils avaient couché ensemble, il en aurait mis sa main au feu. S'il s'était écouté, il serait allé en parler à Xavier et à Joël, mais ce n'était pas le moment de semer la zizanie dans leur petit cercle. Malgré ses efforts, il n'était jamais parvenu à se défaire des réserves qu'il nourrissait à l'encontre du patron de Geotechnik et s'attachait à noircir celui qu'il considérait, sans y être habilité, comme un rival.

Cela faisait bientôt plus de quatre heures que l'équipe ratissait la face est du Granier. Joël était fasciné par la dextérité de Lionel Ferrand qui, le pouce et l'index serrés sur le minuscule manche à balai de son pupitre, pilotait le drone avec une précision d'orfèvre. Entre chaque halte, Xavier et Nadine ouvraient la voie et exploraient avec méthode les abords de la piste, de loin en loin balisée par des cairns. Dès qu'ils repéraient un surplomb, une corniche ou une sangle susceptibles de dissimuler un passage, ils en informaient le pilote du ShadowHawk qui aussitôt téléguidait à l'endroit indiqué son mini-hélico. Igor, avec l'aide d'Alexis, s'aventurait dans les crevasses où le drone n'avait pu se risquer afin de les balayer avec son appareil.

Didier de La Renardière se montrait de plus en plus impatient et fébrile. Depuis un bon moment, son cerveau survolté avait provisoirement jeté la jeune Savoyarde aux oubliettes. Là, quelque part dans ce fouillis minéral et végétal, dormaient ce qu'il se plaisait déjà à nommer à des fins de marketing « l'or des guelfes » et, tout à côté, à en croire son radariste, l'authentique saint suaire ! Quel coup fabuleux s'il parvenait à mettre la main dessus ! Les plus grosses fortunes du monde se battraient pour l'avoir. Cette idée lui donna le vertige. Vite ! Vite ! Où pouvait bien se trouver cette saloperie d'entrée ? Il avait des sueurs froides. Et s'il se plantait ? Il ne restait plus que vingt heures avant que la balise ne s'arrête, vingt heures… Rentrer bredouille en ayant dépensé autant d'argent risquait de lui coûter sa place. Les actionnaires russes n'aimeraient pas ça du tout…

Ayant aperçu les anciens clients de L'Étape dans la passe de Bellecombe, des gens du pays en informèrent le propriétaire qui prévint aussitôt son oncle, le sénateur. Celui-ci avertit le notaire de Montmélian qui alerta à son tour le commandeur Louis Bonivard : les fouineurs étaient de retour ! C'était un coup dur. La mort de leur géologue ne les avait donc pas dissuadés. Que faire ? Annoncer au préfet qu'ils bravaient son interdiction ? Ils en discutèrent entre eux. Alban de Montbrison ? Un sybarite davantage préoccupé par sa petite personne que par l'intérêt de son département, consacrant plus de temps aux mondanités qu'à ses dossiers au bas desquels, après un rapide coup d'œil, il se contentait d'apposer sa signature. Depuis longtemps, cet énarque avait compris que les compétences étaient moins payantes que l'art de se faire mousser. Ainsi était-il parvenu à acquérir en haut lieu une réputation de fonctionnaire efficace, totalement infondée, mais très utile à sa carrière. Louis Bonivard et, avec lui, tous les Porte-glaive, connaissaient bien le personnage et en avaient mesuré les limites.

Dans un peu moins d'une année il quitterait la Savoie dont il se moquait éperdument pour un poste plus attrayant à ses yeux. Au cours d'un dîner, il avait confié au sénateur Guerraz, à l'inspecteur d'académie Mongey et au procureur Cavour d'Albens que la fonction préfectorale ne le passionnait plus et qu'il aspirait à devenir diplomate. Les trois notables avaient aussitôt compris qu'il intriguait pour satisfaire cette ambition nouvelle.

Aller révéler à cet olibrius que son condisciple de l'ENA n'avait pas attendu le mois d'août pour reprendre les fouilles n'était pas une bonne idée. La mission officielle du staff de Geotechnik n'avait en soi rien de répréhensible. Dresser une carte des sous-sols du Granier était une activité d'utilité publique qui, en apparence, ne faisait de tort à personne. S'en préoccuper risquait donc de paraître suspect. Il ne fallait surtout pas qu'Alban de Montbrison puisse un instant soupçonner que cette montagne recelait un mystère connu seulement de quelques initiés. À coup sûr, il viendrait s'en mêler dans le seul but de faire parler de lui…

Après le coup de fil du notaire, lentement, une idée germa dans la tête de Louis Bonivard. Quelques jours plus tard, il le rappela.

– Bonsoir, Thomas. Il faut que je vous parle, très vite.

– Venez donc dîner demain.

– Soit, j'arriverai en fin d'après-midi, si cela ne vous dérange pas.

– Pas du tout, Louis. À demain, donc…

13

LE FESTIN DU COMMANDEUR

Louis Bonivard arriva à Montmélian dans un taxi qu'il avait réservé pour toute la soirée. Pendant que maître Costa de Saint-Séverin devisait avec lui dans le parc, Hortense, sa femme, demanda à Paulette, l'employée de maison, de servir au chauffeur un repas chaud dans la cuisine.

– Avez-vous bien réfléchi ? insista le notaire en fixant d'un regard soutenu le commandeur de l'ordre.

Celui-ci inclina la tête. Oui, il était sûr de son fait. Il n'y avait pas d'autre alternative. Son ami lui avait pourtant rappelé que, dans la religion catholique, l'inhumation en terre consacrée était interdite à ceux qui se donnaient volontairement la mort. Cela n'avait pas le moins du monde fait plier le banquier. Il s'était même mis à ricaner devant l'incongruité de cette dernière remarque.

– Mon cher Thomas, si je m'immole à côté du suaire de notre Seigneur, qu'ai-je besoin de l'aval de notre sainte mère l'Église ? Et comme terre consacrée, je ne trouverai pas mieux. Par ailleurs, j'insiste, mon action n'a rien à voir avec un suicide, c'est un combat !

En cette circonstance, il revêtirait l'uniforme de la confrérie, tiendrait son épée d'une main, déclencherait l'explosif de l'autre. Non, la malle d'Innocent IV et le lin qui portait l'empreinte de Jésus ne pouvaient tomber aux mains de mercantis et être ensuite l'objet d'immondes marchandages. S'il fallait qu'il y en ait un qui se sacrifie afin d'éviter cela, ce ne pouvait être que lui. Une fois les portes d'accès définitivement bloquées, les reliques seraient enfin à l'abri.

L'idée de faire sauter les passages menant à la sainte cave déplaisait à maître Costa de Saint-Séverin. Il argua que, si elle n'était plus accessible, les Porte-glaive perdraient leur raison d'être. Le commandeur tenta de lui démontrer le contraire. Même s'il parvenait à dissuader l'équipe qui rôdait en ce moment près du passage secret, tôt ou tard, selon lui, d'autres fureteurs risquaient de revenir avec des matériels encore plus performants et il faudrait bien alors que d'autres frères interviennent à leur tour pour les empêcher de parvenir à leurs fins. Thomas lui jetait à la dérobée des regards inquiets. Avait-il encore toute sa raison ? Il tenta de le détourner de son projet. En vain.

Ils avançaient à pas lents dans les allées du grand parc. Les mains derrière le dos, la tête penchée vers le sol, ils faisaient penser à deux disciples d'Aristote. Vers huit heures trente, Hortense apparut sur le perron du manoir. Elle se dirigea avec son sécateur vers un massif de roses Pierre-de-Ronsard aux grosses corolles d'une pâleur exquise. De là, tout en confectionnant un bouquet qu'elle poserait ensuite sur la crédence de la salle à manger, elle observa les deux hommes. Leur attitude concentrée et ombrageuse lui laissa supposer qu'ils étaient confrontés à un dilemme des plus préoccupants. Le mystérieux coup de téléphone d'Humbert, qui, deux mois plus tôt, avait sérieusement perturbé son mari, lui revint en mémoire et elle eut l'intuition qu'il était à l'origine de la conversation de ce soir.

Depuis la mort de son épouse, Louis avait toujours répondu favorablement aux invitations d'Hortense et de Thomas, comme s'il puisait dans l'affection de ce vieux couple d'amis un réconfort qui l'aidait à supporter sa solitude. Cette fois, c'était lui – ce qu'il ne faisait d'habitude jamais – qui avait pris l'initiative de cette soirée et elle avait remarqué, dès qu'il était arrivé, un changement dans sa manière d'être. Son air bougon avait cédé la place à une expression apaisée qui lui était peu coutumière et, dans ses yeux d'ordinaire pénétrants, se lisait toute la tristesse du monde. Elle le connaissait bien et savait qu'il ne s'apitoyait jamais sur son sort. La disparition de Gisèle avait laissé en lui un vide abyssal. Hortense glissa le sécateur dans la poche de son tablier de jardinier. « Comme il doit souffrir », se dit-elle en revenant vers le manoir avec son bouquet. Parvenue sur le perron, elle se retourna pour l'observer de loin en pleine confidence avec Thomas. Ils déambulaient au milieu des grands hêtres.

C'était l'heure où les merles achevaient leur sérénade et volaient en rase-mottes pour regagner leurs nids, l'heure où le mont Granier se colorait en rose et où les stridences des grillons saluaient l'approche de la nuit. Quand elle entendit le cri de la chouette qui logeait dans le tronc du vieux chêne, Hortense réalisa que le repas aurait dû être servi depuis un bon moment déjà. Elle se dirigea vers l'office pour calmer Paulette qui se désespérait devant le gigot trop cuit.

– Encore un peu de patience, ils ne vont pas tarder.

Un avertissement fusa :

– *Cé ke tran-ne trè vo m'gia d'la semèla*[1].

La lumière rose du soir se muait en violet. La cloche de l'église tinta à neuf reprises.

Depuis quelques jours déjà, le commandeur avait fait parvenir au notaire la dernière mouture de son testament. Ce soir, il tenait aussi à régler sa succession à la tête de l'ordre. Selon lui, le plus habilité à endosser ce rôle dans la confrérie était le sénateur Guerraz de Saint-Alban.

– Humbert a les qualités requises. Il a l'oreille des politiques et des hauts fonctionnaires. Il est un membre apprécié

1. « Celui qui traîne trop va manger de la semelle. »

de l'Académie de Savoie et de l'Académie florimontane. Surtout, mon cher Thomas, il a toujours été le mieux informé d'entre nous. Il saura prévenir à temps les prochains périls.

Maître Costa de Saint-Séverin était tout à fait d'accord avec ce choix qui aurait été le sien s'il avait eu à le faire et promit d'agir en conséquence pour que tous les Porte-glaive se rangeassent à cette décision. Il s'était tout de même étonné que Louis n'eût pas réuni un chapitre afin d'expliquer aux frères le geste fatal qu'il s'apprêtait à commettre. Le commandeur allégua qu'en agissant sans en référer aux autres, il s'épargnait leurs logorrhées et leurs lamentations.

– Je compte me rendre dans la cache dès ce soir pour accomplir ma mission.

– Où quitterez-vous votre taxi ?

– À Bellecombe, à proximité de L'Étape. Ainsi le chauffeur croira-t-il que je me rends à l'auberge pour y passer la nuit et, dès qu'il sera reparti, je prendrai le chemin de la montagne.

– Il vous restera encore une ou deux heures de marche en terrain difficile, souligna Thomas.

L'escalade, même de nuit, n'effrayait pas Louis Bonivard. Il s'était entraîné discrètement chaque week-end, en Suisse et en Haute-Savoie, pour être en forme le moment venu.

Hortense les vit enfin s'approcher et masqua son inquiétude derrière un sourire de convenance. À peine étaient-ils entrés dans la salle à manger que Paulette surgit pour lancer l'incontournable : « Madame est servie ! »

Jamais repas avec Louis Bonivard ne fut aussi enjoué. Pour accompagner les écrevisses au pamplemousse, le notaire avait débouché une Roussette « Divine » de 2007 aux effluves de poire et de violette afin d'éveiller les papilles gustatives de son ami. Égayé d'un bouquet de roquette fraîche, l'agneau au citron et au miel, agrémenté de petits carrés de polenta dorés au beurre et au beaufort, fut exalté par une mondeuse d'arbin « Graine de Terroir » de huit ans d'âge, au goût délicatement épicé et poivré. Au dessert, un viognier « Candie », aux arômes subtils de fleurs et d'abricot, fut servi avec le crumble de rhubarbe à la noisette.

Louis enchanta ses hôtes en évoquant son premier et son dernier voyage au Laos avec Gisèle. Pour une fois, il ne brida pas ses émotions et révéla un talent de narrateur qu'il n'avait auparavant jamais cherché à exprimer. Maintenant qu'il arrivait au terme de sa vie, il pouvait se laisser aller. Ni Hortense ni Thomas ne l'avaient encore vu ainsi, libéré de toutes ses inhibitions, sans pour autant faire insulte à la bienséance. La vieille comtoise qui trônait en majesté dans l'entrée du manoir égrena les douze coups de minuit. Vint l'instant de l'adieu. Il s'inclina devant Hortense et, tout en lui adressant un regard chargé d'affection, il effleura des lèvres la main qu'elle lui offrait. Avec Thomas, ce fut une longue accolade et un « à bientôt, mon frère » murmuré dans le creux de l'oreille. En le regardant monter dans son taxi, les Costa de Saint-Séverin avaient le cœur serré. Quel merveilleux convive il avait été ce soir, pensa la maîtresse de maison avant d'ajouter à voix basse, à l'intention de son mari :

– J'ai comme l'impression qu'il est venu nous dire adieu. Le croyez-vous capable de faire une bêtise ?

Cette question éveilla chez Thomas un remords. Peut-être n'avait-il pas suffisamment insisté auprès de Louis pour le retenir.

– Je l'ignore, Hortense, je l'ignore, dit-il d'un ton las.

Le commandeur fit arrêter le taxi, comme prévu, à une vingtaine de mètres de l'auberge. Il paya avec générosité le chauffeur qui dut, tant le bagage du coffre était lourd, faire un effort pour l'en extraire.

– Au revoir, monsieur ! lança-t-il en redémarrant.

Par le rétroviseur, il eut tout juste le temps d'apercevoir son client qui enfilait son sac à dos, avant que la nuit ne l'efface.

« Que vient faire ce type à pareille heure dans ce bled perdu », se demanda-t-il, tout excité par le pourboire royal qu'il venait de recevoir.

Au début, l'effort scia les jambes de Louis Bonivard. Malgré la fraîcheur ambiante, il suait à grosses gouttes. Quand il fut suffisamment loin du village, il s'arrêta pour changer de vêtements et de chaussures et se coiffer d'un casque muni d'une lampe frontale. La lune à mi-croissant, parfois voilée par de petits cumulus, répandait sur les pentes un éclairage fantomatique. Il s'enfonça dans la forêt par un chemin très raide qui l'obligea à ralentir le pas pour reprendre son souffle. Au loin, le jaillissement de la source des Éparres berçait son oreille, comme si le Granier, en le voyant s'approcher, lui chuchotait des mots de bienvenue. Il emprunta le pont de pierre qui enjambait les eaux vives et prit la direction de la passe. Tout au fond de la vallée luisaient les lumières de Chapareillan. Là-bas, les gens, lovés dans leurs lits, dormaient profondément. Autour de lui, la faune aussi sommeillait, à l'exception d'une hulotte, la seconde de la soirée, qui se plaisait à altérer la sérénité ambiante avec ses cris lugubres. Il eut un hoquet de dérision. Si c'était sa mort qu'elle annonçait ainsi, c'était une délicate attention.

Cela faisait bien cinq ans qu'il n'était pas revenu à la cache et, pourtant, l'itinéraire lui était encore familier. Il devina plus qu'il n'entendit le mugissement du Cernon qui sourdait en contrebas. Après s'être imposé un rythme soutenu, il atteignit le grand encorbellement du pilier de Bellecombe. Là, il avisa une anfractuosité à l'abri des courants d'air, s'assit sur un roc plat pour contempler le monde qu'il allait bientôt quitter. Caressé par le friselis du torrent, le paysage l'émerveilla. Dans le filtre bleuté de la nuit, les sommets festonnés se déployaient autour du mont Blanc. Des bouffées de vent frais faisaient chanter les roches.

La porte secrète n'étant plus très loin, il s'attarda un peu et son ancêtre, Jacques-Guillaume Bonivard, le doyen du comté, vint hanter sa mémoire. Il l'imagina une chope à la main, célébrant son succès diplomatique et ses biens acquis au détriment des moines, à l'instant précis où la montagne lui tomba sur la tête. Qui, aujourd'hui, savait que ses os agglomérés à la glaise se trouvaient sous la vase du lac Saint-André ? Cette question le ramena à lui-même. Qui saurait qu'ici, dans une cave du Granier, à côté du saint suaire, reposerait le squelette de Louis Bonivard, commandeur de l'ordre des Porte-glaive de 1995 à 2013 ? Aucun texte, aucune chronique ne permettrait de retrouver sa trace, contrairement à son ascendant qui, lui, figurait dans les annales médiévales et avait laissé – même si elles n'étaient pas flatteuses – des marques de son passage.

Il s'en serait sans doute attristé si la voix de Gisèle n'avait chassé sur-le-champ cette pensée égocentrique, le ramenant à des considérations autrement plus universelles. Il l'entendit comme si elle était là, tout près, et il revit aussi son visage, braquant sur lui deux pupilles moqueuses : « Personnellement je n'ai jamais adhéré à l'idée que Dieu nous avait conçu à son image. Même si c'est difficile pour vous de l'admettre, mon Louis, je crois que nous n'avons pas plus de valeur à ses yeux qu'un animal ou qu'un insecte. »

Pour elle, un lion, un tigre, un dauphin, un oiseau, une biche, une abeille avaient autant de droits à l'existence que l'homme, chaque espèce ayant un rôle et une intelligence propres.

Il réalisait en cet instant à quel point les idées de son épouse, qu'il avait parfois brocardées, s'étaient imprimées dans son subconscient.

L'aube pointait. Les profanateurs n'allaient pas tarder. Il était temps pour le commandeur Louis Bonivard d'aller prendre sa garde aux côtés du saint suaire, seule preuve tangible de la venue du Messie.

En empoignant son sac à dos, il chuchota :

– S'il revenait parmi nous aujourd'hui, il n'aurait pas plus de chance que la première fois…

14

NUIT AGITÉE AU BIVOUAC

Ils avaient prospecté jusqu'à la tombée de la nuit et en étaient toujours au même point. Rien ! Pas l'ombre d'une porte secrète. Plus question de compter sur la balise. Ses batteries étaient déchargées depuis longtemps déjà. Seuls le drone de Lionel Ferrand et le géoradar d'Igor leur permettaient encore d'espérer. Un campement provisoire fut dressé au bord du sentier, sous une corniche venteuse qui, après le dîner, les obligea à se lover dans leurs duvets de montagne et à n'en plus bouger jusqu'à l'aube.

Démoralisé, le boss de Geotechnik aurait bien aimé chercher un peu de réconfort dans les bras de Nadine qui les auraient peut-être ouverts s'ils avaient été seuls. Il ne lui restait donc plus qu'à ruminer dans son coin sous les bourrasques mugissantes. Il n'aspirait qu'à une chose : reprendre le travail dès le lever du jour et trouver, oui, trouver cette putain de malle et ce maudit saint suaire qui feraient de lui un homme richissime. Tout en continuant de combler son épouse et ses enfants de cadeaux, il se plairait alors, sans le moindre remords, à mener une existence de libertin dans les plus beaux endroits du monde.

Igor, lui, pensait que, si demain la cache était localisée, il ne serait pas le premier à s'y précipiter. Les obstacles auxquels il avait été confronté avec Xavier étaient encore trop présents dans son esprit pour que les frayeurs ressenties se soient dissipées. Il contemplait les nuages qui passaient devant la lune quand le chant lugubre d'un oiseau de nuit creva le silence, lui suggérant le prologue d'un film d'épouvante. À l'instant où il allait être saisi par le sommeil, il souhaita qu'au dernier moment Didier fasse machine arrière. Il en rêva même, se réservant forcément une mauvaise surprise au réveil.

À un mètre de là, Xavier était exactement dans les mêmes dispositions d'esprit. Ayant abaissé le capuchon de son duvet sur ses yeux, il revivait l'instant où, avec le Parisien, il s'était retrouvé enfermé dans la cave aux reliques, cloué sur place par une force surnaturelle. Dieu ! Quelle peur ! S'il n'avait pas craint de passer pour un couard, il n'aurait pas remis ça. À tant vouloir s'obstiner, ne risquait-on pas, comme le géologue, un accident fatal ? Il s'endormit sur cette incertitude. Un hululement lointain ponctua ce mauvais présage.

Quant à Joël, il était tout simplement épuisé et souhaitait que demain soit un jour meilleur. Son oreille fine perçut, en provenance du pas de Bellecombe, en partie assourdi par les plaintes du vent, le cri de la hulotte et il se dit qu'elle méritait bien son sobriquet de chat-huant, hulotte lui paraissant un nom bien trop gentillet pour un volatile affublé d'un tel organe. Cette quête effrénée l'amusait de moins en moins. Il était comme un marathonien qui voit se dessiner au loin la ligne d'arrivée et qui se demande s'il aura assez de force dans les jambes pour l'atteindre. Avant de clore ses paupières, le rouquin prit une décision ferme. Si dans quarante-huit heures, il ne s'était toujours rien passé, il abandonnerait… La chouette approuva.

C'est aussi la décision qu'aurait aimé prendre Renaud qui avait les yeux rouges à force de fixer les écrans de ses PC. Hélas, avec Didier comme patron, le découragement lui était interdit. Un ras-le-bol phénoménal le faisait bouillonner et, sentant poindre des cauchemars, il résistait au sommeil.

Erreur, il allait rêver qu'il trouverait le trésor et partirait pour une croisière dans les mers du Sud avec sa petite famille. Il serait donc très déçu quand il rouvrirait l'œil, qu'il avait fermé trop tôt pour entendre les cris du rapace nocturne.

Coucher à la belle étoile n'était pas du goût de Lionel Ferrand. Le pilote de drone n'avait rien d'un randonneur chevronné. L'idée de réclamer une prime substantielle à La Renardière tournait en rond dans sa tête. « Quel boulot nul que le leur », se disait-il, en pensant à Renaud et à Igor qui passaient leur temps à fureter sous tous les climats et à vivre dans l'inconfort. Deux ou trois fois, il avait loué ses services à des archéologues ou à des chercheurs de trésor. Ça n'avait jamais été très payant. Il préférait de loin les grosses boîtes de production qui le réclamaient sur des tournages pour effectuer des travellings audacieux avec son ShadowHawk équipé d'une minicaméra à haute définition. Il commençait à être connu dans ce milieu et, bientôt, il ne ferait plus que ça. Côtoyer les stars, loger dans des palaces, c'était autre chose que ce boulot de merde où « toute la journée, on se crève le cul pour, le soir venu, mal bouffer, dormir sur la caillasse et se geler les miches. C'est dit, demain je réclame une rallonge ! ». Il rabattit le haut de son duvet sur son crâne pour ne plus entendre cette chouette de malheur.

Alexis ne quittait pas des yeux le coin sombre où Nadine s'était roulée en boule dans son sac de couchage pour dormir. On devinait le rythme régulier de sa respiration. Que lui avait-il pris de se laisser séduire par ce La Renardière ? Certes, il ne manquait ni de charme ni d'allure. Qu'il puisse plaire aux femmes ne faisait aucun doute, mais à leur copine, ça, il avait du mal à l'admettre. Il leur était à tous si étranger ! Un ambitieux, avide de réussite et d'argent ! Qu'est-ce qui avait bien pu faire craquer Nadine ? Il finit par se dire qu'il l'avait peut-être trop idéalisée. Quand il en vint à s'analyser lui-même, il reconnut qu'au lieu de jouer à chaque fois les Cassandre il aurait pu se montrer plus cool, plus conciliant.

Ce n'était hélas pas dans sa nature. Quand il craignait d'être dépassé par ses émotions, il faisait le contraire de ce qu'il ressentait. La drague n'était pas son truc. Les hululements en provenance de la forêt mirent un terme à son introspection. Un canon chanté les soirs de veillée, dans les colonies de vacances de sa petite enfance, à Jarsy, dans les Bauges, résonna en lui :

Dans la forêt lointaine,
On entend le hibou.
Du haut de son grand chêne,
Il répond au coucou.

C'est sur ce souvenir plein de fraîcheur que, paisiblement, ses paupières éteignirent les lumières du ciel.

À trois heures du matin, La Renardière et Nadine ne dormaient toujours pas. Lui, parce qu'il était rongé par l'impatience et le doute. Elle, parce que la proximité du but l'excitait. Elle avait l'impression que tout se jouerait le lendemain. Déjà, elle pouvait être satisfaite sur un point : elle avait vu juste à propos de la malle d'Innocent IV et si, en plus, ils retrouvaient le saint suaire, alors là, quelle consécration ! Par moments, des bouffées de désir venaient interrompre ses songeries. Après avoir discrètement observé les formes roulées dans les duvets, elle sut qu'elle pouvait aller rejoindre Didier sans crainte d'être vue. Espérant sa visite, il s'était installé un peu à l'écart des autres, dans un renfoncement sombre. Ils ne prirent même pas le temps de se saluer. Ce fut un coït rapide et brutal qui inscrivit sur leurs traits une expression de plaisir proche de la souffrance. Didier était prêt à recommencer avec, cette fois, plus de retenue et de manières, mais elle n'était pas venue avec l'intention de s'attarder. Elle s'éclipsa aussi discrètement qu'elle était apparue, sans un mot. Si furtif qu'il eût été, son déplacement fut surpris par Xavier qui leva vaguement une paupière. Bien trop lourde, celle-ci se rabattit presque aussitôt et il se mit à ronfler comme un sonneur. À peine couchée, Nadine s'endormit. La Renardière, lui, n'y parvint pas. Cette fille le déconcertait…

À la lueur de sa lampe, Louis Bonivard étudia les plans puis chercha l'emplacement des clenches de la première porte. Lorsqu'il actionna le poussoir dissimulé sous le plafond d'une corniche et qu'il entendit les grincements du vieux mécanisme, le commandeur eut une pensée émue pour Francesco Monterosso, l'auteur de cet inusable chef-d'œuvre, si cruellement remercié par son ancêtre qui, soucieux de garder les passages secrets, avait commandité son assassinat dans une passe du mont Cenis.

Avant d'aller plus loin, il jeta un regard derrière lui. L'horizon, juste au-dessus du mont Blanc, avait maintenant la couleur de la braise. En se rabattant, le lourd panneau de pierre lui cacha soudain le panorama. L'émotion fit battre son cœur. Dès qu'elle se dissipa, il inspecta du regard les abords. Son attention fut attirée par un objet noir, posé au sol, qui clignotait très faiblement par intermittence. Tout d'abord, il crut que c'était une bombe. Il eut un instant de panique et esquissa un mouvement de recul. Il ne mit pas longtemps à comprendre qu'il s'agissait d'une balise. En se penchant pour l'éteindre, il perdit l'équilibre et tomba à genoux. Les intrus étaient donc venus jusqu'ici ! Comme il se retrouvait, sans l'avoir voulu, dans la position prévue pour le réciter, il entonna un Pater Noster. Si les mécréants étaient encore dans la place, il allait devoir les éliminer tous. Était-ce dû à l'effet conjugué de sa colère et de sa foi ? Il s'en sentait la force. Il décida de revêtir son uniforme de chevalier Porte-glaive, retira de son sac la lourde épée que les Bonivard se transmettaient depuis Justinien, premier membre de la confrérie. Après s'être paré d'une tunique à croix de Savoie passablement froissée, il enfila une pesante cotte de mailles qu'il avait roulée pour qu'elle prît le moins de place possible et enfin, un camail, une culotte et des hauts-de-chausses.

Dès qu'il fut en tenue de cérémonie, il tourna le loquet en forme de trèfle de la seconde porte qui lui opposa une certaine résistance. Un bruit grinçant se produisit quand les deux pans de roche s'ouvrirent sur l'étroit escalier en colimaçon qui se perdait dans le noir, avant de se refermer dans un vacarme qui fit trembler la roche.

Ses lourds vêtements le freinaient. Pourtant, malgré une respiration qui ressemblait de plus en plus au bruit d'un soufflet de forge, il pressa le pas, tenaillé par la crainte que les fouineurs eussent déjà fait main basse sur les reliques. Sa lampe éclairait maintenant les falaises rugueuses du canyon qui menait à la porte suivante. Parvenu devant une paroi qui se dressait devant lui tel un infranchissable barrage, il repéra très vite la niche abritant la clenche qui activait le dispositif. La plaque rocheuse qui barrait la voie s'ouvrit par le milieu comme les vantaux d'une fenêtre. Sans la moindre hésitation, il se rua dans le corridor et ne marqua même pas un temps d'arrêt quand, dans son dos, il entendit le grand « baoum ! ».

Au loin, il aperçut la porte de bronze. Elle ne pouvait certes se comparer avec celles du baptistère de Ghiberti, mais Francesco Monterosso avait fabriqué la sienne un siècle et demi plus tôt. Comment ne pas être béat d'admiration devant un travail qui laissait déjà présager le bel avenir des bronziers florentins ?

> *Je briserai les vantaux d'airain, je ferai céder les verrous de fer, je te donnerai les trésors des ténèbres et les richesses cachées de lieux secrets, afin que tu saches que moi, l'Éternel, qui t'ai appelé par ton nom, je suis le Dieu d'Israël*[1].

Ce texte biblique attribué au prophète Isaïe était finement gravé en latin autour du soleil dont les vingt-quatre rayons, en relief, évoquaient des lames d'épées. Il attendit plus d'une

---

1. Isaïe, XLV, 2, 3.

minute – le temps qu'il lui fallut pour se préparer mentalement à combattre si les profanateurs étaient encore là – avant de déclencher le sésame. En accéléré il revécut une visite mémorable : celle de la cité des Médicis dans le sillage de Gisèle qui lui commentait les merveilles du Quattrocento. Il la sentait si proche et si lointaine à la fois. Un sanglot s'échappa de sa gorge. Quand le vantail s'ouvrit, il vit qu'il n'y avait personne et que les reliques étaient à leur place.

– Dieu merci ! s'écria-t-il en s'agenouillant devant la malle et le saint suaire.

Il fut pris d'un vertige. Près du petit bassin, il retrouva le taquet qui permettait de bloquer la porte et évita de justesse sa fermeture. Il avisa des empreintes de pas et se rendit compte que la sainte cave avait été violée. Il s'empressa d'ouvrir le coffre et le reliquaire. Ouf ! Tout était en ordre. Pourquoi les pilleurs n'avaient-ils rien volé ? C'était à n'y rien comprendre. Le soulagement qu'il ressentit fit refluer sa mélancolie. Il sortit de son sac un jeu de six bougies qu'il alluma et disposa autour de la relique, plaça ses deux mains au-dessus du linceul et psalmodia :

– *Benedictus Deus. Benedictum Nomen Sanctum eius. Benedictus Jesus Christus, verus Deus et verus homo. Benedictum Nome Jesu*[1].

Ses invocations achevées, il se leva, reprit le couloir en sens inverse et vint placer de petites charges explosives sur les deux parois. Il piégea aussi la porte qui s'ouvrait du côté du Cernon en faisant attention à ne pas commettre d'erreur. La sainte cave devait rester intacte et le suaire du Christ ne subir aucun dommage. Quand il eut terminé, il essuya du dos de sa main la sueur qui perlait à son front et alla remplir sa gourde dans le petit bassin. L'eau fraîche lui procura une sensation de bien-être. Ayant cessé de s'agiter, il s'aperçut

1. « Dieu soit béni. Béni soit son saint Nom. Béni soit Jésus-Christ, vrai Dieu et vrai homme. Béni soit le Nom de Jésus. »

que la température environnante était à peine moins froide que celle d'un réfrigérateur. Restait encore à vérifier tous les éléments de la télécommande, une boîte noire munie de deux boutons. Tout était fin prêt pour accueillir les visiteurs. Il poussa un profond soupir. Maintenant, il n'y avait plus qu'à se montrer patient. Il retira son ceinturon et son glaive et les posa à terre. Une fois assis contre le mur, il ramena ses deux jambes vers lui et éteignit sa lampe. Malgré sa couverture de survie, il claquait des dents. Seules restaient allumées les six bougies qui créaient une ambiance de veillée funèbre. Par l'ouverture de la porte de bronze, il pouvait surveiller l'ensemble du corridor. Le sommeil vint le cueillir en douceur et il se sentit partir loin, loin, loin… Teotihuacan, Oaxaca, Palenque, Chichen Itza, Tikal, Machu Picchu, Tiahuanaco, Sukhothaï, Angkor… Ces noms aux sonorités magiques se bousculaient dans son cerveau et il revoyait Gisèle au milieu des ruines auxquelles elle redonnait vie en racontant leur histoire.

Un grincement sinistre le fit sursauter. Il dut se secouer pour sortir de sa torpeur et, durant un court instant, s'étonna de se retrouver là, dans ce réduit obscur comme un tombeau. Il se dressa d'un bond tout en se demandant pourquoi il n'était pas dans son lit, puis il réalisa qu'il tenait la télécommande dans sa main et posa son pouce sur l'un des boutons noirs. Les bougies, aux trois quarts consumées, étaient cernées d'un gros dépôt de cire. Il s'approcha jusqu'à l'embrasure de la porte et plissa les paupières.

– Qui va là ?

– Arrêtez, Louis, ne faites pas ça !

Il crut entendre Thomas. N'en étant pas certain, il répéta :

– Qui va là ?

Il finit par reconnaître la voix de son vieil ami, puis celle, tout aussi familière, du sénateur, les deux hommes le suppliant de retirer son doigt du commutateur.

– Que faites-vous ici ? bredouilla-t-il en s'abandonnant à leur étreinte.

– On tient à vous, Louis ! répondit le notaire. Frère Humbert a trouvé un moyen de protéger nos précieuses reliques sans que vous soyez obligé de vous sacrifier !

Le commandeur se récria :

– Mais je voulais mourir, moi !

– Vous n'avez pas le droit de dire ça ! Même si la mort serait pour vous une délivrance, seul notre Seigneur a le pouvoir de décider du jour et de l'heure de notre trépas.

Tout en s'emparant doucement de la télécommande, Thomas lui raconta qu'après son départ, tenaillé par le remords, il avait alerté Humbert qui s'était écrié : « Mais pourquoi s'est-il précipité comme ça, sans nous en parler. J'ai trouvé la solution ! » Ensemble, ils avaient alors prévenu les autres frères et Jocelyn Chabot d'Arbin était passé les prendre tous avec l'un des bus de sa société, à l'exception du procureur de Lyon, en plein procès d'assise.

– Ils attendent, en ce moment, près d'une grange abandonnée, à côté de Bellecombe, qu'on leur fasse signe pour venir nous aider.

– Nous aider, pour quoi faire ? s'écria le commandeur.

Cette fois, c'est le sénateur qui prit la parole :

– Écoutez, mon ami, pas de sacrifice inutile. J'ai réussi à me procurer en Suisse deux bombonnes de gaz anesthésiant. Quand on verra arriver ces intrus, il suffira de leur pulvériser ce produit en pleine face. Le plus difficile sera de les sortir de là. Nous avons prévu des brancards.

Le commandeur fit la grimace.

– Et pourquoi ne pas m'avoir prévenu plus tôt ?

– Vous m'avez pris de vitesse. Je comptais vous en informer ce matin même.

La montre de Louis Bonivard affichait sept heures.

– C'eût été bien trop tard. J'ai constaté que les pilleurs ont déjà fait une intrusion, sans rien emporter, un repérage, je pense. S'ils avaient débarqué dans la nuit, il fallait bien que quelqu'un les devance.

Les deux Porte-glaive approuvèrent.

– J'ai sans doute mal évalué l'urgence, reconnut frère Humbert.

Le notaire désigna de sa main la porte de bronze.

– Croyez-vous, Louis, que nous aurions pu dormir sur nos deux oreilles en vous sachant seul ici, décidé à vous immoler après avoir fait sauter toute cette belle mécanique médiévale.

Les épaules du commandeur s'affaissèrent. Des pleurs retenus rendirent son élocution difficile.

– Je crois, Humbert, qu'il est grand temps pour vous de me relayer à la tête des Porte-glaive. Vous le voyez bien, mes sentiments personnels perturbent mon jugement. Je ne mérite plus de conduire notre confrérie.

Le sénateur le prit par les deux épaules et le serra contre lui, comme s'il cherchait à lui redonner de l'assiette et du poids.

– L'illusion de l'infaillibilité est beaucoup plus dangereuse que la sensibilité, frère Louis. La probité, voilà la qualité que nous recherchons dans un guide. Son émotivité peut parfois altérer son jugement, jamais ce que lui dicte son cœur. Nous ne lui demandons pas d'être parfait mais exemplaire et quand, parfois, comme ce soir, il a besoin qu'on l'aide à y voir clair, eh bien, nous sommes là !

Il n'était plus temps de gloser. Le commandeur suivit le notaire et le sénateur pour les aider à transférer dans la sainte cave les bombonnes qu'ils avaient acheminées du bas de la montagne jusqu'au sas d'entrée. Quand ce fut fait, ils refermèrent sur eux la porte de bronze.

Alors, Humbert et Thomas revêtirent à leur tour l'uniforme de la confrérie et vinrent se poster de part et d'autre de Louis Bonivard qui se tenait déjà debout, bien campé sur ses jambes, les doigts croisés sur la poignée de son glaive.

Les trois hommes n'entendaient rien d'autre que le faible clapotis de la source, et pourtant, ils devinaient que les intrus étaient là, tout proches, et qu'au fond du corridor la roche n'allait pas tarder à s'ouvrir. Ils mirent des masques à gaz.

15

UN DRONE AU RAS DES CIMES

Après la visite surprise de Nadine, Didier de La Renardière passa le reste de la nuit à remâcher les mêmes pensées et c'est seulement à l'aube qu'il sombra dans un sommeil de plomb. La jeune femme, en revanche, s'éveilla à six heures en pleine forme et prépara le café.

– Allez, debout tout le monde ! cria-t-elle quand la bouilloire commença à siffler.

Que ce fut dur d'ouvrir des paupières engluées de fatigue ! Des grognements sourdaient des couvertures. Une seule solution : mettre à portée des narines l'odeur de café chaud. Elle versa une bonne dose de poudre dans le gros thermos qui ne les quittait jamais, le remplit d'eau bouillante et le remua. Une odorante vapeur émana du goulot qu'elle vint placer tout près des visages :

– Debout, c'est l'heure.

Surgissant de leurs duvets, les dormeurs s'appuyaient sur leurs coudes, en bâillant. Une de leurs mains allait tâtonner dans une poche de leur sac à dos et en ressortait en brandissant un gobelet. Il n'y eut qu'avec le sponsor que l'astuce s'avéra inopérante. Elle dut le secouer un peu et hausser le ton :

– Allons, levez-vous ! Le temps presse !

Il ouvrit les yeux. Leurs sclérotiques étaient injectées de sang. Elle vit poindre dans le regard qu'il posa sur elle une animosité révélant le macho vexé de s'être fait ravir l'initiative. Elle ne put s'empêcher de le brocarder :

– Debout, Didier. D'où vous vient ce manque de vigueur ?

D'un geste rageur, il faillit envoyer valdinguer le thermos qu'elle retint de justesse.

– Éloignez-vous, je vous prie, lui dit-il d'une voix sourde.

Elle lui adressa le plus enjôleur des sourires avant de s'effacer. La toilette fut minimaliste et suivie d'une petite escapade dans la nature pour satisfaire des besoins naturels.

– Dépêchez-vous, les gars !

Surgissant de toutes les directions, les hommes convergèrent vers le campement. La Renardière fut le seul à réapparaître frais comme un gardon, le regard clair, le cheveu peigné, impeccable dans sa tenue noire de montagne, répandant autour de lui un halo odorant. Ayant recouvré sa superbe, il reprit le premier rôle et distribua les tâches en évitant de croiser le regard de celle qui était venue perturber sa nuit.

Le spécialiste des drones remit son ShadowHawk en route et l'engin recommença à émettre ses ronflements suraigus. Le début de la matinée s'écoula dans une effervescence concentrée qui fit perdre à tous la notion du temps. La météo était incertaine. L'arrivée du jour n'avait chassé ni le vent ni les nuages qui moutonnaient dans le ciel. Quand il survenait, le soleil, faisant l'effet d'un spot, créait un instant d'éblouissement, puis l'ombre se remettait à courir sur le sol et à avaler la lumière, avant de se faire à son tour dévorer par elle.

Un cri retentit :

– Je l'ai ! Je l'ai !

Alors que, sur les conseils de La Renardière, le mini-hélico s'obstinait à scanner la roche selon un quadrillage systématique, Igor, seulement guidé par ses intuitions, venait de découvrir une cavité.

« Merde ! se dit le spécialiste des drones. Je vais me faire virer. »

Le plantant là, La Renardière se rua vers les ordinateurs et suivit le doigt de son informaticien qui lui indiqua le vide caché derrière la roche presque plate d'un ressaut. Ah, son cher Igor ! Il n'y avait pas meilleur que lui dans le métier. Il s'en voulut d'avoir eu recours aux services de Lionel Ferrand. C'était vraiment jeter l'argent par les fenêtres que de rétribuer cet incompétent ! Il prit la décision d'interrompre sur-le-champ sa collaboration avec lui, sortit un stylo de sa combinaison, inscrivit sur un chèque le montant prévu en cas de fiasco et le lui tendit sans un regard.

« Quel rat ! » pensa le technicien.

Le sponsor demanda à la cantonade si quelqu'un pouvait se charger de reconduire ce jean-foutre à l'aéroport. Igor et Xavier furent les premiers à se porter volontaires. Le malaise qui les habitait depuis la reprise des fouilles ne les avait pas quittés.

– Non, pas vous, dit le boss à son collaborateur. Votre boulot n'est pas terminé.

Restait le Chambérien, le seul qui levait encore la main pour être désigné. Il en fut pour ses frais.

– Pas vous non plus, vous connaissez le chemin de la sortie et ça, c'est capital.

– Je n'en suis pas aussi sûr que vous.

Avec un agacement grandissant, Nadine attendait que La Renardière sollicite son avis. Voulant reprendre l'ascendant, il faisait mine de l'ignorer. Finalement, ne sachant trop lequel choisir, il la consulta du bout des lèvres :

– Qui voyez-vous pour cette tâche ?

Elle faillit dire « Alex ». C'est le nom de Joël qui sortit de sa bouche.

Être écarté si près du but contraria le grand rouquin. Dans un geste évocateur, ses mains vinrent s'agiter près de sa gorge, faisant ainsi comprendre à tout le monde qu'il avait les boules. Ce fut sa seule protestation. Il convint qu'il était le plus apte à porter la lourde mallette de Lionel Ferrand.

– Où nous retrouverons-nous à mon retour ?

– Va directement à Bellecombe, gare-toi vers les hauteurs et rejoins-nous ici par la passe du Pilier, répondit-elle. Vu la besogne qui nous attend, on y sera encore.

En deux temps, trois mouvements, le barda de Ferrand fut prêt.

– En route ! fit Joël en attaquant le sentier qui grimpait vers l'Alpette.

La Renardière ne daigna même pas détourner son œil affamé des écrans.

Igor posa son radar et scruta le rempart de roche en saillie derrière lequel avait été détectée la cavité. Il dut plier le buste et presque se tordre le cou pour pouvoir l'observer.

– S'il vous plaît, Didier, écartez-vous un peu. Vous m'empêchez de me concentrer ! protesta-t-il en sentant sur sa nuque le souffle court de son boss.

Cueilli à froid par cette sommation, La Renardière fit un petit bond en arrière. Son air outré fit jubiler secrètement toute l'équipe. En quelques minutes interminables, les clenches furent repérées et actionnées. Le sol vibra, la roche grogna, les pignons invisibles ferraillèrent. Sous les regards ébahis, la porte du sas qui, de l'intérieur, avait laissé passer le filet de jour aperçu par Igor et Xavier s'ouvrit avec lenteur. La Renardière voulut être le premier dans la place. Nadine s'interposa, tendit la main dans sa direction pour lui faire signe d'attendre.

– Pas de précipitation, l'endroit est peut-être piégé.

Cet avertissement suffit à calmer l'impatient. En dehors de lui, personne n'était pressé. Devançant sa copine qui s'apprêtait à entrer, Alexis alla inspecter les lieux. Même s'il n'était devenu son ami qu'après leur première exploration de la grotte du Curé avec Joël et Xavier, son regard avait souvent eu l'occasion de croiser le sien depuis l'enfance : à la plage l'été, au cinéma l'hiver, à la brasserie de ses parents quand elle venait y déjeuner en famille ou tout simplement dans la rue. Tous deux s'étaient vus grandir. Il était celui de la bande qui lui était le plus familier. Il pensait à tout ça en même temps qu'il avançait dans l'obscurité. Il s'immobilisa soudain.

– La balise ! J'ai retrouvé la balise !

Xavier et Igor se regardèrent et le rejoignirent. D'emblée, ils reconnurent les lieux. C'était bien ici qu'ils avaient débouché au cours de leur périple souterrain. Sur leur gauche, ils retrouvèrent la porte donnant accès au boyau qui les avait conduits dans ce sas et, à droite, celle qui ouvrait sur l'escalier menant vers la grotte aux reliques. Nadine, La Renardière et Renaud les suivirent. Sans qu'ils s'y attendissent, la roche se referma sur eux dans un grand bruit. D'un coup, l'espace leur parut trop étroit.

Tout excité à l'idée de toucher au but, le sponsor s'adressa à Igor d'une voix dont la solennité frisait le ridicule :

– La fortune et la gloire sont maintenant à notre portée. À vous, maestro !

Et le maestro, n'ayant pu tourner à fond la clenche lors de son premier passage, invita Xavier, qui avait alors eu raison de sa résistance, à accomplir le geste décisif.

Le suspense qui suivit fut encore plus intense que la fois précédente. La Renardière piaffait. Nadine se mordillait les ongles. Alexis serrait les dents et les poings. Quant aux deux initiés qui avaient déjà vécu ces secondes à rallonge, ils se revoyaient, pétrifiés, devant le saint suaire.

En faisant trembler le sol, la roche entra en mouvement et les marches apparurent. Bien qu'il trépignât sur place, La Renardière, un peu refroidi par Nadine qui avait fait allusion à d'éventuelles chausse-trappes, se tourna vers son radariste.

– Vous connaissez le chemin. À vous l'honneur, mon cher. Nous marchons sur vos pas.

« Quel clown ! » renauda Alexis à part lui. Il n'arrivait vraiment pas à se raisonner. Ce type lui portait sur les nerfs. Il s'aperçut alors qu'Igor et Xavier hésitaient à descendre l'escalier.

– Laissez-moi passer, les gars. Vous avez déjà eu votre dose de frousse, moi non.

Très vite, ils atteignirent le profond défilé coincé entre de très hauts blocs de calcaire qui leur firent éprouver à tous une sensation d'écrasement imminent.

« Baoum ! »

Alexis se retourna et regarda Xavier.

– Dis-moi, elles vont toutes se fermer comme ça, derrière nous, les unes après les autres ?

– Oui, Al. Toutes ! Cela dit, il n'en reste plus que deux.

Ça l'arrangeait. Il avait envie que tout cela se termine rapidement. Quand il s'arrêta devant la falaise qui obstruait le canyon, il leva la tête, découvrit le colossal siphon et s'écria, comme l'avait fait Xavier avant lui :

– Il va falloir pitonner !

Il se souvint alors du récit d'Igor. À force d'observer la pierre, le Parisien avait détecté une nouvelle porte. Alexis lui céda la place.

– À toi de jouer !

L'expert s'approcha tout en lançant cet avertissement :

– Attention, on va encore avoir droit à un barouf d'enfer.

– Vogue la galère ! s'écria le sponsor de plus en plus nerveux. J'ai dans mon sac de petits explosifs très efficaces qui sauront nous ouvrir des brèches, en cas de besoin.

Étonnée qu'il n'ait pas jugé bon de l'en informer, Nadine protesta :

– Des explosifs ! Vous êtes complètement cinglé ! Avez-vous songé aux conséquences que cela pourrait provoquer ?

La Renardière, qui fixait les mains d'Igor occupées à activer le mécanisme, ne réagit pas. La cupidité faisait briller son regard. Renaud Martin l'apostropha :

– Vous avez entendu ce qu'on vient de vous dire, Didier ?

– Oui, répondit-il d'une voix lointaine.

L'informaticien commença à s'énerver :

– Et ça ne vous fait ni chaud ni froid d'apprendre qu'avec vos conneries vous risquez de déclencher une catastrophe ?

Dérangé dans son attente fiévreuse, le boss explosa :

– Fermez-la, nom de Dieu, Renaud, ou je vous vire !

La repartie ne fut pas moins cinglante :

– Non, vous ne me virez pas, c'est moi qui pars !

Sa phrase fut ponctuée par le craquement de la roche en train de basculer. Le conduit qui apparut évoquait une énorme canalisation hydraulique. L'ébahissement général fut brisé net par Igor qui vola au secours de son coéquipier :

– Si tu pars, Renaud, je te suis. Tu verras, la concurrence va vite faire appel à nous.

– Taisez-vous et avançons, nom de Dieu ! hurla La Renardière.

Les deux Savoyards prirent le parti des agents de Geotechnik. Désignant leur patron du doigt, Xavier riposta :

– C'est à vous de la fermer, c'est vous qui semez la pagaille !

Alexis approuva d'un sourire. Par une pointe d'ironie, Nadine tenta de détendre l'atmosphère :

– Arrêtez de jurer comme ça, Didier. Vous êtes à deux pas du saint suaire. Dieu pourrait vous entendre !

Se sentant rejeté de tous, le sponsor n'avait d'autre alternative que de faire amende honorable. Il s'approcha de ses deux collaborateurs et les pria de l'excuser pour son emportement. Ceux-ci refusèrent néanmoins de serrer la main qu'il leur tendit. Ici, à environ deux cents mètres de la porte de bronze, prenait fin, dans la discorde, une collaboration de plus de dix ans.

Durant l'altercation, ils avaient oublié le dispositif de fermeture. Le grand « baoum ! » leur glaça le dos.

– Allez, on y va ! lança Nadine.

Bien qu'assaillis de mauvaises prémonitions, Igor et Xavier ne se dérobèrent pas. De toute façon, ils n'avaient plus le choix.

La Renardière se contenta de suivre le mouvement. Dans l'immédiat, la seule chose qui comptait à ses yeux, c'était de faire main basse sur le trésor. Ensuite, il saurait remettre les pendules à l'heure.

16

UN ORAGE D'APOCALYPSE

Au détour du conduit, ils aperçurent au loin la porte de bronze. Seuls Nadine et La Renardière ressentirent le besoin d'accélérer le pas. Cette précipitation n'était pas dictée par l'audace. Elle brûlait de voir enfin son intuition se concrétiser et imaginait le bruit que feraient ses communications dans les revues scientifiques. Sa carrière démarrerait sur les chapeaux de roue. Lui était mû par des préoccupations nettement plus triviales. Les enchères atteindraient des sommets inouïs. Alors vite, vite, que la porte s'ouvre…

Quand il fut assez près pour lire la citation du prophète Isaïe gravée dans le bronze, il y vit comme une promesse qui lui était personnellement adressée.

> *Je briserai les vantaux d'airain, je ferai céder les verrous de fer, je te donnerai les trésors des ténèbres…*

Oubliée la querelle avec ses collaborateurs et les Savoyards. Une exultation fit frémir tout son être. Il caressa du bout des doigts les mots ciselés au XIIIe siècle et, les yeux fermés, se persuada qu'il entendait la voix céleste de Yahvé l'appeler par son prénom. Oui, c'était lui dont le Dieu d'Israël espérait la venue, lui seul, l'élu qui devait bénéficier de la munificence divine. Une béatitude intense irradia ses traits. Un délicieux tournis lui procura une sensation d'apesanteur. Brusquement, il fronça les sourcils. Comment ouvrir cette porte ? Il lança un regard presque suppliant à Igor. Pour toute réponse, il eut droit à une grimace. Restait Nadine. Son visage, en se tournant vers elle, se fit implorant. Elle l'observa avec perplexité, se demandant comment elle avait pu céder au charme de ce dingue. La Renardière comprit que, même d'elle, il n'avait plus grand-chose à attendre.

Elle l'ignora pour se concentrer sur ce texte biblique qui n'avait certainement pas été choisi au hasard. Elle y perçut un sens caché, une sorte d'avertissement. Pourquoi avoir préféré le prophète juif aux évangélistes chrétiens ? Ces derniers avaient souvent mis dans la bouche de Jésus des propos similaires à ceux tenus par Isaïe six siècles avant l'avènement du Christ, Matthieu surtout. À croire même que, pour étoffer son œuvre, il n'avait pas hésité à plagier le grand ancien, faisant de celui-ci, au regard des chrétiens d'aujourd'hui, un précurseur. Qui, s'interrogea-t-elle, oui, qui avait décidé de graver cette citation ? Pas Jacques-Guillaume Bonivard, elle en était presque certaine. Bien qu'ecclésiastique, l'individu manquait de hauteur spirituelle. Pourquoi pas le maître bronzier qui avait conçu la porte ? Elle s'approcha pour admirer le chef-d'œuvre et en scruta les moindres recoins dans l'espoir de trouver une signature. Elle y était, très bien cachée, minuscule, quasi invisible, sur le relief d'un rayon du soleil. Cette découverte lui procura une excitation qu'elle tint à partager :

– Francesco Monterosso ! s'écria-t-elle. C'est l'artisan qui a conçu tout cela, un Florentin, d'origine juive peut-être.

Sa remarque suscita un étonnement général.

– Quelle sagacité, persifla le sponsor. Et sur quoi vous fondez-vous pour affirmer ça ?

Sans lui prêter attention, elle s'adressa à l'équipe :

– Ce texte, si ma mémoire est bonne, était un oracle concernant Cyrus, le futur conquérant de Babylone qui allait, deux siècles plus tard, libérer les Hébreux de l'exil. Comme à toutes les prophéties, on peut lui trouver plusieurs interprétations. Les trésors des ténèbres, ce peut être – comment dire ? –, oui, ce peut être les trésors de foi cachés en nous, que Dieu peut nous révéler, et qui valent beaucoup plus qu'une malle remplie d'or et de pierreries.

La Renardière poursuivit sur le même registre :

– Théologienne et moraliste avec ça !

Elle fit la sourde oreille.

– En tout cas, dit-elle, c'est le message que Francesco Monterosso a probablement voulu laisser à tous ceux qui franchiraient cette porte, et s'il a retenu cette prédiction d'Isaïe, c'est, à mon avis, parce qu'il connaissait mieux l'Ancien Testament que le Nouveau.

Le sponsor applaudit en frappant lentement dans ses mains.

– Alors, là, bravo ! Oui, je dis bravo ! Miss Marple n'aurait pas fait mieux !

Aussi comminatoires que des canons de fusil, les yeux de toute l'équipe se braquèrent sur lui. Xavier et Alexis s'approchèrent pour l'obliger à reculer. Ayant traversé tous les stades de l'hyperesthésie, de l'euphorie à l'abattement, La Renardière ne se sentait physiquement plus capable d'opposer la moindre résistance et il ne lui restait que la voix pour protester. Il cria, tempêta, gesticula, en vain. Les deux gaillards, qui l'avaient solidement empoigné, le tinrent à distance pour permettre à Igor d'opérer sans être dérangé.

– Alors, j'y vais ?

Il s'attendait à un « oui » général. Pourtant, s'il avait un peu insisté, il eût été surpris. En dehors du patron de Geotechnik et de Nadine, les autres, au fond d'eux-mêmes, hésitaient et, si l'un d'eux, Xavier par exemple, qui était le plus réticent, s'était écrié : « Moi, je rebrousse chemin », Renaud et Alexis se seraient empressés de l'imiter et la majorité aurait eu force de loi. Seulement voilà, personne ne voulant passer pour pusillanime, il n'y eut aucune réponse négative.

Presque à contrecœur, avec cette fois la prescience d'un danger imminent, Igor déverrouilla la porte de bronze. Le vantail s'ouvrit et trois chevaliers masqués, qu'ils prirent pour des spectres, se dressèrent devant eux tandis qu'un nuage les enveloppa dans ses vapeurs douceâtres. Ils se figèrent dans une expression d'ahurissement horrifié. Avant de s'affaisser sur le sol et de sombrer dans l'inconscience, ils eurent le temps d'entendre le début de l'admonestation qui leur était adressée :

– Par ambition ou goût du lucre, vous venez de commettre une profanation inqualifiable. Ne recommencez plus jamais. S'il devait y avoir d'autres tentatives, la sentence divine serait cette fois impitoyable. Oubliez…

Ils ne perçurent pas la suite. Humbert Guerraz de Saint-Alban coupa l'émission d'aérosol et posa sa main sur l'épaule du commandeur.

– Inutile de poursuivre, Louis. Ils dorment tous comme des bienheureux qu'ils ne sont pas.

Le puissant anesthésique s'était propagé dans tout le corridor. Les trois Porte-glaive ramassèrent leurs vêtements civils, rangés avec les casques et les lampes près de la source, et sortirent de la sainte cave en refermant derrière eux la porte de bronze. Après avoir enjambé les corps des intrus qui gisaient dans de grotesques postures et désactivé leurs portables, ils se dirigèrent vers la sortie. Sitôt dehors, ils retirèrent leurs masques à gaz et humèrent profondément l'air pur des hauteurs. Les nuages avaient fini par gagner la partie. Le ciel était couvert et le temps orageux. Boursouflés comme des outres trop pleines, de noirs cumulus n'allaient pas tarder à déverser leurs trombes. Dix heures quarante-quatre. Les trois hommes se changèrent. De crainte d'être repéré en téléphonant aux frères qui attendaient près de Bellecombe, Guerraz de Saint-Alban décida d'aller lui-même les chercher.

– Ne risque-t-on pas d'attirer l'attention des randonneurs en nous regroupant tous ici ? s'inquiéta Louis Bonivard.

Avant de partir, le sénateur le rassura :

– Nous séjournerons à l'intérieur des galeries jusqu'à la tombée de la nuit. Ce sera une bonne occasion pour nous tous de méditer devant le suaire du Christ. Ce soir, nous agirons.

Ce programme fut appliqué à la lettre.

Les effets de l'anesthésiant s'étant dissipé assez vite, les intrus commencèrent à s'agiter. Remettant son masque, le notaire vaporisa de nouveau un peu de gaz près de leurs visages qui s'apaisèrent aussitôt.

Trois heures plus tard, sous le vent, la pluie et les éclairs, le sénateur revint avec les autres compagnons trempés jusqu'aux os. L'orage avait éclaté dès le début de leur ascension et, autour d'eux, la montagne amplifiait les canonnades de la foudre. Tout exaltés à l'idée de frôler bientôt de leurs mains le lin sacré, imprégné de la sueur et du sang de Jésus, ils avaient grimpé sans éprouver la moindre fatigue.

Jamais le réseau caché du Granier n'avait connu une telle affluence. Les frères ôtèrent leurs cirés dégoulinants avant d'entrer dans le lieu saint. Ils disposèrent autour des reliques de petites lampes rouges à piles qu'ils avaient apportées avec eux et s'agenouillèrent pour prier. Au bout d'une heure, Jocelyn Chabot d'Arbin et Victor de Tresserve furent interrompus dans leurs oraisons par Guerraz de Saint-Alban. Il les pria de se rendre au refuge de l'Alpette pour en déloger en douceur les éventuels occupants. Bien que contrariés, les deux hommes, fidèles aux vœux d'obéissance qu'ils avaient prononcés en entrant dans la confrérie, se levèrent. Juste avant leur départ, le sénateur leur tendit un cadenas et des chevilles pour leur permettre de verrouiller l'accès du gîte puis il rejoignit les autres, toujours plongés dans le recueillement. Tous se sentaient irradiés par l'énergie qui émanait du lin sacré. Ils en perdirent la notion du temps. Aussi eurent-ils l'air tout étonné quand Jocelyn et Victor réapparurent pour leur confirmer qu'il n'y avait personne au refuge de l'Alpette.

– Déjà de retour ? dit le commandeur.

Le « déjà » était de trop. Trois bonnes heures, par un temps de chien, s'étaient écoulées depuis qu'ils étaient partis. Cette durée incluait la pose du cadenas et la discussion avec un couple de promeneurs qu'ils avaient dû convaincre de quitter les lieux. Dans ce but, ils s'étaient fait passer pour des employés de la commune de Chapareillan venus fermer les locaux afin de les restaurer.

Maintenant, le plus dur restait à faire : y transporter les intrus. Il faudrait au moins deux voyages avec trois civières pour déplacer les six dormeurs avant que les Porte-glaive puissent descendre de la montagne et rejoindre leur bus garé près de la grange.

Cela risquait de prendre toute la nuit et exigerait d'eux des efforts physiques dont ils n'étaient pas coutumiers mais, plongés une bonne partie de la journée dans une adoration quasi extatique, ils débordaient d'énergie.

Avant de quitter la sainte cave, les explosifs placés par le commandeur furent retirés et l'on convint que Chabot d'Arbin, le plus compétent en ce domaine, installerait dans le mois à venir, à l'intérieur du réseau secret, un système d'alarme électronique.

Quand ils furent dehors, la pluie cingla leurs visages et tous eurent un mouvement de recul. Les bourrasques agitaient furieusement les conifères, les éclairs poignardaient le ciel et le tonnerre bombardait la montagne. L'orage était à son paroxysme. Pourquoi, oui, pourquoi ce déchaînement alors que les frères mettaient leurs vies en péril pour préserver le saint suaire ? Cette question rôda dans toutes les têtes, sans que le doute vînt perturber la foi de ces hommes bien nés, prêts à mourir pour elle. Ils en arrivèrent à une même conclusion : Dieu leur offrait de ressentir dans leur propre chair une part des souffrances qu'avait endurées Jésus durant son calvaire. C'était comme une mise à l'épreuve. Si le Seigneur, avec sa couronne d'épines et sa lourde croix, sous les lazzis et les crachats de la foule, avait gravi le Golgotha pour y être crucifié, comment eux pourraient-ils rechigner devant la tâche qui leur incombait ? Ils l'accompliraient en s'aidant du rosaire qu'ils réciteraient tout au long du trajet. Non, ils ne flancheraient pas ! Thomas Costa de Saint-Séverin et Louis Bonivard avaient décidé de rester dans la grotte pour veiller sur les trois intrus qui feraient partie du second transport. Humbert Guerraz de Saint-Alban prit la tête de la première colonne. Juste avant de se mettre en route, il dut crier pour se faire entendre :

– Je laisserai Jocelyn et Victor au refuge pour monter la garde.

– Très bien ! hurla à son tour le commandeur. Nous assurerons la relève.

Le vacarme ambiant ne leur permit pas d'être plus loquaces. Les Porte-glaive soulevèrent les brancards et, dans le sillage du sénateur, s'engagèrent sur la pente abrupte. Leurs psalmodies parvinrent par bribes à l'entrée du sas où Louis et Thomas contemplaient les points lumineux des lampes qui s'estompaient dans la nuit.

– *Credo in unum Deum, Patrem omnipotente...*

Le reste de la prière se noya dans le chahut de la tempête. Durant le premier trajet, Mugnier de Lépin dut administrer un jet de gaz aux dormeurs sur le point de s'éveiller. Les ahans, les cris, les prières, les chants semblaient défier les éléments. Certains frères tombaient à genoux et avaient parfois du mal à se remettre debout. Aucune main secourable n'était là pour les aider à se relever ou à éponger leurs fronts dégoulinants. C'est à l'intérieur d'eux-mêmes qu'ils puisaient leur force, une force qui sourdait dans les moments les plus critiques et les sommait de se reprendre. Heureusement qu'ils avaient solidement ligoté les captifs et leur barda sur les civières ! Ils les auraient probablement perdus en franchissant certains ressauts particulièrement ardus. Quand ils atteignirent le refuge, ils étaient épuisés, vidés et n'avaient qu'une idée en tête : s'allonger et dormir, dormir comme ceux qu'ils étaient parvenus à transporter jusqu'ici.

Il ne pouvait être question de repos tant que la mission ne serait pas terminée. Aidé d'Albert de Mongey et d'Emmanuel Bourget d'Asti, le sénateur alluma un feu dans l'âtre et prépara le café. Après s'être réchauffés, ils laissèrent les intrus à la garde de Jocelyn et de Victor qui, du pas de la porte, les regardèrent s'éloigner dans la tourmente.

Assis dans la cave sacrée, le commandeur et le notaire se remémoraient des pans entiers de leur vie. Tout était allé tellement vite. Enfants, ils avaient vécu pleinement chaque seconde de leur existence. Les années alors leur semblaient si longues qu'ils avaient cru pouvoir jouir de l'éternité. Et puis l'adultat les avait cueillis au plus bel âge avec toutes ses contingences. Déjà trente ans, déjà quarante ans, déjà cinquante. Leurs tailles s'étaient épaissies, leurs cheveux avaient grisonné et leurs visages pris des rides. Oh, ils avaient tous les deux atteint des situations honorables, mais la vieillesse qu'ils redoutaient était maintenant en eux.

Les cris des deux garçons du notaire, Hector et Adrien, ne résonnaient plus depuis bien longtemps dans le parc où ils s'étaient tant amusés. Aujourd'hui, ils étaient officiers pilotes de chasse, l'un dans l'armée de l'air et l'autre dans l'aéronavale. Leur jouet favori avait changé de taille. Souvent en mission, ils étaient de moins en moins attirés par le manoir familial et volaient de leurs propres ailes, dans tous les sens du terme…

Adélaïde et Charlotte, les filles du commandeur, elles aussi, avaient pris leur envol. La première, diplômée d'HEC comme son père, disposait de toutes les aptitudes requises pour prendre, le moment venu, la direction du Crédit alpin. La seconde, étudiante à la Sorbonne, avait suivi les traces de sa mère et serait certainement une universitaire passionnée. Dorénavant, c'était à elles de foncer...

Louis Bonivard se dit que la vie serait absurde s'il n'y avait pas, dans l'au-delà, une promesse d'immortalité. Être là, si près du suaire de notre Seigneur et douter encore ? Fallait-il qu'il fût stupide ! La main de Thomas effleura son bras et, comme s'il avait lu dans ses pensées, il déclara à voix basse :

– Hélas, mon ami, nous sommes un peu trop compliqués, un peu trop cartésiens pour avoir la foi du charbonnier. Il y a toujours, au plus profond de nous-mêmes, un côté rationnel qui voudrait tout expliquer. Voyez-vous, Louis, les réflexions d'un savant comme Théodore Monod m'ont beaucoup aidé ces derniers temps. J'aurais aimé atteindre la hauteur spirituelle de ce vieux protestant que j'admirais de son vivant et qui, à mon avis, nous manque à tous aujourd'hui. Comment ne pas être ému par sa parabole sur la montagne ? Selon lui, elle est la même pour tous, mais nous la gravissons par des sentiers différents. Il disait : « Les uns montent par ici, d'autres par là, pourtant nous avons tous, les uns et les autres, l'ambition ou l'espoir de nous retrouver au sommet, dans la lumière, au-dessus des nuages. »

– La montagne ! Nous sommes en plein dedans, mon cher Thomas, rebondit le commandeur, et notre sentier à nous n'est pas le plus facile.

Quelques gémissements en provenance du corridor les sortirent de leurs pensées. Les captifs s'agitaient. Un petit coup d'aérosol et le calme revint. Ils retournèrent s'asseoir près des reliques et se laissèrent petit à petit envahir par la torpeur.

Des bruits de pas et de voix résonnèrent dans la galerie. Guerraz de Saint-Alban apparut dans l'embrasure de la porte de bronze, trempé de la tête aux pieds, le visage creusé par la fatigue.

– L'orage s'est éloigné, dit-il. Profitons de cette accalmie. Ne nous attardons pas ici.

– Vous ne voulez pas vous reposer un peu, Humbert ? suggéra le commandeur. Vous avez l'air épuisé.

– Nous n'en avons pas le temps, Louis. Il faut y aller.

Albert de Mongey, Emmanuel Bourget d'Asti et Arthur Mugnier de Lépin, tout aussi grelottants et harassés, vinrent s'agenouiller et mettre leurs mains au-dessus du lin sacré. En cet instant, leur foi était telle qu'ils crurent ressentir en eux la montée d'une douce chaleur.

Après une dernière prière, ils ramassèrent leurs affaires personnelles et quittèrent la sainte cave. La porte d'airain se referma sur la malle du pape et la divine relique.

17

UN RETOUR PEU GLORIEUX

Les trois derniers fouineurs subirent, comme les précédents, un saucissonnage en règle sur les civières. Albert de Mongey qui, avec l'aide de Mugnier de Lépin, transportait Nadine, eut un pincement au cœur. Comment cette jeune femme, intelligente et studieuse, qu'il avait connue toute gamine, lorsqu'il était son professeur d'histoire au lycée, s'était-elle retrouvée là ? Il fallait une sagacité rare pour deviner que le pape Innocent IV avait confié une malle au doyen Jacques-Guillaume et qu'elle avait été cachée dans une grotte du Granier. Une universitaire ordinaire n'aurait pas eu un tel flair. Il se promit de la rencontrer et de la raisonner dès que tout serait rentré dans l'ordre. Marchant en tête, Louis et Thomas avaient, eux, hérité de La Renardière qui avait l'air d'être aux anges. S'était-il, en rêve, emparé du trésor ?

Les chaussures dérapaient sur les éboulis et les lapiaz aux stries gorgées d'eau. L'orage grondait maintenant sur Chambéry. Par deux fois, le commandeur perdit l'équilibre et faillit lâcher prise. L'archiviste paléographe glissa et se tordit la cheville. Il poursuivit la marche en boitant. Leur arrivée au refuge fut tout sauf glorieuse. Avec leurs regards hallucinés, on eût dit des rescapés de la Berezina. Soulagés de les revoir, même en si piteux état, Jocelyn et Victor leur préparèrent des soupes qu'ils avalèrent dès qu'ils eurent déposé les civières et retiré leurs anoraks. Pas question de s'attarder. L'heure tournait et ils devaient arriver à l'autobus avant qu'il ne fît grand jour. Ils chargèrent l'âtre de bûches pour maintenir une température correcte à l'intérieur, ôtèrent aux dormeurs leurs vêtements mouillés et les glissèrent, non sans mal, dans leurs duvets qu'ils alignèrent comme dans un dortoir.

– Leur laisse-t-on un message d'avertissement ? suggéra l'inspecteur d'académie.

– Inutile ! trancha le commandeur. Mieux vaut qu'ils s'interrogent pour essayer de comprendre ce qu'il leur est arrivé.

Le notaire précisa :

– Il faut qu'ils puissent se demander s'ils n'ont pas été victimes d'un phénomène paranormal.

Le sénateur eut une mimique dubitative.

– Allons, ne rêvez pas, mon cher Thomas. Si des gens comme ce La Renardière se mettaient à croire aux forces occultes, ils changeraient de métier !

Prenant un vieux balai de paille qui dormait dans un coin, il se mit à nettoyer le sol.

– Toutefois, reprit-il, il est bon d'insinuer le doute. Alors, au travail, mes frères !

De vieux chiffons servirent à nettoyer les taches boueuses laissées par les chaussures et les empreintes de mains sur les rebords poussiéreux. Quand le ménage fut achevé, les Porte-glaive quittèrent un à un le refuge. L'archiviste, qui avait profité de la halte pour bander sa cheville endolorie, fut le dernier à sortir.

Dehors, ils s'efforcèrent aussi d'effacer les traces de leurs pas avant de se mettre en route. Les prémices de l'aube étaient encore peu visibles. Une simple frange lactescente suivait les contours de la chaîne alpestre, faiblement irradiée par la lune. L'orage s'était dissipé. Les nuages avaient libéré le ciel lessivé par les averses de la nuit. Passés les hauts prés jalonnés de résineux, ils durent affronter les ressauts rocheux qui leur en avaient tant fait baver à l'aller. Soudain, ils virent Louis Bonivard perdre l'équilibre et disparaître sous leurs yeux. Loin de chercher à se rétablir, le commandeur avait paru s'élancer dans l'abîme. Pas un cri, rien qu'un roulement de pierres et l'écho d'un choc sourd provenant du bas de la falaise. La stupeur les figea sur place. Il se passa bien une bonne minute avant que Thomas Costa de Saint-Séverin ne réagisse.

– Il faut lui porter secours. Vite !

Le sénateur dut faire un effort pour parler, tant il était ébranlé.

– Il y a trente mètres d'à-pic là-dessous. Le retrouver vivant serait un miracle !

Après s'être ressaisi, Jocelyn Chabot d'Arbin se porta volontaire.

– S'il n'est pas mort, j'appelle la Sécurité civile, mais s'il l'est, que fais-je ?

Personne ne sut répondre, hormis Guerraz de Saint-Alban :

– S'il n'est plus de ce monde, à quoi bon attirer l'attention sur nous ? On le laisse sur place.

– Sans sépulture ! Sans rien ! s'indigna Emmanuel Bourget d'Asti.

Les lampes convergèrent sur son visage. Lui, qui avait d'ordinaire le teint fleuri, était d'une pâleur mortelle.

Ils ne pouvaient se permettre d'être retardés par un cas de conscience. Il fallait trancher. Albert de Mongey s'en chargea :

– S'il est mort, il aura un enterrement chrétien et sera inhumé en terre consacrée, quand les secours le retrouveront. Frère Humbert a raison. Si on ne veut pas être repérés, il faut avancer, Emmanuel.

Chabot d'Arbin s'approcha du ravin.

– Attendez-moi dans le bus. Si au bout d'une heure, je ne vous ai pas rejoints, partez !

Victor de Tresserve s'avança vers lui.

– Je vous accompagne, frère Jocelyn. À deux, ce sera plus facile.

Sans tergiverser, l'industriel et le châtelain attaquèrent la descente de la falaise.

Les autres reprirent la marche en silence. Thomas Costa de Saint-Séverin retenait ses larmes. Il était presque certain que Louis s'était laissé glisser dans le vide. Cela n'avait pas été une chute mais plus vraisemblablement un envol vers celle dont il n'avait pu se résoudre à accepter la disparition. Seigneur, que cet homme allait lui manquer ! Il ressentait déjà en lui son absence. « Il est mort », se dit-il, convaincu que, dans le cas contraire, il aurait, au fond de lui, gardé une lueur d'espoir.

Toujours choqué qu'ils aient pu abandonner si facilement Louis Bonivard en pleine nature, Emmanuel Bourget d'Asti maudissait ses compagnons. L'indignation crispait son visage.

Arthur Mugnier de Lépin, lui, se traînait en fin de colonne. Les élancements dans sa cheville étaient si douloureux qu'il en oubliait tout le reste et se concentrait sur la façon d'alléger son mal. Il s'était muni d'un morceau de bois mort et s'en servait de canne pour ne pas trop appuyer sur son pied droit. Quand il voyait que ses camarades étaient en train de le semer, il leur criait d'une voix exaspérée : « Attendez-moi, bon sang ! » L'émotion causée par la chute de Louis Bonivard n'avait pas résisté longtemps à sa propre souffrance qui faisait sourdre en son for intérieur des jaillissements de haine à l'encontre de tout : de cette maudite montagne qui justifiait amplement sa mauvaise réputation, de ses collègues qui ne faisaient pas attention à lui et de celui qui, les ayant entraînés dans cette galère, gisait maintenant au bas d'une falaise. Sitôt après, il s'en voulait d'avoir eu de telles pensées, se mettait à se détester lui-même et, comme pour apaiser cette autoflagellation, son acrimonie ciblait de nouveau autrui. Quand le chemin s'élargit, l'inspecteur d'académie et le sénateur vinrent le soutenir. Ce soulagement immédiat lui permit de voir jusqu'où il était allé dans la médiocrité et d'en pleurer de honte. Le croyant affecté par l'accident du commandeur, ses frères Porte-glaive redoublèrent de prévenance, ce qui eut pour effet d'amplifier son remords.

Lorsque les cinq hommes, quittant la forêt, débouchèrent dans les pâtures de Bellecombe, ils étaient méconnaissables. Si un promeneur les avait surpris à cet instant précis, il n'aurait jamais pu imaginer qu'il avait devant lui cinq membres éminents de l'élite savoyarde. En sueur, malodorants, pas rasés, les casques de travers, les traits ravagés par l'épuisement, ils faisaient penser à des mineurs de fond qui auraient survécu à un coup de grisou. Un jeune randonneur à la chevelure rousse qui attaquait d'un bon pas la montée, inquiet de les voir dans ce triste état, s'arrêta pour leur proposer son aide.

– Que puis-je faire pour vous ?

– Rien, vous êtes très aimable, répondit le sénateur. Nous avons été surpris par l'orage, mais ça va, nous sommes presque arrivés maintenant.

– Eh bien, *arvi pa* ! lança le marcheur matutinal sans s'attarder davantage.

– Au revoir ! marmonnèrent les faux excursionnistes.

Se relayant pour aider Mugnier de Lépin, ils prirent le sentier de la grange abandonnée. Quand ils aperçurent, dans la lumière bleue du petit matin, l'autocar luisant de rosée et, tout à côté, un minibus, ils accélérèrent machinalement le pas. Grande fut leur surprise en découvrant que Jocelyn et Victor, pelotonnés dans leurs anoraks, les attendaient en somnolant à l'intérieur du véhicule. Comment étaient-ils parvenus ici avant eux ?

– Nous avons trouvé un raccourci qui nous a fait gagner une bonne demi-heure, expliqua l'industriel devant leur étonnement. Quant à ce Renault, vous avez dû croiser son occupant. Il vient juste de partir.

– C'est fâcheux, fit Albert de Mongey, ce garçon risque de se souvenir de nous.

– Et alors ? lâcha le sénateur. À moins qu'il n'ait songé à relever le numéro de notre bus, ce qui m'étonnerait, que pourrait-il raconter ?

Négligeant ce détail, le notaire posa la question qui leur brûlait les lèvres :

– Et Louis ?

La mine consternée des deux hommes leur glaça le sang.

– Mort ! confirma le châtelain-viticulteur. Il était brisé de toutes parts. Seule la tête, protégée par le casque, était à peu près intacte.

Chabot d'Arbin observa :

– C'est très étrange, son visage avait l'air radieux. Ses lèvres souriaient et son regard était ailleurs, très loin, semblait-il.

Cette description rasséréna les Porte-glaive. Même si son absence leur serait cruelle, ils se disaient que, là où il était, le malheur n'avait pas sa place et qu'ils auraient tous l'occasion d'exprimer leur chagrin durant les chapitres et lors des funérailles.

Seul Bourget d'Asti s'obstina :

– Quand l'enterrera-t-on ?

Agacé, Guerraz de Saint-Alban répondit :

– Difficile de le faire avant qu'il ne soit retrouvé !

– Vous allez donc le laisser pourrir sur place !

Cette fois, c'est Thomas Costa de Saint-Séverin qui s'impatienta :

– Si je m'en remets à la description de frère Jocelyn, elle est au paradis, l'âme de notre cher Louis. Les obsèques ne seront qu'une formalité destinée à répondre aux convenances.

L'éleveur de bétail, l'un des plus riches, peut-être le plus riche, de la haute et basse Savoie réunies, voulut encore protester. Insidieusement, son indignation fut perturbée par une chanson de jeunesse qui se moquait des funérailles d'antan. Plus il essayait de la chasser de son esprit, plus elle s'y incrustait.

Elles ont fait leur temps
Les belles pom, pom, pom, pom, pompes funèbres[1].

Ce n'était ni dans la rue ni à la télévision qu'il avait découvert Georges Brassens, mais bien au très catholique collège Sainte-Marie de La Roche-sur-Foron. Les bonnes familles de la région y inscrivent toujours leurs fils pour qu'ils y suivent des études d'un haut niveau à l'abri, croient-elles, des tentations extérieures. Il songea à ces soirées de pensionnaires où les élèves se passaient entre eux les cassettes du blasphémateur à la pipe au bec pour les écouter en douce et combattre l'ennui. Les surveillants n'y voyaient que du feu.

Victor de Tresserve voulut à son tour le rassurer :

– Dites-vous bien, frère Emmanuel, qu'un banquier aussi connu dans la région que Louis Bonivard qui ne vient plus à son bureau et qui ne répond plus au téléphone, ça ne passe pas inaperçu. Tous les moyens seront mis en œuvre pour le retrouver.

Bourget d'Asti s'obligeait à garder son sérieux.

Les petits macchabées, macchabées, macchabées, ronds et prospères…

Les heures qu'ils venaient de vivre l'avaient éclairé. Était-ce le contact avec le saint suaire qui lui avait révélé une

1. *Les Funérailles d'antan*, paroles et musique de Georges Brassens, 1958.

autre partie de lui-même jusque-là refoulée ? Ce n'était pas une métamorphose, tant s'en faut. Il garderait toujours son côté ultra-conservateur et cette étroitesse d'esprit qui l'avait cruellement privé d'humour. Ce trait de caractère était depuis trop longtemps incrusté en lui pour qu'il pût s'en libérer, même par l'opération du Saint-Esprit. La nouveauté, et elle était de taille, c'est qu'une autre voix, en son for intérieur, viendrait désormais s'en moquer. Un miracle, qui sait ? susceptible de bouleverser sa vie familiale, de ramener vers lui son épouse qui avait trouvé dans les bras d'un capitaine de gendarmerie une consolation à une austérité conjugale devenue trop pesante. Peut-être aussi ses deux fils et sa fille, étudiants à Lyon, viendraient-ils le voir plus souvent à La Roche ? Pendant qu'il cheminait à l'intérieur de sa conscience, le sénateur s'apprêtait à donner le signal du départ.

Il se tourna vers Chabot d'Arbin.

– Vous n'avez rien laissé de fâcheux sur la dépouille, frère Jocelyn ?

– Nous avons récupéré son agenda où il notait les dates de nos chapitres et de ses rendez-vous.

– Parfait ! Le soleil ne va pas tarder. Partons !

Le propriétaire du car s'installa au volant, mit le contact et démarra. Lentement, il s'éloigna de la grange, rejoignit la route communale, puis la départementale. Il déposa chacun des Porte-glaive devant chez lui avant de prendre l'autoroute et d'aller se garer dans le vaste parking de sa société de transports à Cran-Gevrier, tout près d'Annecy, où la noria matinale des autobus venait de débuter.

18

L'ÉQUIPE SE DISLOQUE

Igor fut le premier à ouvrir les yeux. Dans la pénombre de la pièce, les volets laissaient passer des rais de lumière qui révélaient les fines particules de poussière en suspension dans l'air. Quand il voulut se redresser, une douleur fulgurante lui broya la nuque et, autour de lui, tout se mit à tourner. Il prit appui sur ses coudes et attendit que cesse ce vertige pour faire une deuxième tentative. Après plusieurs essais infructueux, il parvint à se hisser sur ses jambes. Nauséeux, il tituba vers la porte. Sitôt dehors, il mit les mains devant son visage pour faire écran au soleil qui blessa ses rétines. Il ouvrit la bouche et aspira l'air à pleins poumons.

Il lui fallut un bon moment pour recouvrer une vision normale et réaliser qu'il se trouvait au refuge de l'Alpette. La rosée faisait scintiller les pâtures que des essaims d'ancolies en fleur mouchetaient de bleu. Les contreforts du Granier étaient si nets qu'on pouvait en distinguer les moindres replis. C'était un de ces matins où même ce qui est laid paraît beau.

Comment s'étaient-ils ainsi retrouvés à la case départ ? Qui les avait reconduits jusqu'ici ? Il se creusa les méninges pour se remémorer les dernières images qui s'étaient imprimées dans son cerveau juste avant de perdre connaissance. Un chamois bondit sur les hautes roches et disparut aussitôt.

Igor s'assit sur une grosse pierre et ferma les yeux pour se concentrer.

Il se souvint de l'algarade entre La Renardière et Renaud puis, peu après, de la porte de bronze qu'il avait hésité à ouvrir. La sueur perla à son front. Ces trois spectres masqués qui barraient l'entrée de la cave, il s'en souvenait, oui ! Il avait eu le temps de voir la croix blanche sur leurs tuniques rouges, les glaives sur lesquels ils semblaient s'appuyer, et de sentir l'odeur bizarre qui s'échappait de la cave aux reliques.

« Par ambition ou par goût du lucre... profanation inqualifiable... sentence divine... impitoyable... » La voix d'outre-tombe qu'il avait entendue avant de sombrer résonna par bribes dans son crâne.

Ce ne pouvait être des apparitions. Depuis le temps qu'il fouillait les vieilles sépultures, il n'en avait jamais vu. Les fantômes, les spectres, les monstres n'existent que dans l'imaginaire des humains. On les attendait ! Trois individus les attendaient. Ils étaient tombés dans un traquenard. Qui pouvait bien le leur avoir tendu ?

Il en était là de ses réflexions quand Alexis jaillit du refuge comme une fusée et faillit se casser la figure à deux reprises, avant de tomber à genoux et de vomir à grand bruit un flot de bile.

– Nom de Dieu ! Qu'est-ce qu'on fout ici ?

Ses yeux, injectés de sang comme ceux d'un haschischin, se braquèrent sur Igor. De ses deux mains, il se massa les tempes, cherchant par ce geste instinctif à s'éclaircir les idées.

– C'était qui ces croisés ? Des spectres ? J'en tremble encore rien que d'y penser !

Le Parisien hocha la tête.

– On s'est fait avoir, Alex.

Il allait en dire plus quand il fut interrompu par les sorties simultanées de Nadine, de Xavier et de Renaud qui s'étaient réveillés presque en même temps, la tête lourde. Il fallut attendre la fin du concert de toux, de plaintes, de jurons et des hypothèses les plus fantaisistes pour que la logique reprît ses droits. Des inconnus protégeaient la malle du pape et le suaire ! Premier levé, Igor avait été le premier à avoir vu juste : on les avait bel et bien piégés !

Comme au théâtre, La Renardière fit son entrée en scène, les yeux cachés par des lunettes noires, un quart fumant à la main. Il avait subi les haut-le-cœur du réveil à l'abri des regards et, avant de se montrer au grand jour, s'était attaché à soigner sa tenue. Ça, il fallait le reconnaître, malgré des travers qui lui avaient attiré une animosité générale, il avait le chic pour revaloriser son image.

– Bonjour, les amis. Le jus est prêt. Ceux qui nous ont transportés ici ont eu la gentillesse de laisser, à notre intention je suppose, du café en poudre, une bouilloire pleine et un foyer rempli de petit bois.

Ils lui adressèrent un semblant de sourire et allèrent se servir. Quand ils ressortirent du gîte, leur timbale à la main, le sponsor avait recouvré son assurance et sa faconde.

– On a perdu la première manche, admit-il, mais rien n'est joué. On sait maintenant où est la cache. On connaît toutes les portes secrètes. Accordons-nous une semaine de repos et revenons par surprise, de nuit. Qu'en pensez-vous ?

Ce qu'ils en pensaient ? Igor et Renaud n'avaient qu'une hâte : tourner la page et passer à autre chose. Même si, ce matin, La Renardière avait fait des efforts d'amabilité, il s'était montré odieux devant la porte de bronze. Comment pourraient-ils oublier qu'il les avait virés, eux, ses meilleurs limiers, auxquels il devait ses succès les plus mémorables : la chambre secrète de la pyramide de Kheops, l'hypogée d'un guerrier mycénien près de Nauplie, dans le Péloponnèse, un tombeau étrusque aux portes de Sienne et tant d'autres richesses cachées à l'ombre de vieux murs. L'empathie qui les liait à lui ne les habitait plus. Et puis ce saint suaire ne leur disait rien qui vaille.

– J'abandonne ! décida Igor. On se reverra à Paris pour régler les formalités de mon départ.

– Moi aussi, j'abandonne, renchérit Renaud.

Le sponsor devint blême.

– Comment, vous quittez Geotechnik !

– Oui ! firent-ils, et ils rentrèrent dans le refuge afin d'y boucler leurs sacs.

Sans un mot, Alexis et Xavier les rejoignirent et rassemblèrent leurs affaires. Restait Nadine, qui n'avait pas du tout envie de s'arrêter si près du but. La malle d'Innocent IV l'avait tant fait fantasmer ! Dire qu'elle était parvenue à quelques mètres d'elle et qu'elle ne l'avait même pas vue ! Sa frustration était à la mesure de ses espérances. Non, elle ne pouvait pas baisser les bras aussi vite, même après cet échec. Bien qu'il l'eût déçue par son manque de sang-froid, Didier de La Renardière n'en restait pas moins quelqu'un d'opiniâtre que les difficultés ne décourageaient pas. C'était un point commun non négligeable. Profitant d'être seule avec lui, elle lui parla à voix basse :

– Je suis d'accord avec vous. Laissons passer une petite semaine et nous reviendrons de nuit, tous les deux.

La surprise était de taille. Elle croyait encore en lui. C'était miraculeux. Et puis deux au lieu de cinq ou six dans le coup, c'était autant de gagné. Intérieurement, il se réjouissait.

– Très bien, je vous appellerai dans trois ou quatre jours pour fixer le rendez-vous.

L'allusion au téléphone leur fit réaliser que leurs mobiles étaient restés étrangement silencieux. Ils constatèrent qu'ils avaient été éteints.

Dès qu'ils les eurent rallumés, La Renardière s'éloigna pour consulter sa boîte vocale.

– Bon sang, Joël doit être mort d'inquiétude ! s'écria Nadine.

Elle écouta ses messages de plus en plus anxieux. En revenant de Lyon, il avait, au rond-point de La Motte-Servolex, percuté une voiture qui n'avait pas respecté la priorité. Ça avait fait tout un ramdam. La police était venue dresser le constat. L'agence de location avait envoyé une dépanneuse. Bref, il y avait perdu la journée. Tard le soir, il avait essayé de les rejoindre par le pilier de Bellecombe et en avait été dissuadé par l'orage. Il y était revenu ce matin, n'avait trouvé personne à l'endroit présumé du passage secret. Il l'avertissait qu'il allait attendre sur place pendant deux heures et qu'après cela il alerterait les flics.

Les yeux de Nadine se portèrent sur sa montre. C'était ric-rac. Pourvu qu'il n'ait prévenu personne. Elle appela. Une voix affolée tinta à son oreille.

– Où êtes-vous, bordel ?

– Au refuge de l'Alpette, et toi ?

– Toujours au même endroit. Quel coup de bol ! J'étais sur le point de téléphoner aux gendarmes quand tu m'as appelé. Attendez-moi, j'arrive !

– D'accord !

Elle raccrocha. Les autres sortirent alors du refuge, harnachés, fin prêts pour la route.

– Bon Dieu ! Pourquoi tardes-tu ? râla Alexis.

– Dépêche-toi ! fit Xavier.

Eh bien, non, elle n'allait pas se presser et elle leur en donna la raison :

– Joël sera là dans dix minutes.

Tous furent d'accord pour l'attendre sur place.

Quand La Renardière en eut terminé, il se rapprocha du groupe et lança, comme s'il en était toujours le leader :

– Alors, on y va ?

Un « non » unanime fusa. Il les avait là, en face de lui, même pas hostiles en dehors d'Alexis, indifférents ! S'il n'avait pas eu l'assurance que Nadine, toujours un peu à l'écart, allait secrètement poursuivre les fouilles avec lui, il aurait été mortifié par ce lâchage en règle. Là, il fit plutôt bonne figure et, tout en écartant les mains d'un air fataliste, s'exclama :

– Eh bien, bon vent, les gars ! Je ne vous dis pas à bientôt. De toute évidence, certains d'entre vous – n'est-ce pas, monsieur Villard ? – sont trop heureux de me voir partir. Quant à vous, je vous reverrai quand vous passerez au siège, conclut-il, en s'adressant cette fois directement à Igor et à Renaud.

Ils acquiescèrent en silence et il alla à son tour prendre son sac. Lorsqu'il ressortit, frôlant Nadine, il lui promit, d'un ton presque inaudible, de revenir très vite.

Face à ses amis assis devant le refuge et offrant leurs visages à la caresse du soleil, elle fut envahie par un sentiment de honte, faillit tout leur dire et n'en eut pas le courage.

Sans se retourner une seule fois, le patron de Geotechnik finit par disparaître dans les herbages.

– Bon débarras ! railla Alexis qui ne l'avait pas quitté des yeux pendant tout ce temps.

Celui que tout le monde attendait apparut enfin dans la vaste prairie en pente. Avec sa tignasse de feu et sa carrure, de loin, il évoquait un Goliath qui, histoire d'inverser la légende, aurait vaincu David et reviendrait à grandes enjambées parmi les siens, en arborant un sourire victorieux.

– Et alors, cette malle, le sponsor s'est enfui avec ?

Il fallut tout lui expliquer et cela prit du temps. À la fin, il se gratta vigoureusement le haut du crâne. Ce qu'il venait d'entendre lui semblait invraisemblable.

– Mes aïeux, quel délire ! Et vous ne savez pas qui vous a transportés ici en pleine nuit ?

– Hélas, ils ont oublié de se présenter, plaisanta Xavier.

De nouveau, Joël frotta son cuir chevelu et une étincelle jaillit.

– Je crois les avoir croisés vos fantômes.

Tous sursautèrent.

– Quand ? Où ça ?

– Ce matin, il y avait un bus qui stationnait à l'endroit où je me suis garé et, en attaquant la grimpette, j'ai vu des zombies sortir du bois. Ils étaient dans un état, je ne vous dis pas. Trempés, crottés de la tête aux pieds, avec des têtes à faire peur aux gosses.

Alexis l'interrompit :

– Tu leur as parlé ?

– Ils avaient l'air tellement mal en point que je leur ai proposé mon aide. Ils ont poliment refusé sans s'arrêter.

– S'ils ont passé toute la nuit à nous transbahuter, c'est sûr qu'ils ne devaient pas être frais, concéda Igor.

– Toute la nuit, sous un orage d'enfer, insista Joël. Si c'est vraiment eux, ils en ont bavé. Aucun n'avait l'air de la première jeunesse.

Leurs pensées convergèrent. Que des hommes d'un certain âge entreprennent en pleine obscurité, dans la tempête, une telle escalade en les transportant tous les six relevait de l'exploit. Fallait-il qu'ils fussent motivés pour accomplir cette prouesse. Les tuer et les faire disparaître dans les tréfonds du Granier eût été pour eux bien plus facile. Tous convinrent qu'ils avaient agi comme des gens respectueux de la vie.

– Ils font peut-être partie d'une secte religieuse, émit Alexis.

Après réflexion, Nadine abonda dans son sens.

– Tu as sans doute raison. Qui d'autre pourrait être au courant de ce réseau aménagé par Jacques-Guillaume Bonivard ? Qui d'autre aurait pu veiller sur la malle et le saint suaire pendant des siècles ? À mon avis, ces hommes sont à rechercher dans les plus vieilles familles savoyardes. Elles seules ont pu se passer le relais de génération en génération.

Sans qu'il eût cette fois besoin de se gratter la boîte crânienne, un éclair de lucidité traversa le cerveau de Joël.

– Au fait, y a-t-il encore des Bonivard ?

Bonne question. Nadine savait les Bonivard très nombreux dans les annuaires de Suisse, de Savoie, du Rhône, de

Bresse et du Dauphiné, trop nombreux même pour appartenir tous à la même lignée.

– C'est vrai, dit-elle, je n'ai pas fait ces recherches. C'est un travail énorme. De toute façon, si j'avais trouvé la bonne personne, que lui aurais-je dit ? S'il vous plaît, savez-vous où est cachée la malle du pape Innocent IV ? Que croyez-vous qu'il m'aurait répondu ? Il m'aurait traitée de folle et ça n'aurait servi qu'à nous faire repérer. Cette enquête, c'est maintenant qu'il faut la faire !

Maintenant ? À quoi bon ? Aucun d'entre eux n'avait l'intention de poursuivre cette expérience. Ils le lui confirmèrent. Pourquoi vouloir ravir à ces inconnus qui n'en tiraient aucun profit cette malle et cette relique conservées depuis si longtemps à l'abri des convoitises ?

Nadine fut ébranlée par leurs propos, pas au point cependant de remettre en cause son projet avec La Renardière.

– Allez, en route ! fit-elle.

Ils s'engagèrent dans la passe de Bellecombe pour rejoindre le minibus stationné près de la grange. En se séparant, à Chambéry, puis à Aix-les-Bains, ils se donnèrent rendez-vous, le lendemain, à la brasserie du port, chez les parents d'Alexis, pour un repas d'adieu. Tous rentrèrent chez eux, soulagés d'être sortis indemnes de cette extravagante aventure. Seule Nadine persistait dans son désir de prouver au monde entier que cette malle n'était pas le fruit de ses élucubrations.

19

UN MAINATE BIEN MALAPPRIS

Après leurs adieux à Igor et à Renaud, en gare d'Aix-les-Bains, les quatre Savoyards rentrèrent à Grenoble et reprirent leurs activités. C'était la période des examens, préludant aux vacances d'été. Alexis, Joël et Xavier, se consacrant à fond à leurs études, ne trouvèrent guère le temps de ressasser l'histoire mouvementée qu'ils venaient de vivre. Nadine, au contraire, y songeait même durant ses cours les plus passionnants. Le soir, à peine arrivée dans sa chambre, elle se précipitait sur son ordinateur pour peaufiner son enquête généalogique sur les Bonivard. Le doyen de Saint-André n'ayant pas eu de descendant direct, c'est bien sûr sur la lignée de son frère Boniface, le prêteur sur gages de Lausanne, qu'elle concentra son attention. À une époque où le latin était en train de muer en un dialecte franco-provençal, lui-même subdivisé en une floraison de patois, ce patronyme avait pu se transformer en Bonivardus, Bonivardi, Benevais, Benevé ou Bonivaz et exploser en de multiples arborescences. C'était un vrai casse-tête. Pour y voir plus clair, elle décida de se rendre aux archives de Lausanne, de Genève et d'Annecy. Elle téléphona à La Renardière pour lui faire part de son intention.

– À quoi bon vous donner tant de mal ? Dans une petite semaine, je serai de retour et, de nuit, nous irons vider cette cave.

– Moi, ça m'intéresse. Je veux savoir qui se cache derrière les pseudo-chevaliers qui nous ont tendu ce guet-apens.

Il y eut un silence. Le boss de Geotechnik reprit sur un ton agacé :

– Une semaine, ce n'est pas long. Après, vous pourrez faire toutes les investigations que vous voudrez.

– Mais alors, Didier, pourquoi ne pas y aller tout de suite ?

– Simple mesure de précaution, ma chère. Peut-être ont-ils laissé des observateurs dans les parages. Il faut attendre qu'ils se lassent et relâchent leur vigilance.

Ce bref échange aviva en elle un malaise qu'elle sentait poindre depuis son retour à la fac. La Renardière et elle n'étaient décidément pas sur la même longueur d'onde. Pour lui, la malle et le saint suaire n'étaient qu'un butin. Elle était tiraillée par un cas de conscience. Les reliques n'ayant jamais été abandonnées, leur projet s'apparentait à un vulgaire hold-up. Ce qui l'intéressait davantage aujourd'hui, c'était de découvrir l'identité de ces mystérieux protecteurs. Si elle aboutissait, cette recherche pourrait lui fournir la matière d'une thèse. Elle se doutait bien qu'elle risquait d'être confrontée à de nouveaux périls et, pourtant, c'était plus fort qu'elle : il fallait qu'elle trouve ! Elle se replongea sur son écran et continua d'explorer les inextricables ramifications généalogiques de la lignée de Boniface Bonivard, frère du doyen de Saint-André…

La sonnerie du téléphone la réveilla en sursaut. La voix d'Alexis vibra dans l'écouteur.

– Tu as écouté la radio ce matin ?

Elle bâilla.

– J'ai veillé jusqu'à trois heures. Je suis encore au lit.

– Dès que tu seras levée, va t'acheter le journal. Ça a aussi fait la une du *Daubé*[1].

---

1. Le quotidien *Le Dauphiné libéré*.

Elle s'énerva.
– Sois plus clair. Je ne comprends rien à ce que tu me racontes.
Il resta volontairement vague.
– Joël et Xavier pensent comme moi. C'est lié à notre histoire.
– Cesse de tourner autour du pot, bon sang ! Et dis-moi de quoi il s'agit.
– Non ! C'est une surprise. On se rappelle plus tard. Ciao !
– Quel emmerdeur ! ragea-t-elle en raccrochant.
Comme elle n'avait pas encore pris son café, elle alla au plus rapide, ouvrit son Mac et lut les pages « Actualités » de Google. Elle n'eut pas à chercher beaucoup. Plusieurs titres lui sautèrent aux yeux. « Un banquier savoyard retrouvé mort dans le massif du Granier. » « Le PDG du Crédit alpin fait une chute fatale en Chartreuse. »
La plupart des journaux se demandaient ce que faisait ce quinquagénaire, seul, sur les pentes du Granier, en plein milieu de la semaine, alors que de violentes intempéries avaient été annoncées, et tous se perdaient en conjectures plus ou moins farfelues. Certains avançaient même la thèse du suicide pour éviter les éclaboussures d'un scandale.
C'est cependant la une de *La Tribune de Genève* qui focalisa son attention : « Un garde forestier a retrouvé le corps du banquier Louis Bonivard dont on était sans nouvelles. » Oui, c'était bien lui, le Bonivard qu'elle s'obstinait à chercher. D'après le journaliste, la victime, surprise par l'orage, avait dû perdre l'équilibre et tomber dans le vide. Il notait qu'il était pour le moins surprenant que cet homme, connu pour sa pondération et sa prudence, se soit lancé dans une sortie en solitaire par la passe de Bellecombe. Si, comme il le pensait, le banquier était accompagné, il s'étonnait que les éventuels participants à cette mortelle randonnée ne se soient pas encore fait connaître.

Louis Bonivard ! Cette mort la désolait. Elle aurait tant voulu le rencontrer et l'interroger pour combler ses lacunes. Dès qu'elle eut pris son café, ses idées devinrent plus claires. Cet homme n'allait pas être enterré à la sauvette. Il y aurait d'importantes funérailles, des discours à n'en plus finir et tout le gratin de la région serait présent à l'église et au cimetière. Elle s'y rendrait, elle aussi, dans l'espoir de repérer ceux qui étaient aux côtés du défunt derrière la porte de bronze. Elle s'apprêtait à prévenir La Renardière pour l'inciter à remettre son projet à plus tard quand… Le téléphona sonna. Il l'avait appelée le premier.

– Il faut tout ajourner ! La police et les journalistes vont pulluler dans la région ces prochains jours. Laissons refroidir les choses. Dans un mois, le calme sera revenu et nous passerons à l'action.

Elle tenta de le sensibiliser à ses réticences nouvelles en lui expliquant que les inconnus qui les avaient transportés au refuge de l'Alpette étaient les légitimes propriétaires des reliques. Peine perdue ! Il fit prévaloir d'un ton autoritaire ses propres arguments :

– Allons donc, s'il devait y avoir un légitime propriétaire de la malle, ce serait le Vatican, ne croyez-vous pas ? Quant au saint suaire, le comte de Savoie en était dépositaire. Si aujourd'hui, on devait le restituer, c'est aux derniers descendants de la dynastie qu'il faudrait le remettre. Les vrais voleurs, ce sont les amis de votre Bonivard, Nadine. Eux se sont bien gardés de rendre la malle à Innocent IV et se sont approprié le saint suaire.

Sa mauvaise foi la répugna.

– Enfin, Didier, ces hommes n'ont jamais agi à des fins mercantiles. Vous confondez voleurs et protecteurs. Je sais que ça vous arrange. Dites-vous bien pourtant que, sans eux, le trésor d'Innocent IV aurait depuis des siècles été dilapidé et je n'ose imaginer ce qu'il serait advenu du saint suaire s'il était tombé dans de mauvaises mains.

– Je trouve vos scrupules bien tardifs.

– Tardifs, c'est vrai. J'ai été aveuglée par l'orgueil. Je commence seulement à y voir plus clair.

La voix de Didier se fit cinglante :

– Bon, on arrête là ! Surtout, ne vous confiez à personne ! On reparlera de tout ça le moment venu.

Il venait de raccrocher.

Elle resta plusieurs secondes immobile, le récepteur à la main, figée dans une grimace de répulsion.

Didier de La Renardière avait beaucoup perdu dans cette affaire et, pour lui, il ne pouvait être question d'abandonner alors que quatre portes, qu'il saurait maintenant ouvrir lui-même, le séparaient d'un trésor fabuleux. Dès qu'il s'en serait emparé, il devrait imposer le silence à Nadine, forcément tentée de divulguer cette découverte. Or, au vu des derniers événements, l'affaire devait rester secrète. Les enchères pourraient se dérouler dans un coin perdu de Sibérie où seraient conviés les représentants des plus gros milliardaires de la planète. Ensuite, bonjour la vie de château, les yachts, les Caraïbes, les casinos et les plus belles filles du monde.

Une pensée négative vint assombrir ses traits. Il était maintenant certain que Nadine ne le suivait plus. Quelle mauvaise surprise lui réservait-elle ? À bien y réfléchir, avait-il encore vraiment besoin d'elle pour réussir ce coup ? Il allait falloir neutraliser cette petite enquiquineuse une fois pour toutes.

Ne tenant plus en place, il allait et venait dans le bureau cossu de son hôtel particulier de Neuilly, tergiversant sur la décision à prendre. Ses patrons russes l'avaient déjà semoncé pour avoir dilapidé des sommes importantes sans obtenir le moindre résultat. Il s'abîma dans la contemplation d'un mainate qui sautillait sur les branches du marronnier de la cour dont les feuilles venaient lécher sa fenêtre. Il le connaissait bien, ce beau parleur qui savait dire « bonjour ! »

et « comment vas-tu ? » entre deux sifflements. Il appartenait à la voisine, héritière d'une des plus florissantes sociétés françaises de produits de beauté. Tout en le suivant des yeux, il continuait de penser à Nadine et le mot « conasse » jaillit de sa bouche. Il fut aussitôt repris par l'oiseau qui n'eut aucune difficulté à le prononcer, à croire que, chez la respectable dame d'à côté, quelqu'un en faisait grand usage.

On frappa à sa porte. C'était sa femme, une élégante blonde vêtue d'une robe de chambre en soie mauve.

– Les enfants aimeraient te voir pour le petit déjeuner.

– Oui, Élisabeth, j'arrive, fit-il en fermant la fenêtre pour lui éviter d'entendre les insultes d'un mainate décidément bien malappris.

Les voix bourdonnaient dans la crypte de Lémenc. Ils étaient tous là, sauf un et, au centre du cercle, sa place était vide. Les Porte-glaive gardaient les yeux rivés sur elle et revoyaient l'imposante stature du commandeur Louis Bonivard qui, tel l'axe d'une roue, les rendait tous solidaires. Sa voix, cette voix pleine compassion et de sagesse, résonna en eux.

« Nos chères valeurs chrétiennes semblent passées de mode dans cette société où tout est devenu jetable, même l'homme. Nous sommes en pleine adoration du veau d'or, c'est un banquier qui vous le dit. Ne nous laissons pas gagner par la tentation. Que nos vies soient toujours exemplaires. »

Tous sentaient son beau regard vert les sonder jusqu'à l'âme et s'attendrissaient sur sa moue mélancolique. Pour clore cette communion silencieuse avec le cher disparu, maître Costa de Saint-Séverin toussota. Il patienta encore quelques secondes avant de prendre la parole.

– Je tiens à vous faire part des dernières volontés de frère Louis. Il pensait que le plus apte à lui succéder était frère Guerraz de Saint-Alban, ici présent. Que ceux qui sont d'accord lèvent la main.

Aucun ne la garda baissée.

Il s'approcha du sénateur et le conduisit lentement vers sa nouvelle place tout en prononçant la formule rituelle :

– L'unanimité étant acquise, vous êtes, frère Humbert, habilité à siéger au centre du cercle. À partir de cet instant, notre nouveau commandeur, c'est vous.

Sa voix se fit autoritaire :

– Genoux à terre, mes frères, pour le serment d'allégeance !

Dans un synchronisme parfait, les Porte-glaive s'agenouillèrent et pointèrent, tels les rayons de la roue symbolique, leurs épées en direction de l'élu. Avec la sienne, le nouveau commandeur toucha chacune des lames, tandis que les chevaliers déclaraient d'une seule voix :

– Nous jurons fidélité et obéissance au meilleur d'entre nous, choisi pour nous guider sur le bon chemin en toutes circonstances.

Et, tous ensemble, ils entonnèrent la prière du matin de saint François d'Assise.

Seigneur, dans le silence de ce jour naissant,
je viens te demander la paix, la sagesse, la force.
Je veux regarder aujourd'hui le monde
avec des yeux remplis d'amour...

Comparé à Louis Bonivard, Humbert Guerraz de Saint-Alban, en apparence du moins, manquait un peu de prestance. Les centimètres qui lui faisaient défaut en hauteur, il les possédait en largeur, évoquant davantage Sancho Pança que le chevalier à la Triste Figure auquel ressemblait son prédécesseur. Pourtant, derrière ce physique débonnaire, se cachait un habile rhéteur. Ses interventions à la tribune du Sénat étaient toujours très attendues, y compris par ses opposants qui y réfléchissaient à deux fois, avant d'oser ouvertement l'affronter.

Marié depuis trente ans à Pauline de la Bathie, il était l'heureux père d'un fils et de deux filles qui avaient tous brillamment réussi leurs études. S'il avait choisi d'être sénateur plutôt que député, c'était avant tout pour défendre les intérêts de la région et des collectivités locales. Droite et gauche, pour lui, ne représentaient pas grand-chose dans le monde actuel dominé par la finance. Conservateur mais pas réactionnaire, tenait-il à préciser, il avait toujours refusé d'intégrer un parti politique pour garder sa liberté de jugement. Il lui était déjà arrivé de voter pour des projets de loi proposés par ses adversaires tout simplement parce qu'ils lui paraissaient bons. C'était le contraire d'un homme borné qui succédait au regretté Louis Bonivard dont il brossa un portrait émouvant au cours de l'éloge qu'il lui consacra avant de présider son premier chapitre. Lorsqu'il arriva à la conclusion, tous les Porte-glaive avaient les yeux humides. Il ne les laissa pas s'attendrir.

– Mes frères, il va falloir se montrer très prudents pendant quelque temps. Les gendarmes vont rôder autour du Granier. Certains parmi nous vont recevoir la visite d'inspecteurs de police. Alors, de grâce, pas un mot de trop.

Il s'adressa alors au procureur de la République Cavour d'Albens.

– Où en est l'enquête, frère Philibert ?

– J'ai une bonne nouvelle à vous communiquer. Le chauffeur de taxi, qui a conduit feu notre commandeur à L'Étape à Bellecombe, l'a reconnu sur la photo diffusée par le journal de France 3 et il est venu faire sa déposition. Les policiers ont maintenant la certitude que Louis Bonivard était seul au pied du Granier.

Le magistrat se pencha en direction de maître Costa de Saint-Séverin.

– Comme le témoin leur a aussi révélé que son client avait dîné chez vous, vous allez être interrogé, Thomas. Veillez bien à ce qu'Hortense ne commette pas d'impair.

Après le départ de votre invité, vous êtes allé directement vous coucher, n'est-ce pas ?

Et jetant un regard circulaire, il ajouta :

– Il en va de même pour vous tous, vous avez dormi dans votre lit cette nuit-là. D'accord ?

Pour détendre l'atmosphère, Chabot d'Arbin ironisa :

– D'accord ! Et nous éviterons de leur dire que nous avons tous fait le même cauchemar !

Il eut droit à de petits ricanements vite couverts par la voix du commandeur :

– Nous attendrons évidemment un moment plus opportun pour installer notre système d'alarme à l'entrée de la sainte cave, n'est-ce pas, frère Jocelyn ?

– Soyez sans crainte, frère Humbert. Je n'ai pas l'intention de remonter là-haut de sitôt.

Guerraz de Saint-Alban se tourna de nouveau vers le procureur.

– Que pensent pour l'instant les autorités judiciaires ?

– Si nous sommes prudents, la police conclura au suicide, déclara Cavour d'Albens. Tout le monde savait Louis Bonivard déprimé depuis la mort de son épouse. Nous-mêmes, ses amis, témoignerons en ce sens et ce ne sera pas un mensonge. Pour l'heure, je conseillerais de ne pas convoquer un nouveau chapitre avant que toute cette affaire ne soit définitivement classée.

Le commandeur approuva.

– Juste un mot avant de conclure, dit-il. Il n'y a plus de Bonivard parmi nous. Il faudra plus tard songer à remédier à cela.

Arthur Mugnier de Lépin l'interrompit :

– Voyons, frère Louis n'a pas de descendance mâle !

– Comme vous le savez, il a deux filles et l'aînée, Adélaïde, sera appelée, dans les années à venir, à prendre les rênes du Crédit alpin. Peut-être, alors, consentira-t-elle à rejoindre nos rangs.

– Une femme ! s'offusqua Emmanuel Bourget d'Asti…

Des images obscènes de son épouse infidèle envahirent sa pensée et il éructa :

– Vous déraisonnez, frère Humbert !

Déconcerté, le commandeur Guerraz de Saint-Alban s'approcha de lui.

– Vous allez bien, mon ami ?

Le riche éleveur de La Roche-sur-Foron maugréa :

– Les femmes, les femmes, toutes des…

In extremis, il se reprit :

– Des pécheresses ! Les admettre parmi nous, c'est signer l'arrêt de mort de notre confrérie.

Il fut approuvé par Mugnier de Lépin qui se référa aux serments originels des Porte-glaive pour justifier sa position :

– En 1516, les pères fondateurs ont précisé que l'ordre était exclusivement réservé aux hommes.

Cette courte vue fit sortir Thomas Costa de Saint-Séverin de sa réserve :

– Ne croyez-vous pas, Arthur, et vous, Emmanuel, que l'heure est venue de dépoussiérer nos vieilles cuirasses et de jeter aux orties ces préjugés d'un autre âge ?

Un brouhaha hostile laissa supposer que les deux protestataires n'étaient pas les seuls opposants à cette idée de mixité. Afin d'éviter un débat prématuré sur une question qui ne se poserait pas avant qu'Adélaïde Bonivard n'ait atteint sa vingt-cinquième année, Guerraz de Saint-Alban réclama le silence. Il déclara qu'il convoquerait le prochain chapitre dès que frère Philibert lui donnerait le feu vert et conseilla à tous d'éviter les apartés lors des funérailles de frère Louis qui se dérouleraient, à n'en point douter, sous haute surveillance. Avant de lever la séance, il décida d'une prière de circonstance :

Seigneur, fais de moi
Un instrument de ta paix.

Là où il y a la haine,
Que je mette l'amour ;
Où il y a l'offense,
Le pardon ;
En cas de doute, la foi ;
Où il y a le désespoir, l'espoir ;
Où il y a les ténèbres, la lumière ;
Où il y a la tristesse, la joie.

La ferveur vint à bout des plus récalcitrants. Même les traits de Mugnier de Lépin s'apaisèrent. Seul Bourget d'Asti, malgré un effort méritoire, ne parvint pas à atteindre la sérénité.

20

LE DERNIER DES BONIVARD

Terminés les présumés scandales financiers, les hypothétiques banqueroutes, les chantages en tous genres. Après avoir joué sur tous les tableaux, les médias se calmèrent. S'appuyant sur la révélation du chauffeur de taxi qui avait déposé Louis Bonivard dans la nuit, ils en vinrent à écarter la piste criminelle. L'histoire était simple. Le banquier, inconsolable depuis la disparition de sa femme, avait décidé de se donner la mort. Le choix du pas de Bellecombe laissait encore aux curieux un peu de grain à moudre. Pourquoi être allé sur le Granier pour se supprimer ? Pourquoi ne pas avoir sauté d'un immeuble à Annecy, Chambéry ou Genève ? On peut mourir aussi bien en se jetant d'un dixième étage que du haut d'une falaise. Les chroniqueurs les plus avisés rétorquaient que se tuer en pleine tempête, au cours d'une ascension nocturne en montagne, avait plus d'allure que de s'écraser dans les rues d'une ville. Cela leur permit de brosser le portrait d'un Louis Bonivard romanesque, soucieux de ne pas s'infliger un trépas sans panache. À la grande satisfaction de ses deux filles et de tous ses amis, c'est cette dernière hypothèse qui s'imposa et, soulagée, la police relâcha sa pression.

Il y eut, de la part des proches du défunt, une hésitation majeure : fallait-il organiser la cérémonie religieuse à la cathédrale d'Annecy ou à la métropole de Chambéry ? Bien que la famille résidât la plupart du temps en Haute-Savoie dans sa propriété de Sévrier, elle possédait depuis toujours un petit domaine viticole sur les hauteurs de Saint-Jeoire-Prieuré, proche de la cité des ducs. Or celle-ci, à leurs yeux, restait emblématique. C'est ici que les Bonivard s'étaient forgé un nom qui avait défié les siècles. Adélaïde, en digne fille de son père, trancha. Les funérailles officielles seraient célébrées à la métropole, une messe à la mémoire du défunt serait dite le lendemain à Annecy et une autre le surlendemain à Genève. L'inhumation aurait lieu dans la plus stricte intimité au cimetière de Saint-Jeoire où se trouvait le caveau de famille.

Ce fut un adieu triomphal. Les trois édifices religieux n'étant pas assez vastes pour la contenir, l'assistance déborda largement sur les parvis. Choisi par les proches parce que, loin d'évoquer une tragédie funèbre, il suggérait une aspiration au bonheur éternel, le *Requiem* de Fauré, dans sa version de 1893, retentit dans la nef de Chambéry. Pas de grandes orgues donc, seulement des chœurs et quelques musiciens triés sur le volet que dirigeait la talentueuse Graziella Contratto[1].

« Frère Humbert a raison », pensa, au milieu de la deuxième travée, Emmanuel Bourget d'Asti qui, en compagnie de son épouse, écoutait, débordant d'émotion, cette œuvre magnifique. « Le temps des femmes est venu », admit-il sans oser regarder la sienne, beaucoup trop pomponnée. Près de lui, celle d'Arthur Mugnier de Lépin avait au moins la décence de passer inaperçue derrière une mantille noire.

1. Chef d'orchestre de nationalité suisse, elle fut directrice artistique de l'orchestre des pays de Savoie de 2003 à 2009.

Proches amis du défunt, les Guerraz de Saint-Alban et Costa de Saint-Séverin étaient assis près d'Adélaïde et de Charlotte, en larmes. Quand le requiem s'acheva, toute leur jeune vie, passée aux côtés de leurs parents qui avaient su si tendrement les aimer et les enrichir de leur différence, avait défilé dans leurs têtes. Le sermon de l'archevêque fit vibrer les voûtes ornées de fresques en trompe-l'œil, mais ne leur apprit rien qu'elles ne savaient déjà. En revanche, les éloges sans emphase de leurs parrains Thomas et Humbert révélèrent des aspects facétieux du caractère de Louis Bonivard. Ils dépeignirent l'homme délicat qu'il avait été derrière le masque de gravité qu'il s'était imposé.

Tous les notables de la région assistaient à cette grand-messe, beaucoup par devoir, quelques-uns seulement par amitié. Certains piétinaient sur place pour essayer de soulager les élancements d'une sciatique ou ceux d'une cruralgie. En grande tenue, le préfet Alban de Montbrison affichait une mine sombre qui aurait pu laisser croire qu'il était affecté par la mort du PDG du Crédit alpin. En vérité, ce qui le contrariait, c'était ce maudit Granier qui, après avoir eu la peau d'un géologue, venait de s'offrir celle d'un banquier. Depuis peu, des rumeurs circulaient autour de cette montagne. Un éleveur avait aperçu des individus casqués dans ses champs. Des randonneurs avaient, au bar du Hibou-Gourmand à Saint-Pierre-d'Entremont, fait état de la présence de prospecteurs près des falaises. Enfin, à proximité de Bellecombe, la veille de la découverte du corps, un paysan avait vu, de son tracteur, un bus sortir d'une grange en ruine.

Le préfet avait aussitôt téléphoné à La Renardière pour savoir s'il n'était pas à l'origine de cette agitation. Après sa réponse négative, il avait demandé à la gendarmerie de renforcer sa surveillance autour de la montagne, tout en espérant que ces racontars n'eussent aucun fondement.

Il redoutait jusqu'à la hantise un coup tordu qui ferait s'effondrer ses projets d'avenir. Il venait d'apprendre que l'ambassade de Malte allait se libérer en 2015 au plus tard. Malte, un caillou sur la Méditerranée. Il se voyait déjà sur cette île parée de palais et d'églises, regorgeant d'œuvres d'art et dont la capitale, La Valette, avec ses puissantes fortifications, s'avançait dans la mer telle la proue d'un vaisseau. Il y avait bien ce problème d'immigration clandestine. Des hommes mouraient noyés avant d'atteindre les rivages de l'île. Par bonheur, ce ne serait pas à lui de le résoudre et il n'aurait qu'à exprimer à voix forte l'indignation et le courroux de la France devant de tels drames. Rien de très compliqué, en somme. Malte, où il n'y avait que de la représentation à faire, aucune décision à prendre, aucun risque à courir. C'était la planque des planques, le placard doré de la République ! Il ne fallait à aucun prix qu'un événement imprévu vînt mettre en péril cette mirifique perspective. Surtout, pas de vague !

Sa volonté de voir l'enquête sur l'accident de Louis Bonivard s'arrêter au plus vite était partagée, pour des raisons moins triviales que les siennes, on s'en doute, par quelques grandes familles et élus du pays, présents dans l'assistance.

Il pleuvait sur la ville et la place de la métropole était couverte de parapluies. Leurs noires corolles s'écartèrent pour laisser passer le corbillard et les deux limousines noires qui conduisaient le défunt, la famille et les proches vers le lieu de l'inhumation. Faute de mains libres, il y eut peu d'applaudissements.

« Le dernier des Bonivard », se dit Nadine en suivant du regard les voitures aux vitres fumées qui allaient tout doucement rejoindre la place Saint-Léger pour pouvoir sortir de la ville. Elle était venue avec ses trois copains. Aucun n'avait vu grand-chose, si ce n'est, autour des deux héritières, un beau parterre de notables au milieu desquels se trouvaient à coup sûr ceux qui les avaient attendus dans la cache secrète.

Comment reconnaître, parmi ces silhouettes sombres, les chevaliers masqués qu'ils avaient entrevus avant de perdre connaissance ?

Elle ne put faire aucune photo valable à la fin de l'office. En revanche, elle réussit à surprendre une conversation entre le commissaire Marcillac, le colonel Mongelaz et Alban de Montbrison qui regagnait sa voiture de fonction, garée près du Musée savoisien. Les deux policiers, le civil et le militaire, sans doute pour le rassurer, expliquaient au préfet que les accidents, comme celui qui avait coûté la vie du banquier Bonivard, provoquaient toujours beaucoup de ragots et que, s'il fallait tous les écouter, il n'y aurait plus assez de temps pour pourchasser les vrais criminels. Ils furent invités à dîner à la préfecture.

– Demain soir, d'accord ? Je vais aussi faire signe à nos amis, le sénateur, le procureur, et l'inspecteur d'académie, leur précisa Alban de Montbrison avant que son chauffeur ne démarre.

Ouf ! Affaire classée.

Nadine était dépitée. Pas le moindre regard suspect n'avait croisé le sien.

– Pourquoi n'irions-nous pas, au culot, au cimetière de Saint-Jeoire ?

– Laisse tomber ! lui intima Alexis.

Elle insista :

– Mais ils seront présents, autour du caveau.

À son tour, Xavier tenta de la raisonner :

– Si tu les vois, eux aussi te verront et, s'ils pensent qu'on cherche à les identifier, ils risquent de se montrer beaucoup moins compréhensifs que la première fois.

– Oui, décroche ! renchérit Joël. Pourquoi t'obstiner ?

Ils remontaient maintenant la rue Croix-d'Or en direction du théâtre Charles-Dullin où étaient garés leurs scooters.

Emmurée dans sa détermination, elle fit la sourde oreille. Alexis ironisa :

– C'est que madame continue de bâtir des châteaux en Espagne. Sache que jamais ils ne te laisseront publier ce que tu sais. Ils préféreront au mieux te faire interner à Bassens[1], au pire t'éliminer.

Le rouquin s'approcha d'elle.

– Il a raison. Oublie donc cette malle et passe à autre chose. Les sujets de thèse ne manquent pas. Tu es suicidaire ou quoi ?

– Elle l'est, affirma Alexis. Sa soif de notoriété l'aveugle, tout autant que la cupidité aveugle ce bouffon de La Renardière !

Malgré leurs mises en garde et leurs sarcasmes, elle persistait dans son idée.

Comme s'il lisait en elle, Alexis se mit à marcher à reculons et releva sa capuche pour pouvoir la regarder bien en face.

– Tu crois vraiment que, si tu vas voir l'un ces types et que tu lui dis : « Écoutez, je sais où vous dissimulez la malle et le saint suaire, vous devez révéler leur existence au monde », il va te sauter au cou et te féliciter ?

La colère la fit bégayer.

– Je peux… Je peux le menacer de tout dire à la police, à la presse…

– Ma pauvre, dès l'instant où il t'aura écoutée, des contre-feux seront allumés et personne, absolument personne ne te prendra au sérieux.

Elle n'avait plus d'argument à leur opposer. La mort dans l'âme, elle les suivit.

Arrivés à Aix-les-Bains, ils s'arrêtèrent devant la brasserie du port, pour déjeuner chez les Villard. Avec ce temps, pas

1. Asile psychiatrique près de Chambéry.

question de s'installer en terrasse. À travers les vitres, ils voyaient les effets du vent local, la traverse, sur le lac chamboulé de vagues qui avait pris la couleur de la cendre. Là-bas, au-dessus de Bourdeau, des nuages fuligineux cachaient les cimes. Comment ne pas se souvenir de ce jour de printemps où le soleil faisait miroiter les eaux bleues et où une petite fumerolle coiffait la dent du Chat sur la rive d'en face. Que d'espoirs à l'époque… Que de déconvenues aujourd'hui…

Le soir même, de retour à Grenoble, Nadine, assise à sa table de travail depuis une bonne heure déjà, était perdue dans ses pensées. Les ambitions de La Renardière étant aux antipodes des siennes, comment pourraient-ils trouver un terrain d'entente ? Elle achoppait sur cette question quand son mobile sonna. Elle vit apparaître le nom de Didier sur l'écran.

– Allô, Nadine, ça se calme. La police a classé le dossier Bonivard. On peut y aller. Il faut faire vite.

– Quand ?

– Je prends l'avion demain matin pour Le Bourget-du-Lac. Nous attaquerons le Pas de Bellecombe à la tombée de la nuit pour passer inaperçus. Tout devra être terminé avant le lever du jour.

– Où se donne-t-on rendez-vous ?

– À Chambéry. Je vous conseille le train. Prenez le TER de dix-sept heures trente. Vous arriverez vers dix-huit heures. Je serai juste en face de la gare, dans une Mercedes noire garée près de l'hôtel Mercure.

– Je vois que vous avez tout prévu.

Pas de réponse. Il avait raccroché. Elle ne s'attendait pas à ce clic qui, désagréablement, avait mis un point final à leur conversation. Elle revit mentalement l'incident qui, devant la porte de bronze, avait opposé La Renardière à son informaticien. Elle se souvint de son œil avide et de sa hargne. « Fermez-la, nom de Dieu, Renaud, ou je vous vire ! » Oui, cet homme pouvait devenir dangereux si quelqu'un se mettait en travers de son chemin. Elle blêmit. Présentait-elle encore un intérêt pour lui ? Aucun, oui, aucun. Elle constituait même un obstacle puisque leurs buts divergeaient du tout au tout. Alors pourquoi n'avait-il pas essayé de la doubler ? Il craignait qu'elle ne le dénonce, ce ne pouvait être que ça. Cette idée la fit frémir. Elle redouta de tomber dans un piège. Se levant de sa chaise, elle fit les cent pas dans sa chambre. L'angoisse provoquant chez elle une sensation d'étouffement, elle vint ouvrir en grand sa fenêtre. Ne parvenant pas à se calmer même après avoir bu un grand verre d'eau, sans réfléchir, elle appela Alexis.

– Que me vaut l'honneur ?

La légère pointe de moquerie dans sa voix lui fit regretter son geste. En même temps, le savoir à l'écoute, pas loin et prêt à intervenir en cas de besoin la rassura. Que lui dire sans se trahir ?

– Je te dérange, peut-être ?

– Tu sais, pour devenir un caïd du scalpel, il faut travailler dur, mais je peux tout de même te répondre. Je t'écoute.

Cet imbécile, au lieu de l'encourager à la confidence, la bloquait.

– Je ne sais pas…

Et plus un mot ne sortit. Il comprit qu'elle n'était pas bien et changea de ton.

– Écoute, Nad, si tu as des ennuis, raconte. Les vieux amis, c'est fait pour ça.

– Des ennuis… non… C'est-à-dire que…

– Tu veux que je passe te voir ?

– Non, pas la peine. Excuse-moi de t'avoir dérangé.

Malgré elle, son pouce avait coupé la communication. Elle retourna à son bureau et, pour s'empêcher de paniquer, alluma son Mac. Elle ouvrit ses dossiers et parcourut en diagonale une monographie de Jacques Berlioz[1] sur l'effondrement du mont Granier, cent fois lue et relue. Elle ne parvint pas à fixer son attention sur le texte et allait éteindre l'ordinateur quand on sonna à sa porte.

C'était Alexis.

– Que se passe-t-il ?

Elle ne s'attendait pas du tout à sa visite. Plus il s'avançait dans la pièce, plus elle reculait, comme si une trop grande proximité risquait de la faire craquer. Jamais il ne l'avait vue comme ça.

– Ma parole, tu crèves de peur !

– Non, pas du tout, mentit-elle.

Comment aurait-il pu la croire ? La jeune femme qu'il avait devant lui n'avait rien à voir avec celle qu'il connaissait. Il observa l'écran qui affichait une image du Granier découpée en couches géologiques.

– Il faut te sortir cette histoire de la tête, dit-il. Elle va finir par te ronger de l'intérieur.

Elle faillit tout révéler : son mensonge et la nouvelle expédition qui se préparait avec La Renardière. C'était prêt à sortir. Il lui suffisait de faire un petit effort.

– Tu sais…

– Oui ? Quoi ?

Les mots étaient là, juste au bord de ses lèvres. Pourquoi ne parvenait-elle pas à les prononcer ? Bon sang ! ce n'était pourtant pas difficile d'avouer à Alexis que, demain soir, elle allait retourner à la cache avec Didier et que, depuis son appel, un mauvais présage la hantait. Oui, elle avait peur ! Elle aurait voulu pouvoir le crier, mais elle était tétanisée. Tout doucement, il posa une main sur son épaule, perçut un tressaillement et chercha en vain à capter son regard.

---

1. Historien, directeur de recherches au CNRS, ancien directeur de l'École des chartes.

– Ça irait beaucoup mieux si tu me disais ce qui te tracasse à ce point.

Elle approuva d'un hochement de tête sans pour autant se débloquer. Il comprit qu'il n'obtiendrait rien d'elle ce soir et prit congé.

– Tu peux m'appeler à n'importe quelle heure, fit-il. Je serai là.

Elle parvint à articuler un « merci, Alex » empreint d'une tendresse qui ne lui était pas coutumière, surtout lorsqu'elle s'adressait à lui.

21

LA FILATURE

Dès qu'il fut dehors, Alexis s'empressa d'appeler Xavier et Joël et ils convinrent de se retrouver une heure plus tard, au Subway, à l'angle du boulevard Gambetta et de la rue Lakanal. Par chance, le ciel s'était dégagé dans l'après-midi et ils purent s'installer en terrasse, un peu à l'écart des rires éméchés et des palabres d'étudiants accoudés au comptoir.

Pourquoi Nadine était-elle dans cet état-là ? Pour Alexis, il n'y avait pas de doute : elle se sentait menacée. Par qui ? La bande avait toujours eu l'œil sur elle pendant toute cette opération, sauf quand elle était partie avec La Renardière accueillir le pilote du drone à sa descente d'avion. Ce ne pouvait être que pendant cette absence de presque vingt-quatre heures qu'il avait pu se passer quelque chose.

Alexis jugea le moment opportun et leur fit part de son sentiment.

– Ils ont couché ensemble. J'en suis sûr !

Joël écarquilla les yeux.

– Elle aurait une histoire avec le sponsor, tu dérailles !

C'est alors que Xavier se rappela avoir vu Nadine se lever la nuit où ils avaient bivouaqué dans la passe de Bellecombe.

– Ce n'est pas impossible, après tout.

– Comment ? Toi aussi, tu crois ça ?

Pour se justifier, Xavier lui raconta la scène fugitive captée par son œil endormi.

– Bravo ! Bravo ! claironna le rouquin en les fixant tous les deux. Toi, tu penses qu'elle est allée se faire sauter, alors qu'elle est peut-être seulement allée pisser un coup. Et toi, oui, toi qui rêves de te la taper, tu prétends qu'elle s'est envoyée en l'air avec ce mariole ! En as-tu la preuve ?

Alexis lui fit signe de se calmer

– Il ne faut pas se voiler la face. Je crois qu'indépendamment du sexe ils ont très bien pu conclure un marché.

Le front de Joël se plissa.

– Un marché, je vois pas de quel genre de marché tu veux parler ?

– Écoutez, ils sont tous les deux obsédés par la malle et le saint suaire. Peut-être a-t-elle l'intention de retourner en douce là-bas avec lui. Qu'en penses-tu, Xavier ?

Le Chambérien prit un air songeur.

– Ce matin, à l'enterrement de Bonivard, et après, durant le déjeuner chez tes parents, elle semblait contrariée, mais elle n'avait pas du tout l'air inquiète.

– À mon avis, c'est plus tard que ça s'est passé. Ils ont dû s'appeler dans la soirée. Je ne sais pas ce qu'il a bien pu lui dire pour qu'elle soit secouée à ce point.

Les bambocheurs de comptoir devenant trop bruyants, Joël rugit :

– Vos gueules là-dedans !

Sa carrure autant que sa voix firent aussitôt baisser les décibels.

– Quelle conne ! Pourquoi ne nous a-t-elle rien dit ?

– La honte de nous avoir doublés ?

Le rouquin haussa les épaules.

– Doublés, doublés… d'abord, qu'en sais-tu ? Et puis elle ne peut pas nous doubler, Alex, puisque aucun de nous trois ne veut poursuivre l'expérience.

– Elle n'était tout de même pas obligée de coucher avec lui !

Joël haussa le ton.

– Elle n'a pas de comptes à te rendre, Al. Arrêtons de nous prendre la tête. Si on allait lui parler maintenant, tous ensemble ?

– Enfin, tu la connais, fit Xavier. Plus fière qu'elle, tu meurs ! Elle est capable de nous jeter dehors et de se renfermer encore plus !

Finalement, ils décidèrent que la meilleure façon de savoir ce qu'elle mijotait ou redoutait était de ne pas la lâcher d'une semelle.

– À partir de maintenant, trancha le rouquin, on va l'avoir à l'œil.

Ils convinrent de se relayer toutes les quatre heures et, après leur second demi, ils se levèrent pour regagner leurs pénates.

À six heures du matin, Xavier gara son scooter près d'un platane et fit les cent pas entre la rue Léon-Jouhaux et l'avenue Paul-Cocat, gardant toujours dans son champ de vision la sortie que Nadine avait l'habitude d'emprunter en quittant sa résidence universitaire. Les aiguilles de sa montre semblaient tourner au ralenti. Bon Dieu, que le temps était long ! Heureusement, il avait pensé à se munir d'un thermos de café. Ah, ça, jamais il n'aurait pu être paparazzi. Planquer des journées entières pour voler le sein ou la fesse dénudée d'une star ou d'une princesse ! Tout en ne relâchant pas son attention, il se demanda ce qui pouvait bien motiver ces voleurs d'intimité. L'argent, oui, mais il n'y avait pas que ça. L'esprit de compétition, aussi, devait jouer. Prendre le cliché que les collègues n'avaient pu avoir devait les exciter, c'est sûr. Il les imagina, tels des snipers à l'affût, le doigt sur le déclencheur, suppliant la cible de commettre l'indécence qu'ils attendaient d'elle.

À huit heures du matin, il alla s'asseoir sur un banc et se mit à compter les bus qui s'arrêtaient à la station Cocat et à observer les passagers qui les attendaient. Il était pile dix heures lorsqu'il entendit le scooter de la relève qui remontait la rue Léon-Jouhaux derrière la camionnette d'un livreur de salaisons. Impatient de céder sa place, il avait déjà enfourché son trois-roues quand Alexis vint se garer à côté de lui.

– Ça n'a pas été trop dur ?

– Oh que si ! Fais très attention, Al. C'est maintenant qu'elle risque de bouger ! Moi, je file au CHU retrouver Joël.

La deuxième garde débuta. Nadine ne mit pas le nez dehors, ni pour aller faire des courses ni pour se rendre au restau U. Il se serait, lui aussi, beaucoup ennuyé s'il n'avait pu utiliser son mobile. Sans quitter la résidence des yeux, il appela Igor qui lui répondit de l'île de Crète où, avec Renaud, il fouillait un site minoen à deux pas de Knossos. Dès leur retour à Paris, la société britannique Lookfinds, mieux placée que Geotechnik dans le secteur archéologique, s'était empressée de les recruter. Après la Crète, ils iraient à Saqqarah, en Égypte, pour étudier les sous-sols de la pyramide à degrés.

– Je te jure, Al, c'est le pied ! Quand je pense que, pendant des années, on s'est laissé enjôler par ce filou de Didier. Tu vois, le Granier nous a porté chance, à Renaud et à moi. Et vous, où en êtes-vous ?

Dès qu'il eut connaissance de tout ce qu'il était advenu depuis leur départ, Igor comprit ce qui se tramait. Lui aussi était persuadé que Nadine avait l'intention de retourner dans la cache avec La Renardière. Ayant pratiqué ce dernier dix années durant, il mit Alexis en garde : Didier n'aurait aucun scrupule à se débarrasser d'elle s'il en ressentait la nécessité. Quand les mystérieux protecteurs des lieux reviendraient dans la cave, ils risquaient de découvrir à la place de la malle et du saint suaire un cadavre de femme.

– Tu vois le tableau, Al !

Ah, pour le voir, il le voyait.

– Tu as plus d'imagination que nous, Igor. On n'a pas osé envisager tout ça !

– Avec lui, il faut vous attendre au pire.

– Qu'est-ce qu'on peut faire, alors ?

– Rien de mieux que ce que vous avez décidé. Si elle le rejoint, vous pourrez intervenir en cas d'urgence.

Alexis éprouva un soulagement.

– Merci, Igor. Tu m'as rendu plus optimiste !

– Au fait, reprit le Parisien, munissez-vous d'une arme, ça peut aider à être plus persuasif et puis salue bien Xavier de ma part. On a vécu de grands moments tous les deux. Renaud, qui est près de moi, vous embrasse. Ciao !

Le clic de l'appareil interrompit l'élan nostalgique d'Alexis. Ses anciens coéquipiers lui manquaient et il n'avait pas eu le temps de leur dire à quel point tous, ici, avaient envie de les revoir et de faire la fête avec eux. Qu'importe. Il était convaincu que ce jour viendrait.

Appeler maintenant Nadine pour essayer de lui tirer les vers du nez, oui, bonne idée ! Les deux heures qui lui restaient encore lui paraîtraient ainsi moins longues.

– Allô ?

Si elle était un peu plus diserte qu'hier, le son de sa voix trahissait une anxiété qui ne s'était pas vraiment dissipée. Il lui proposa de l'inviter le soir même dans le restaurant de son choix. Elle lui répondit qu'elle était déjà conviée à dîner par ses parents à L'Émulsion, à Chambéry, et ajouta une précision qui n'était peut-être pas fortuite : son père et sa mère l'attendraient ce soir, vers dix-huit heures, à la gare.

« Ce soir, à la gare. » Elle allait donc prendre le train. C'est à son arrivée sur le quai qu'il fallait maintenant la guetter. Faire le pied de grue, ici, ne servait plus à rien. Il appela Joël et Xavier, leur conseilla de prendre leur équipement de montagne, d'aller louer une voiture et de venir le chercher dans sa chambre.

Le rouquin maugréa :

– Qu'est-ce qui te prend ? Tu as le feu au cul !

– Oui, mon vieux, il y a urgence ! Je viens de lui parler. Elle part pour Chambéry, par le TER, en fin de journée. La Renardière a dû lui fixer un rencard…

– Tu as pris des vitres fumées ? C'est bien, constata Alexis une heure plus tard en grimpant dans la Renault noire garée devant l'entrée des Estudines Europole où ils résidaient tous les trois.

Dès qu'il fut sur l'autoroute et qu'il put relâcher un peu sa vigilance, Joël leur fit part de son étonnement :

– Comment sais-tu qu'elle va voir La Renardière, elle ne te l'a pas dit ?

– Non ! Elle m'a seulement dit qu'elle irait dîner avec ses vieux en me signalant qu'ils l'attendraient à l'arrivée du train vers dix-huit heures. C'est cette précision qui m'a mis la puce à l'oreille. J'ai tout de suite pensé qu'elle espérait, sans se l'avouer, qu'on ne la perdrait pas de vue.

– On peut appeler ses parents pour vérifier si elle a bien rendez-vous avec eux, suggéra Xavier.

Joël secoua négativement la tête.

– Surtout pas ! S'ils ne sont au courant de rien, on risque de les affoler.

Le soleil qui baignait la vallée du Grésivaudan faisait pétiller, par endroits, les eaux de l'Isère et transperçait les lamelles de brume qui s'étiraient le long de la Chartreuse.

– J'ai aussi parlé avec Igor, dit Alexis.

Impatients d'apprendre ce que le Parisien lui avait raconté, ses deux amis cherchèrent à capter son regard, l'un en se retournant, l'autre par le biais du rétroviseur.

– Il pense, lui, que La Renardière peut très bien chercher à se débarrasser de Nadine. Vraiment, quelle pourriture ce mec !

– Il n'est pas un peu parano sur les bords, ce cher Igor ? fit observer le rouquin.

– Tu sais, il le connaît bien. Il nous suggère même de nous armer.

– De nous armer ? Rien que ça !

– Je crois qu'on a tout intérêt à suivre ses conseils.

– On va faire un crochet par chez moi et je vais emprunter le Benelli de mon père, décida Xavier.

Préoccupé par la tournure que prenait leur filature, Joël se déconcentra et faillit emboutir l'arrière d'une Mercedes noire. Elle s'éloigna à toute vitesse vers le tunnel de La Cassine tandis qu'il s'engageait sur la bretelle de sortie du Faubourg-Montmélian. De là, via la rue de la République, la place Monge et celle du Château, il vint se garer devant la porte cochère des Revol.

– Allez, je vais prendre le deux-coups du paternel, fit Xavier en sortant de voiture.

Cinq minutes plus tard, il réapparut avec une élégante mallette de cuir qui renfermait le fusil de chasse et reprit sa place à l'avant.

Alexis pressa son épaule.

– Tu n'as pas oublié les cartouches, au moins ?

– J'en ai deux boîtes pleines, bourrées de grenaille d'acier, de quoi transformer en passoire le premier qui bouge.

Ils roulèrent vers la fontaine des Éléphants dont la colonne se dressait au loin avec, en toile de fond, la crête arrondie du mont Peney. En trois minutes à peine, ils arrivèrent avenue du Maréchal-Leclerc. En face d'eux, la gare se profila : succession de modules design en verre fumé, reliés les uns aux autres comme les wagons d'un train. À droite se dressait l'hôtel Mercure. Toutes les places le long des trottoirs étaient déjà occupées, sauf une, devant une boutique de prêt-à-porter. Joël fit un créneau. En jetant un coup d'œil de l'autre côté de la rue, il avisa une Mercedes noire aux vitres fumées qui stationnait devant une teinturerie.

– Ça alors !

– Quoi ?

– Regardez, c'est celle que j'ai failli emboutir sur l'autoroute.

– Il n'y a rien qui ressemble plus à une Mercedes noire qu'une autre Mercedes noire, railla Xavier.

Joël eut un petit mouvement de tête et fit claquer sa langue.

– Une simple éraflure suffit à faire la différence.

– Une éraflure, où ?

– Sur son pare-chocs arrière gauche. Quand je l'ai évitée de justesse, en même temps que j'appuyais sur le frein, ce petit détail m'a frappé.

Les trois amis eurent la même intuition. Et si c'était La Renardière qui se dissimulait à l'intérieur en attendant l'arrivée de Nadine ? L'horloge du tableau de bord indiquait dix-sept heures et deux minutes. Encore une petite heure et ils seraient fixés.

À dix-sept heures quarante-cinq, les portes de la Mercedes s'ouvrirent et deux armoires à glace, le visage en partie dissimulé par des casquettes de base-ball et des lunettes foncées, en sortirent. Sans se presser, ils se dirigèrent vers la gare. Il était temps. Dans la Renault, les trois carabins étaient sur le point de piquer du nez.

– Ça y est, ils vont la cueillir ! fit Alexis à voix basse.

Joël s'inquiéta :

– On est à contresens. Il me faudra faire demi-tour pour pouvoir les suivre.

Après être allé discrètement effectuer sa manœuvre devant la gare, il revint prendre sa place, cette fois dans le bon sens.

– Maintenant, on est paré !

Restait à surveiller la Mercedes et la rue. Alexis s'agenouilla sur son siège et colla son nez contre la vitre arrière. Les deux autres réglèrent leurs rétroviseurs pour avoir une vision optimale. Au bout d'un moment, ils admirent qu'ils avaient agi comme si la présence de La Renardière dans la Mercedes était un fait acquis, alors qu'ils n'avaient même pas entrevu le bout de son nez. Peut-être leur imagination leur avait-elle joué un mauvais tour ? Si l'un d'entre eux sortait pour guetter l'arrivée de Nadine, il risquait d'être repéré et de faire capoter toute leur stratégie. Bel et bien bloqués à l'intérieur de leur véhicule et condamnés à l'expectative, ils suppliaient le ciel de ne pas s'être trompés.

22

SEULE AVEC LES RELIQUES !

– Alléluia ! lâcha Alexis en apercevant leur copine encadrée par les deux malabars à lunettes noires qui s'avançaient vers la Mercedes.

Le patron de Geotechnik était bien là, invisible derrière les vitres fumées.

– Le fumier, fulmina Joël, il se terre comme un rat.

– Cette fois, c'est sûr, il mijote un mauvais coup, affirma Xavier.

L'un des sbires ouvrit la portière de la berline puis posa une main sur l'épaule de Nadine, comme pour l'inviter à entrer et, en cas de résistance, l'y contraindre.

– Bonjour, ma chère.

Se renfonçant dans la banquette pour lui laisser de la place, La Renardière l'accueillit en arborant son plus suave sourire.

Elle fit la grimace et désigna les deux individus qui s'installaient à l'avant.

– Qui sont ces types ? Vos hommes de main ?

Il ferma les yeux comme un confesseur écoutant l'aveu d'un péché capital.

– Allons, ma chère, ce ne sont que des manutentionnaires et ils sont muets comme des tombes. Je ne nous voyais pas nous coltiner la malle et le reliquaire à nous seuls.

Tout en faisant signe au costaud qui était au volant de démarrer, il prit soudain un ton enjoué :

– C'est le grand soir. Si tout se passe comme prévu, demain, nous serons riches.

– Riche, vous l'êtes déjà, Didier. Vous voulez donc dire très, très riche ?

– Exact ! fit-il. Il y a des degrés dans la richesse comme dans la pauvreté et il n'est guère plaisant de piétiner au bas de l'échelle tandis que d'autres vous passent devant et grimpent vers les sommets.

– J'ai toujours su que vous aviez une âme d'alpiniste !

Sa voix était à la fois goguenarde et ferme. Comment aurait-il pu soupçonner l'anxiété qu'elle dissimulait derrière cette crânerie ? Il avait déjà eu le loisir de mesurer l'audace de la jeune femme, mais dans un contexte différent où elle était entourée de ses proches amis, ce qui n'était pas le cas aujourd'hui. Son assurance l'intriguait. Cette petite garce ne lui préparait-elle pas un coup tordu ? Il tourna brièvement la tête pour vérifier par la vitre arrière si on ne les suivait pas. Difficile de repérer dans le flot de véhicules qui leur collaient le train une voiture suspecte.

– Que redoutez-vous, Didier ? Que je sois venue, comme vous, avec ma garde rapprochée ?

Il eut un sourire carnassier qui lui fit froid dans le dos.

– Ce serait tout à fait votre style.

Lorsqu'ils prirent la direction de Chapareillan, via Myans et Les Marches, la route devint peu à peu déserte. Du coup, La Renardière se détendit et repensa aux bons, très bons moments passés avec elle. Elle avait un sacré tempérament. « Quel dommage, se dit-il, que nos relations se soient tendues. » Il la conjuguait déjà au passé et, pourtant, en l'observant, si séduisante dans sa tenue de randonneuse, ses yeux pétillèrent et des souvenirs coquins occupèrent son esprit jusqu'au hameau de Bellecombe.

Sans elle, il n'aurait pas trouvé la grange isolée où ils dissimulèrent la voiture. Avant de s'engager sur le chemin qui menait à la cache secrète, les hommes de main s'équipèrent. Leurs sacs étaient pleins à craquer. Ils s'étaient même munis d'une masse, d'une barre à mine et de pains de dynamite, au cas où les mécanismes des portes ne fonctionneraient plus. Nadine jeta sur La Renardière un regard lourd de reproches.

– Je croyais vous avoir déjà dit que l'usage d'explosifs dans les cavités du Granier risquait de provoquer des effondrements aux effets imprévisibles.

Il la toisa avec une pointe de suffisance.

– Le rapport de forces n'étant plus en votre faveur, ma chère, vous n'avez pas les moyens de faire prévaloir votre avis.

Elle haussa les épaules avec mépris.

Plus elle exprimait son exaspération, plus elle l'excitait. Il se remémora le grain de beauté qui ornait son sein droit et, bien que ce ne fût pas le moment, son sexe durcit. Après tout, s'il lui restait un peu de temps, pourquoi ne s'offrirait-il pas une petite gâterie ? Elle s'était bien jetée sur lui en pleine nuit alors que tout le monde dormait dans le bivouac.

Nadine ouvrait la marche. À mesure qu'elle gravissait la pente, sa lucidité s'aiguisait et mûrissait en elle l'idée de s'opposer par tous les moyens au vol des reliques. Ces biens, qui n'avaient pas de prix, devaient absolument rester en Savoie, à l'endroit même où ils séjournaient depuis tant de siècles. À bien y réfléchir, ces inconnus vêtus en chevaliers, qui avaient su, de génération en génération, protéger ce lieu et les objets sacrés qu'il abritait, en étaient les plus sûrs garants. Que les historiens aient été tenus dans l'ignorance la contrariait et, en même temps, quel chambardement, si on les en avait informés ! Lorsqu'elle parvint à l'encorbellement qui dissimulait la première porte, toutes ses ambitions personnelles s'étaient estompées.

– Alors, c'est ici, c'est bien ici ? s'excita La Renardière qui semblait reconnaître l'endroit.

Autour du soleil couchant, des nuages pourpres ombraient les cimes des massifs environnants et, au loin, les neiges éternelles qui avaient pris la couleur d'une sanguine. Une sérénade d'oiseaux célébrait cette métamorphose de la lumière. Dans un chahut où dominaient les merles à plastron, on entendait cacaber des perdrix bartavelles, piauler un chocard à bec jaune et siffler, avec des intonations pathétiques, un circaète jean-le-blanc.

– Eh bien, quoi, Nadine, vous rêvez ?

Non, elle ne rêvait pas, elle s'émerveillait. Que pouvait comprendre ce scélérat à ce moment béni de communion avec la nature ?

– Il faut y aller !

Elle se retourna.

– Pourquoi n'ouvrez-vous pas la porte vous-même ?

L'air de gamin fautif qu'il prit pour lui avouer qu'il avait oublié l'emplacement du pêne faillit la faire pouffer.

La Renardière s'était équipé de trois lampes torches très puissantes, surnommées par les pros les Reines de la nuit.

– Avec ça, fit-il, en agitant la sienne sous le nez de la jeune femme, on y verra mieux qu'en plein jour.

Ses deux acolytes avaient été quérir de grosses pierres dans les environs pour empêcher la fermeture automatique des portes que la jeune femme parvint aisément à ouvrir, les mécanismes ayant presque recouvré leur souplesse d'origine. Dans un temps relativement court, ils furent à pied d'œuvre. En fixant les vingt-quatre rayons solaires de la superbe roue gravée par Monterosso, Nadine fut à nouveau saisie par l'émotion et La Renardière commença à s'impatienter.

– Allons, pressez-vous !

Il obtint sensiblement le même effet que s'il avait apostrophé la femme de Loth après qu'elle eut été transformée en statue de sel. Enfin, elle allait être récompensée de tous ses efforts. Une joie comme celle-ci ne pouvait être brisée. Elle comptait la goûter jusqu'à satiété. Quand elle appuya en même temps sur le premier et le douzième rayons et que le battant s'écarta, La Renardière et ses sbires la bousculèrent pour être les premiers à entrer. Elle eut beaucoup de mal à s'approcher des reliques. Les deux brutes faisaient ruisseler dans leurs lourdes pognes des calices incrustés d'émeraude, des pièces de monnaie étincelantes, des ciboires en or massif, des couronnes serties de diamants, de rubis et de saphirs, des colliers de perles rares, des ceintures en argent damasquinées d'améthystes, d'opales, de tourmalines. Au milieu de toutes ces richesses, protégé par un tissu de lin que la main fiévreuse de La Renardière déroula à la hâte, apparut un simple gobelet de terre cuite qui fut jeté à terre d'un geste négligent. Il roula sans se casser sur le sol et vint s'immobiliser contre le rebord de la source.

C'est alors qu'un éclair de lucidité traversa Nadine. Le Graal ! Serait-ce le Saint-Graal ? Comment aurait-il pu se retrouver là, au fond de cette malle, perdu dans un fatras d'or et de joaillerie ? L'un des deux employés de Geotechnik s'apprêtait à saisir le linceul du Christ, comme s'il se fût agi d'un simple chiffon.

Sur-le-champ, son patron l'arrêta.

– Stop ! Retire tes pattes de là !

Le couvercle richement ouvragé du coffret fut refermé avec précaution. Le colosse posa sur La Renardière un regard interloqué. Ce béotien ne pouvait se douter que le tissu, deux fois millénaire, qu'il avait tenu une fraction de seconde dans ses grosses mains, valait à lui seul au moins dix malles du pape. Un rire sardonique jaillit de la bouche de La Renardière. C'est vrai que le trésor des trésors ne payait pas de mine.

En retrait, Nadine, à laquelle aucun des trois compères, trop absorbés par leur pillage, ne prêtait attention, aurait pu tenter de se sauver en catimini. Elle préféra ne pas prendre ce risque. Dans l'état de surexcitation où ils se trouvaient plongés, ces hommes pouvaient la massacrer s'ils la rattrapaient. Pendant qu'ils faisaient entrer avec précaution les objets précieux dans leurs sacs, elle fixait avec intensité l'insignifiant gobelet couché contre la margelle du petit bassin. Elle connaissait à peu près le chemin qu'avait parcouru le saint suaire au cours des siècles avant d'atterrir dans la sainte chapelle du château de Chambéry : Édesse, Constantinople, Athènes peut-être, puis Lirey-en-Champagne où, en 1452, sa détentrice, Marguerite de Charny, en avait fait don au duc de Savoie. En revanche, elle n'arrivait pas à comprendre comment cette humble coupelle de terre cuite que le Christ avait, qui sait ? porté à ses lèvres pour boire le vin de son dernier repas pouvait se retrouver dans la malle d'Innocent IV. Après avoir retourné la question dans tous les sens, elle supposa qu'elle avait pu être découverte dans les ruines de Jérusalem, avec la Vraie Croix, après le saccage de la ville en 1099. Or, si la Vraie Croix qui allait servir d'étendard sur les prochains champs de bataille devait rester impérativement en Terre sainte, pour Godefroy de Bouillon, avoué du Saint-Sépulcre, la place du calice qui avait abreuvé le Seigneur ne pouvait être qu'au Vatican. Il l'aurait alors fait parvenir au pape Pascal II, successeur d'Urbain II qui venait de mourir.

Nadine imagina la tête du souverain pontife devant ce misérable gobelet qu'avec des salamalecs à n'en plus finir les envoyés de Jérusalem avaient dû lui présenter comme étant le Saint-Graal. « Par le sang du Seigneur, les Turcs et les Arabes ont déteint sur nos troupes », avait-il dû se dire.

En ce temps-là, dans l'imaginaire chrétien, le calice du Christ, qui était en train de nourrir la légende arthurienne, brillait de mille feux et était doté de pouvoirs mirobolants. Impossible pour les prélats d'alors d'imaginer que cette immonde sébile, trouvée dans les ruines d'un taudis, pouvait être d'essence divine. Aucun évêque, aucun prêtre n'aurait osé porter à ses lèvres ce récipient de terre cuite où s'étaient sans doute abreuvés tous les pouilleux de Palestine. Ils avaient quand même dû se le léguer de pape en pape, en se disant : « Sait-on jamais ? » Et c'est probablement pourquoi, en se préparant à partir en exil pour Lyon, Innocent IV lui avait fait l'honneur de sa malle. Oui, pensa-t-elle, cela avait très bien pu se passer ainsi.

Ses réflexions l'avaient totalement extraite de la réalité. Elle y fut ramenée sans ménagement.

– Ouste ! Allez vous asseoir au fond de la cave !

S'étant postée sur le seuil de la porte, elle recula d'un pas.

– Mais Didier, vous avez perdu la tête ? suffoqua-t-elle. Vous voulez m'enfermer, c'est ça ?

– Hélas, oui, ma chère, admit-il en la détaillant de pied en cap.

Son œil devint carrément égrillard.

– J'aurais bien aimé vous honorer une dernière fois avant de vous quitter. Hélas, le temps presse.

Elle eut un haut-le-cœur. Elle lui aurait craché au visage si son attention n'avait été attirée par les deux rustres qui, en traînant leurs sacs vers la sortie, les heurtaient contre les parois.

– Chargés comme ils le sont, vous risquez d'avoir de la casse dans la descente.

Il prit un air suffisant.

– Mais, ma chère, mon butin ne descend pas, il monte.

Et il décrivit un cercle de son index pointé en l'air pour désigner un hélicoptère, consulta sa montre et sortit négligemment un revolver de sa poche intérieure. Il le braqua entre les deux yeux de Nadine tandis que, de son autre main, il subtilisait l'iPhone dans la poche de la jeune femme.

– Ça me gênerait beaucoup d'abîmer votre belle petite gueule. Allez !

Comme les pinces d'un crabe, la terreur lui serra le ventre. En la poussant violemment à l'intérieur de la cave, La Renardière retira la pierre qui bloquait la porte de bronze. Le vacarme du mécanisme, dont la vibration se prolongea pendant quinze bonnes secondes, la plongea dans une solitude effrayante. Heureusement, ils lui avaient laissé sa lampe. Sans elle, la panique l'aurait rendue folle. Elle s'assit contre le mur du fond et fixa le plafond de roche grise avec un visage que le désespoir, peu à peu, ravageait. Elle était coupée du monde des vivants, seule, prisonnière du Granier. Elle hurla puis serra les poings jusqu'à faire saigner les paumes de ses mains. Pour fuir l'insupportable réalité, elle n'avait d'autre alternative que de fermer les yeux et de se projeter mentalement à l'extérieur de cette prison. Venant de très loin, de légers chuintements, qu'elle confondit tout d'abord avec des acouphènes, finirent par attirer son attention. La petite source bruissait à sa droite avec, contre sa margelle, le gobelet qu'elle s'était ingéniée à prendre pour le Saint-Graal. Sans se relever, en s'aidant de ses bras, elle s'approcha, prit le récipient, le plongea dans le minuscule bassin et le porta à ses lèvres.

Dès la première gorgée, l'eau fraîche qui descendit dans son corps lui procura un indicible bien-être. À la deuxième, elle se sentit bizarre et eut l'impression qu'elle se dissolvait peu à peu. À la troisième, elle perdit connaissance. Quand elle revint à elle, elle revit le gobelet dans une autre main que la sienne et, lorsque son champ de vision s'élargit, c'est la cène qu'elle eut en face d'elle, une cène bien différente des représentations picturales qu'elle connaissait, très éloignée de celle qui était née dans l'imagination de Léonard de Vinci. À l'ombre d'un figuier, des hommes barbus en habits de Bédouins, coiffés du keffieh, et une femme en fichu noir étaient assis sur des bûches faisant office de tabourets, autour d'une grande planche posée sur des tréteaux. À tour de rôle, ils trempaient leur pain dans un grand plateau fumant puis le mangeaient sans se presser. L'un des convives remplissait les gobelets de chacun. Celui qui présidait occupait la place centrale. Plus grave que les autres, il se tenait debout et s'exprimait à voix basse. À la fin de son discours, il leva sa coupe et trinqua avec ses compagnons. Sa barbe et ses yeux étaient très noirs, son nez aquilin. Elle aurait aimé le voir sourire, mais l'heure n'était pas à la joie. Dans la cour, poules et poussins picoraient et, attachés à des oliviers, des ânes poussaient des braiements à fendre l'âme. Le soleil couchant vint baigner cette scène agreste et, miracle de la lumière, ses rayons blondirent les commensaux, mirent de l'or dans leurs yeux, adoucirent leur image, créant l'illusion d'une soirée sereine quelque part dans un village de Toscane.

Soudain, tout s'estompa et elle se retrouva assise près de la source, dans la cave obscure, son gobelet à la main, ébranlée par cette étrange vision.

23

LE JUGEMENT DE DIEU

La montée de l'escalier donnant sur la première cave fut un supplice pour les deux malabars qui portaient la malle et le reliquaire. La Renardière, qui les précédait, grimpait les marches à reculons pour mieux les surveiller. Il lançait des avertissements effrayés, comme si c'était lui qui risquait de prendre un mauvais coup.

– Attention ! Vers la gauche ! Stop ! Stop, nom de Dieu ! Là, oui ! Doucement ! Non ! Arrêtez-vous ! Comme ça, là, oui, très bien !

Il était si absorbé qu'il en oubliait de regarder derrière lui. Quand il sentit que quelque chose de dur s'enfonçait dans son dos, il fit un bond et son crâne heurta une des multiples concrétions qui bosselaient le haut de la galerie. À moitié assommé, il se retourna. Ébloui par les myriades d'étoiles qui dansaient devant ses yeux, il ne put distinguer son agresseur, mais la voix qui résonna dans ses oreilles était reconnaissable entre mille.

– Bonsoir, monsieur le sponsor !

Il voulut sortir son revolver. Alexis fut le plus prompt et subtilisa l'arme sous son nez. Devant cette soudaine impuissance, le PDG de Geotechnik se colla contre le mur et cligna plusieurs fois des yeux, comme s'il voulait chasser une intolérable vision. Dans la montée, les sbires s'impatientaient.

– Patron, c'est lourd. Qu'est-ce qu'on fait ?

– Vous redescendez ! leur intima Joël.

Inquiets, les hommes de main guettèrent un avis de La Renardière qui leur fit signe d'obtempérer. Lui-même leur emboîta le pas. Parvenu devant la porte de bronze, il se retourna. Tenu en joue par les Savoyards, il se décomposa et perdit toute sa superbe.

– Vous savez, tenta-t-il d'expliquer d'une voix blanche, je n'avais pas l'intention de la laisser moisir dans cette cave. Sitôt les reliques en sûreté, je l'aurais libérée.

La gifle que le rouquin lui expédia en pleine face le déséquilibra. Il s'affaissa lourdement, le nez en sang.

– Trente-six chandelles, premier service ! annonça Joël, laissant supposer à la victime que la distribution des pains risquait d'être généreuse.

Ayant posé leurs fardeaux au sol, les agents de Geotechnik observaient la scène d'un air ahuri.

– Qu'est-ce qu'on fait, patron ? demanda le moins éteint des deux.

– Tu la fermes, imbécile ! lança le cogneur.

Et, à son tour, il s'en prit une qui fit valser son casque. Il tomba à genoux et jugea bon de ne pas changer de posture.

– Toi, ta ferveur vient de te sauver, ricana le rouquin. Maintenant, il ne vous reste plus qu'à vous faire pardonner vos offenses. Ça va prendre du temps. Allez, commencez à prier !

Xavier, qui voulait avoir les mains libres pour ouvrir la porte, lui confia le pistolet.

En entendant grincer le battant, Nadine fut convaincue que le ciel lui venait en aide. Elle baisa le calice pour remercier Celui qui l'avait porté à ses lèvres, la veille de sa crucifixion.

– Enfin, vous ! s'écria-t-elle, à peine surprise en les voyant se détacher dans l'embrasure de la porte, leurs trois lampes braquées sur elle.

Elle se releva en serrant précieusement contre sa poitrine le gobelet de terre cuite, mais, foudroyée par l'émotion, fut incapable d'aller à leur rencontre.

– Quoi, tu ne viens pas embrasser tes sauveurs ? plaisanta Xavier.

Et, intrigué par l'objet qu'elle tenait toujours sur son cœur, il s'exclama :

– Ma parole, c'est quoi ça ? Le saint sacrement ?

Elle prit un air grave et murmura d'une voix anormalement excitée :

– Tu brûles ! Je crois que c'est le calice de la Cène.

Un peu en retrait, Joël continuait de tenir les prisonniers en respect, levant la main dès que l'un d'eux ébauchait le moindre mouvement. Alexis, lui, s'était approché de Nadine.

– Le calice de la Cène, ce petit bol minable ?

Elle fit « oui » de la tête d'un air émerveillé, comme s'il avait, à lui seul, mille fois plus d'importance que toutes les richesses contenues dans la malle.

– Ce petit bol minable, comme tu l'appelles, perdu au milieu d'un tas d'or et de pierres précieuses, était enveloppé dans ce tissu de lin qui est là, par terre. Pourquoi le saint-père l'aurait-il emporté avec lui ? Sa valeur ne pouvait être que spirituelle…

Se demandant si elle avait encore toute sa tête, Xavier la dévisagea, soucieux.

– À t'entendre, on serait en présence des deux plus grands symboles du christianisme : le suaire et le Graal ?

– Oui !

Joël aussi se posait des questions sur son état mental.

– Et qu'est-ce qui te rend si sûre de toi ?

– Mon intuition !

Alexis porta une main à son front.

– Ton intuition ! Ton intuition ! Arrête avec ça ! On devrait tous être à Grenoble en train de préparer tranquillement nos examens. Tu as vu où elle nous a menés, ton intuition !

Elle prit une mine angélique.

– Ici, elle nous a menés ici, précisément.

La Renardière, qui n'avait rien perdu de la conversation, s'en voulait de n'avoir même pas subodoré une seconde que cet artefact aurait pu atteindre une cote faramineuse. Il osa s'immiscer dans la discussion.

– Puis-je dire deux mots, s'il vous plaît ?

Le rouquin aboya :

– Toi, ta gueule !

– Non, non, laisse-le parler, fit Nadine.

Mitraillé par quatre regards attentifs et hostiles, le PDG de Geotechnik tenta de la circonvenir :

– Vous avez du nez, ma chère, un nez qui pourrait enrichir chacun d'entre nous, au-delà de toute espérance.

Alexis réagit :

– Fermez-la ! Vos arguments, on les connaît déjà !

Elle s'énerva :

– Laisse-le finir ! Poursuivez, Didier.

Il fit un effort pour paraître convaincant :

– Il y a, pas loin d'ici, un pilote qui n'attend que mon signal pour décoller et venir hélitreuiller ces trésors. C'est simple. Ensuite, vous, vous retournez à vos chères études, moi à mon business. Et, dans un ou deux mois à peine, vous serez tous milliardaires ! Qu'en pensez-vous ?

Prétendre que cette proposition se heurta à un mur serait mentir. Pendant au moins une bonne minute, à l'image de ces funambules qui, à mi-parcours, ballottés sur leurs fils, hésitent à aller de l'avant ou à revenir sur leurs pas, le destin de La Renardière resta en suspens. Tous ici, à l'exception de Nadine, s'imaginèrent dans la peau de nantis à même de satisfaire leurs désirs les plus fous. Un peu lent à venir, un sentiment de répulsion finit par dégriser les trois Savoyards.

La gifle qui imprima la main de Joël sur la joue de l'ex-sponsor marqua la fin du sursis.

– Allez, debout ! On fait le ménage.

Sous la menace des armes, les trois pillards furent contraints de tout remettre en ordre.

– Donne-moi ça ! fit Alexis en tendant la main vers Nadine qui ne voulait pas se défaire du gobelet.

Elle recula.

– Ceux qui protègent ce lieu ne savent peut-être rien sur ce calice. Laissez-le-moi ! J'y tiens, il m'a sauvé la vie. Et puis je voudrais vérifier que je ne me suis pas trompée.

Sa voix se faisait suppliante.

Xavier la raisonna :

– C'est nous qui t'avons sauvée, pas lui. Si tu l'enlèves de la malle, il n'aura plus aucune valeur.

– La datation au carbone 14 peut me donner raison.

– Non ! la démentit Joël, elle peut prouver qu'il date de l'époque du Christ, éventuellement qu'il provient comme lui de Palestine, pas qu'il ait bu dedans.

– Seule sa présence ici parmi les reliques pourra crédibiliser l'idée qu'il s'agit du calice de la Cène, insista Alexis.

Ils avaient raison tous les trois. Elle ramassa la bande de lin qui traînait près de la margelle et l'enroula doucement autour du gobelet de terre cuite qu'elle alla elle-même remettre à sa place. La Renardière essaya à nouveau de la tenter :

– Vous laissez passer votre unique chance de devenir célèbre. Vous ne vous rendez pas compte de ce que vous perd… Hhhhrrrah !

Cette fois, c'est Alexis qui, d'un coup de pied, venait de l'interrompre. Péniblement, en se tenant le bas-ventre à deux mains, il se releva. Près de lui, ses deux employés tremblaient de tous leurs membres.

– Que comptez-vous faire de nous, demanda-t-il ?

Il n'avait plus de voix. La bande se consulta du regard. Aucun des quatre n'était capable d'exécuter un homme de sang-froid. Xavier trouva la solution.

– Laissons le Granier décider. S'il les gracie, ils s'en sortiront, comme Igor et moi.

Nadine devint songeuse.

– Si je te comprends bien, on s'en remet au jugement de Dieu.

– C'est un peu ça, oui.

Joël approuva :

– Bonne idée, oui ! Ou la montagne les recrache sur le Cernon et ils auront la vie sauve, ou elle les garde et nous n'entendrons plus jamais parler d'eux.

Alexis objecta :

– Si elle les recrache, tu peux être certain que ce dingue (il désigna La Renardière d'un bref coup de menton) va vouloir remettre ça.

– Qu'en savez-vous ? protesta ce dernier. Pourquoi ne pas nous libérer, tout simplement ? Sur la tête de mes enfants, c'est dit, je laisse tom…

– On ne te croit pas ! le coupa Joël.

– Nous, vous pouvez nous croire, supplia l'un des agents. On n'a fait qu'obéir à ses ordres.

– Je vous en prie, implora son collègue. On est des salariés. Ce n'est pas nous les coupables.

Alexis s'approcha d'eux d'un air menaçant.

– Arrêtez vos jérémiades !

L'équipe se réunit près de la source et, après de brèves délibérations, opta pour la justice divine.

Xavier, qui avait attentivement observé Igor, réitéra les mêmes manipulations. La roche grinça et s'ouvrit toute grande. Un courant d'air glacé fit irruption dans la pièce.

– Non ! Non ! Pitié ! supplièrent les deux hommes de main qui n'avaient jamais imaginé connaître une aussi sombre fin.

En les poussant dans le dos avec le canon du fusil, Joël les obligea à franchir le seuil. Nadine, qui s'était remise de ses émotions, leur donna des lampes et un rouleau de corde.

– Ça vous aidera peut-être à trouver la sortie.

La Renardière ne rata pas la sienne. Ayant tout perdu, il ne lui restait que le panache. Leur jetant un regard plein de morgue, il bomba le torse et d'un pas vif disparut dans le noir.

La cloison se referma derrière eux.

La jeune femme frissonna.

– Croyez-vous qu'ils ont une petite chance ?

– Ni plus ni moins qu'Igor et moi, dit Xavier qui savait de quoi il parlait.

Alexis contempla une dernière fois les fabuleuses richesses qui scintillaient sous les faisceaux de lumière.

– Dire qu'au début on était prêt à tous les défis pour mettre la main dessus et qu'aujourd'hui on n'a qu'une hâte, se sauver au plus vite.

Elle lui sourit.

– Si ça n'avait été qu'un vulgaire trésor, on aurait eu beaucoup moins de scrupules.

Refermant le couvercle de la malle, Joël eut le mot de la fin :

– L'aventure est ter-mi-née ! Allez, en route, les amis !

Sitôt hors de la cave, ils s'attardèrent un instant pour regarder la porte de bronze qui se refermait. « Baoummmmm ! » Une dernière fois, Nadine traduisit à haute voix les mots du prophète Isaïe :

– Je briserai les vantaux d'airain, je ferai céder les verrous de fer…

Des larmes coulèrent sur ses joues. Elle les avait fait céder, ces verrous, elle avait eu accès au trésor des ténèbres, découvert sans doute une seconde relique et vécu avec ses trois camarades des heures inoubliables. Tout venait de s'achever dans ce grand « baoum ! » qui avait fait vibrer la montagne.

Que c'était dur de mettre un point final à cette histoire et de retourner à l'université pour y subir des cours qui ne la captiveraient jamais autant que les mystères du Granier, élucidés en 2013, au cours d'un mois de mai pluvieux.

Xavier et Alexis, doucement, la prirent par le bras pour l'entraîner vers la sortie.

– Allez, on s'arrache, sœurette.

Dehors, la nuit qui les accueillit était belle et, dans un ciel de satin sombre, clignotaient les étoiles. Éclairés par la lune, les conifères semblaient saupoudrés de givre. Un petit vent frisquet les agitait et, pressentant que sa chasse serait bonne, la hulotte s'en donnait à cœur joie. La descente se fit sans difficulté. En un temps record, ils atteignirent la grange qui leur avait servi de parking. La Mercedes louée par Geotechnik serait vite repérée. Nadine ne s'en inquiéta pas.

– Il va y avoir une enquête, mais qui, en dehors de nous, pourrait révéler où se trouvent ses occupants ?

– Tu as raison, dit Alexis. Pour les flics, ça ne va pas être simple.

Ils montèrent dans la Renault. Joël mit le contact.

– Direction Grenoble, je présume ?

Personne n'émit d'objection et, peu avant minuit, ils allèrent tous ensemble place Vaucanson, à l'Absinthe café où ils saluèrent quelques connaissances qui pourraient certifier les avoir vus en ville ce soir-là…

Quelques jours plus tard, un paysan signala à la gendarmerie la présence d'une Mercedes neuve, apparemment abandonnée, dans la cour d'une grange, à Bellecombe. Grâce à l'entrefilet du correspondant local du *Dauphiné libéré*, l'agence de location à qui elle appartenait ne tarda pas à se faire connaître.

Désormais, il n'y avait rien d'autre à faire que de surveiller les nouvelles et d'affiner les alibis. Au cas où leur voiture aurait été vue à Chambéry, Nadine et ses copains s'inventèrent un dîner chez les Revol. Les parents de Xavier étant en vacances à Rome, personne ne pourrait démentir. Ça se compliquerait si leur Renault avait été aperçue le même jour dans la grange, garée à côté de la berline noire.

– Peu probable. Ce serait un manque de chance absolu, estima Joël.

Rassérénés, ils se replongèrent dans leurs études que, depuis plusieurs semaines, ils avaient négligées.

Alban de Montbrison fulminait. Le commissaire Marcillac venait de lui apprendre que le véhicule avait été loué à Lyon-Saint-Exupéry au nom de José Garnera, responsable de la sécurité chez Geotechnik. Ils étaient trois, d'après l'employé qui les avait conduits à la voiture. Deux avaient pris place à l'avant et celui qui semblait être le patron, à l'arrière.

– Nous avons enquêté, dit le policier, il s'agit de Didier de La Renardière.

– L'imbécile ! Il m'avait pourtant assuré qu'il me préviendrait avant de reprendre ses prospections géologiques, s'énerva-t-il. Il a fallu qu'il agisse derrière mon dos. Déjà, à l'ENA, il avait une réputation de faux-cul. A-t-on une idée de l'endroit où il pourrait être ?

– Pas la moindre. Une chose est sûre, ils n'ont réservé aucune chambre d'hôtel dans la région. On a tout vérifié.

– Qu'en déduisez-vous, Marcillac ?

– Qu'ils n'avaient pas l'intention de s'attarder. À mon avis, ils étaient venus chercher quelque chose et comptaient repartir au plus vite.

– Chercher quoi, bon sang ?

– Nos collègues de Paris ont rencontré son épouse, sa secrétaire et ses proches collaborateurs. Ils ne sont au courant de rien.

Le préfet trépignait.

– Où peuvent-ils bien être ?

– En tout cas, fit Marcillac en caressant le dossier d'un fauteuil Louis XVI, rien ne laisse supposer pour l'instant que nous sommes confrontés à un enlèvement.

Alban de Montbrison pâlit.

– Un kidnapping, ici, à Chambéry. Mon Dieu !

Sa voix, qui s'était faite sourde, trahissait un profond désarroi. Le commissaire chercha à l'apaiser :

– Aucune demande de rançon, aucune exigence politique n'a encore été formulée, pas plus à Paris qu'ici.

– Et il y a tout lieu de croire qu'il n'y en aura pas.

Un huissier entra dans le salon cossu pour annoncer l'arrivée du colonel de gendarmerie.

– Ah, Mongelaz, où en êtes-vous ?

– Les pompiers, les secours en montagne et nos brigades, aidés par des équipes de spéléologues, sont à l'œuvre. Ils fouillent en ce moment tous les réseaux connus du Granier. Il faut attendre.

Attendre. Alban de Montbrison ne faisait que ça, attendre. Attendre que l'actuel ambassadeur de Malte soit muté ailleurs. Attendre la confirmation de sa propre nomination à La Valette. Attendre ainsi, des semaines, des mois, en espérant que rien de fâcheux ne se produirait entre-temps. Hélas, à force d'attendre, ce qu'il redoutait le plus avait tendance à se répéter. Après avoir eu la peau d'un géologue et d'un banquier estimé dans toute la région, le Granier venait de s'en prendre à l'un de ses anciens condisciples, jouissant d'une certaine notoriété dans la capitale et dont la disparition inexpliquée focalisait de nouveau l'attention des médias sur Chambéry. La Renardière lui avait menti. Il en était maintenant convaincu, ces relevés géologiques, c'était du pipeau ! Alors que cherchait-il ? Pas un trésor, tout de même ? C'était pourtant l'une des activités les plus prisées en Chartreuse, les contrebandiers ayant affectionné, au temps du duché, cette zone frontalière entre la France et la Savoie, riche en caches souterraines. De là à espérer dégotter un pactole, non ! Les sacs de sel, les peaux, tissus et épices, si cotés à l'époque, ne valaient plus tripette. Alors quoi ? À moins que – et là, sans le savoir, Alban de Montbrison se mit presque à brûler – les grottes du Granier n'aient aussi servi jadis de coffre-fort à de grandes familles soucieuses de mettre leurs biens à l'abri en période de troubles. Oui, pourquoi pas ? Si ce chafouin de Didier avait joué franc-jeu avec lui, on n'en serait pas là. Il aurait pu lui fournir une aide précieuse sans autre contrepartie que celle de pouvoir se faire mousser en cas de succès. C'est vrai qu'à la mort du géologue Basile Werner il avait freiné des quatre fers. Non, force lui était de reconnaître que, même informé des vrais objectifs de cette mission, il ne se serait pas mouillé et ça, La Renardière, qui le connaissait bien, le savait.

Les bras dans le dos et les jambes légèrement écartées, le colonel Mongclaz livra sa conclusion :

– Nous avons, comme la police, je suppose (ses yeux se plantèrent dans ceux de Marcillac), envisagé toutes les hypothèses. On en revient toujours à la case départ. Le coupable, une fois de plus, c'est le Granier.

Montbrison leva les bras au ciel.

– Le Granier, toujours le Granier ! Qui donc pourrait l'empêcher de nuire, celui-là ?

Pensant détendre l'atmosphère, Marcillac tenta ce qu'il crut être un mot d'esprit :

– Arrêtons-le !

Cela ne fit rire personne.

24

TROIS CADAVRES SUSPECTS

Albert de Mongey attendit que Nadine Gachet fût en week-end à Aix-les-Bains pour l'appeler chez ses parents. Elle venait de se réveiller et prenait son petit déjeuner dans la cuisine.

– C'est pour toi, la prévint sa mère en lui tendant le téléphone.

De sa voix grave, il déclina son identité et lui fit part du plaisir qu'il aurait à revoir une ancienne élève qui, déjà à l'époque, lui avait fait forte impression. Cette brève référence au passé réveilla chez la jeune femme des souvenirs de gamine studieuse et elle se surprit à achever ses phrases par des « oui, monsieur l'inspecteur » qui facilitèrent la tâche de celui-ci. Invoquant des révélations importantes, il lui donna rendez-vous le jour même, à quatorze heures, au parc floral des Thermes, près de la fontaine marocaine[1]. Elle but son café à la hâte et s'accorda du temps pour soigner sa tenue. Tout au long de la matinée, elle remâcha les mêmes questions. Que voulait cet homme ? Qu'attendait-il d'elle ? La réponse se clarifia au fil des heures. Quand, enfin, elle aperçut au

1. Fontaine typique en céramique bleue construite en 2005 à la mémoire du roi Hassan II par des artisans de la ville de Fez et cofinancée par le Maroc et la ville d'Aix-les-Bains.

loin sa silhouette imposante qui faisait les cent pas devant le bassin maure, elle était presque certaine qu'il allait lui parler des reliques et des mystérieux « chevaliers » qui les avaient anesthésiés devant la porte de bronze.

– Bonjour, monsieur !

Il cligna les paupières à plusieurs reprises, comme s'il doutait de l'image qu'il avait sous les yeux. Il avait vu cette jeune femme, gisant sur une civière, le visage livide, éclairée par les fulgurances de l'orage, et n'avait pu se faire une idée précise de sa physionomie. La découvrir telle qu'elle était aujourd'hui, à la fois charmante et enjouée, lui donna un petit coup de vieux. La dernière fois qu'il lui avait parlé, elle n'avait que quinze ans. Il l'invita à s'asseoir sur un banc.

– Savez-vous, Nadine, pourquoi j'ai voulu vous rencontrer ?

– Oui, monsieur.

Voilà qui simplifiait les choses. Tout d'abord, il la félicita pour sa perspicacité.

– Un chercheur qui n'a pas de flair, c'est comme un médecin qui n'a pas de diagnostic. Et vous, mademoiselle, on peut dire que si vos intuitions futures sont à la hauteur de celles qui vous ont mise sur les traces de la malle d'Innocent IV, votre carrière promet d'être brillante.

Elle l'arrêta :

– Sauf si je suis à chaque fois obligée de les garder secrètes !

Sur une place proche se tenait tout l'été, à l'ombre des arbres, un petit bal musette pour curistes et couples âgés qui passaient leurs après-midi à tourner sur la piste en revivant leurs souvenirs de jeunesse. La musique assourdie de l'orchestre arrivait par bouffées. Elle se mêlait au bruissement de l'eau qui, jaillissant de la vasque, retombait en clapotant dans le bassin de céramique bleue.

Albert de Mongey sonda Nadine d'un regard paternel.

– Vous êtes jeune, d'autres découvertes passionnantes vous attendent. En ce qui concerne celle-ci, je conçois qu'il soit rageant d'avoir à la cacher et, pourtant, quand je vous aurai raconté tout ce que vous devez savoir de notre sainte cave, je suis certain que la raison, chez vous, l'emportera sur l'ambition.

Dans les iris clairs de Nadine se reflétaient les couleurs à dominante pourpre des massifs de fleurs.

– C'est déjà fait, monsieur.

Il prit un ton confidentiel :

– Vous avez sans doute parcouru la presse ces derniers jours ?

– Oui, et j'ai lu l'article sur la disparition de notre ex-sponsor Didier de La Renardière et de deux agents de Geo-technik, du côté de Bellecombe.

Il enchaîna.

– Malgré nos avertissements, ce monsieur a voulu s'obstiner... et vous aussi, je crois ?

Deux taches rouges vinrent colorer les joues de la jeune Aixoise.

– Je le reconnais.

– Vous êtes donc retournée dans la grotte avec cet entêté, n'est-ce pas ?

Elle acquiesça et, d'une traite, lui raconta tout : son enfermement dans la cave, l'arrivée de ses trois copains et enfin l'expulsion de La Renardière et de ses sbires par la porte s'ouvrant sur le réseau du Cernon.

– Ensuite, précisa-t-elle, nous avons tout remis en place et sommes retournés à nos chères études.

– Vous l'avez échappé belle, lui dit Albert de Mongey.

Comme elle avait été d'une grande sincérité, il entreprit de lui révéler l'histoire de la malle du pape – très proche, au demeurant, de sa propre version – et du vrai saint suaire, dont elle n'avait pas soupçonné l'existence avant que Xavier et Igor ne l'eussent découvert.

– Mais alors, qui a réalisé le faux qui est à Turin ? Léonard de...

Il ne la laissa pas terminer.

– Le grand Léonard, bien sûr. Qui d'autre aurait pu exécuter une aussi troublante copie ?

– Qui d'autre en effet ? répéta-t-elle songeuse.

Albert de Mongey poursuivit ses confidences sur les Porte-glaive de la Divine Relique qui, depuis le XVIe siècle, œuvraient dans l'anonymat. Il s'attacha à lui faire comprendre que cet ordre secret n'avait pas été créé pour satisfaire l'ego d'une poignée de hobereaux savoyards.

– L'intention de nos aïeux était d'éviter que des gens malveillants ne fassent main basse sur les reliques et ne s'en servent pour manipuler les foules, si perméables à la superstition. Les préserver était donc pour eux un devoir. Le moment venu, elles seront révélées aux croyants.

Elle sourcilla.

– Ce moment, qui va le décider ? Vous, les Porte-glaive ?

– Non, fit-il.

Il pointa son doigt vers le ciel :

– Lui !

Il énuméra la liste de tous les commandeurs depuis le premier d'entre eux, François Mugnier de Lépin, jusqu'à Louis Bonivard, dont il ne put s'empêcher de faire l'éloge.

– Ce fut le meilleur de tous, conclut-il.

Elle s'accorda quelques secondes de réflexion avant d'oser ce raccourci :

– L'histoire commence donc avec un méchant Bonivard et s'achève avec un gentil, tous deux tués par la même montagne.

– Non ! l'arrêta l'inspecteur d'académie. L'histoire continue. Nous avons élu un nouveau commandeur. Dès que l'effervescence à propos de la disparition de La Renardière sera retombée, nous installerons aux abords de la cave un système d'alarme, bien qu'il soit peu probable que, dans l'avenir, quelqu'un d'autre fasse la même découverte que vous… Vous nous avez bigrement perturbés, vous savez !

Il pointa son index vers le front de Nadine.

– C'est un beau cerveau que vous avez là, mademoiselle Gachet. Je suis sûr qu'il va réaliser de grandes choses et nous réserver encore bien des surprises.

Elle sourit.

– J'en ai déjà une.

Il prit peur.

– Ne me dites pas que…

Elle l'interrompit :

– Non, vous vous méprenez.

Plissant les yeux, elle lui demanda :

– Savez-vous exactement ce que contient la malle du pape ?

– Pas le moins du monde, avoua Albert de Mongey. Dès l'instant où elle s'est trouvée dans la sainte cave, nous nous interdîmes de la fouiller pour éviter toute tentation.

Elle rayonna.

– Eh bien, je crois, monsieur l'inspecteur, qu'elle contient le calice de la Cène !

Il ouvrit grands les yeux.

– Le calice de la Cène ! Qu'est-ce qui vous permet d'affirmer une telle incongruité ?

– Son aspect très ordinaire, le fait qu'il soit en terre cuite et enveloppé dans du lin. Je me suis dit : « Pourquoi avoir mis cet objet banal, au milieu des ors et des pierreries ? » La seule réponse qui m'est venue à l'esprit, c'est que sa valeur lui avait été donnée par celui qui s'en était servi.

– Ça alors ! J'ai du mal à y croire !

– C'est improuvable, mais moi, j'y crois dur comme fer.

Il était dix-sept heures. Ils avaient passé trois heures ensemble, sur ce banc, près des ruissellements de la fontaine, dans les flonflons assourdis du bal qui continuait à faire danser d'infatigables vieillards, bien décidés à oublier les douleurs de l'arthrose.

– Très heureuse de vous avoir revu, monsieur l'inspecteur.

– Pour moi aussi, ce fut un enchantement, répondit celui-ci d'une voix pensive.

Le Saint-Graal dans la malle du pape ! Ses frères Porte-glaive n'en croiraient pas leurs oreilles. Hébété, comme s'il venait d'assister à une apparition, il suivit du regard l'agréable silhouette de Nadine. Elle était depuis longtemps hors de sa vue. Lui n'avait toujours pas bougé et continuait de fixer l'allée qu'elle avait empruntée.

Presque tout le Granier avait été passé au crible par les enquêteurs de la gendarmerie, sans résultat. Restait le cours souterrain du Cernon. En le remontant, une équipe de spéléologues finit par atteindre une galerie qui n'était pas submergée. Elle les conduisit devant un bassin situé dans un cul-de-sac. Deux d'entre eux plongèrent et empruntèrent un goulet qui les fit déboucher de l'autre côté, au milieu d'une mare. C'est là qu'ils tombèrent sur les trois corps, recroquevillés sur le sol humide. Le plus mince des trois, couvert d'hématomes, donnait l'impression d'avoir été battu à mort par les deux autres qui s'étaient ensuite déchiré le bout des doigts en tentant de creuser un passage avec leurs ongles.

Cette information fit les titres des journaux télévisés du soir et, le lendemain, la une des quotidiens. Une fois de plus, les médias se comportèrent comme des moutons de Panurge. Des meutes de reporters, en quête d'os à ronger, se mirent à rôder dans les rues de Chambéry et les villages proches du Granier. Gendarmerie, commissariat, préfecture furent assaillis de demandes d'interviews. Une question revenait sans cesse : que faisaient ces trois hommes, sans autre équipement que des casques et des lampes, dans un endroit qu'ils n'auraient jamais pu atteindre sans combinaisons de plongée ? Personne n'avait d'explication à fournir. Des spéléologues remontèrent le chenal pour essayer de savoir par où ils étaient entrés. Après avoir exploré, quatre heures durant, un lacis de tunnels sans déceler le moindre accès, ils abandonnèrent leurs recherches.

– Bon gu de bon gu ! c'est à n'y rien comprendre, déclara Louis Bétemps, le chef des plongeurs, en émergeant de l'exsurgence du Cernon, au brigadier-chef de gendarmerie Claraz qui l'attendait.

– Vous n'avez pas trouvé d'entrée ?

– Des entrées, il y en a obligatoirement, mais des entrées accessibles par les premiers clampins venus, ça non ! Il y a plus de soixante kilomètres de galeries là-dedans et il nous faudra encore des années pour tout explorer.

Alban de Montbrison ruminait. Flairant un gros coup, les journalistes ne semblaient guère disposés à lâcher l'affaire. Il avait pensé qu'au bout d'une petite quinzaine, n'ayant rien eu à se mettre sous la dent, ces hyènes iraient chercher pitance ailleurs. Merde ! il n'y avait pas que le Granier au monde ! Et la crise alors, pourquoi délaissaient-ils la crise, hein ?

– Ils en ont une indigestion, de la crise, souligna Marcillac. Là, ils ont des nouvelles fraîches à se mettre sous la dent.

– Et le conflit entre Israéliens et Palestiniens, les fanfaronnades du despote de Corée du Nord, la guerre civile en Syrie, ce n'est pas plus substantiel que les trois misérables morts du Granier, hein ? pesta le préfet.

– Plus substantiel, mais plus réchauffé aussi, rebondit le commissaire.

Montbrison lui jeta un regard furibond.

– Ne me dites pas que vous êtes de leur côté, vous aussi ?

Poliment, Marcillac mit une main devant sa bouche pour étouffer la petite toux chargée de commisération qu'il ne put retenir.

– Cette remarque me surprend. Je ne vois pas très bien où vous voulez en venir.

Il aurait sans doute fait une entorse à sa coutumière prudence, si le colonel Mongelaz, par son arrivée impromptue, ne lui avait fait oublier sa repartie.

– Ce matin, *Le Dauphiné* émet l'hypothèse qu'il existe peut-être un lien entre les morts apparemment accidentelles du géologue, du banquier et celles, plus troubles, du patron de Geotechnik et de ses hommes.

Montbrison se cabra.

– En tout cas, pas question de recevoir la veuve et les orphelins. Sitôt les autopsies terminées, on réexpédie les corps aux familles.

Marcillac eut l'air surpris.

– Ce Didier de La Renardière n'était-il pas votre ami ?

– Vous savez aussi bien que moi ce que valent les amis de trente ans. Celui-là ne m'a attiré que des ennuis !

Craignant que les journaux n'en vinssent à poser la sempiternelle question : « Que fait la police ? », le commissaire fit une suggestion :

– À mon humble avis, vous devriez convier les journalistes à une conférence de presse et pondre un topo bien ficelé sur la loi des séries. Les exemples ne manquent pas. Je peux vous en fournir en cas de besoin, aussi bien sur les crashs aériens que sur les accidents en montagne.

Le préfet s'adressa à Mongelaz.

– Qu'en pensez-vous, cher ami ?

– Ma foi, l'idée est bonne.

Dans ce genre d'exercice, Alban de Montbrison pouvait être brillant. Il demanda au personnel de la préfecture d'organiser un buffet mémorable. Les meilleurs vins de Savoie et des canapés à se pâmer se chargeraient d'amollir l'agressivité des pique-assiette.

Habilement, aux environs de dix-huit heures, alors que la salle de réception était comble, prétextant une visioconférence de dernière minute avec le ministère de l'Intérieur, le préfet, pour faire patienter ses hôtes, les invita à se sustenter. Quand il réapparut, l'ambiance était à l'euphorie. Aussi son exposé fut-il écouté avec une grande attention. Les crashs aériens étaient une vraie mine. Vinrent ensuite les avalanches et les chutes d'alpinistes. Même les trains, quand ils s'y mettaient, trouvaient le moyen de dérailler de conserve à plusieurs endroits du monde. Il se chargea de rappeler que le Granier n'était pas une montagne innocente, qu'elle avait à son sombre passif des milliers de morts, qu'il serait irréaliste d'espérer d'elle les bienveillances de sommets plus aimables tels que le Nivolet, le Revard, le Peney ou la dent du Chat. Et il en énuméra les méfaits, de l'effondrement à nos jours : un joli palmarès qui inspira à ceux qui l'écoutaient des titres alléchants : « La montagne qui tue » « La montagne maudite », « La malédiction du Granier » ou « Le mont des maléfices ». Bref, la mayonnaise prenait.

Hélas, il y a presque toujours, dans ce genre d'assemblée, un empêcheur de tourner en rond qui se plaît à jouer la mouche du coche. Ce soir-là, en l'occurrence, c'était l'envoyé spécial de *Medianews* qui tenait ce rôle. Les gloses préfectorales n'avaient eu aucun effet sur lui. Il leva donc la main pour prendre la parole et souligna que le premier mort du printemps, Basile Werner, avait été recruté en tant que géologue par La Renardière. Sa voix se fit toute doucereuse quand il demanda :

– Pour faire quoi au juste ?

Quand il eut l'explication, il répéta sur le même ton :

– Ah, des prospections géologiques du sous-sol du Granier, intéressant !

Juste après il voulut savoir si le préfet avait entendu parler de ce couple de randonneurs qui s'était fait chasser du refuge de l'Alpette par de faux employés municipaux. Alban de Montbrison lui répliqua sèchement qu'il n'avait pas pour vocation de suivre la rubrique des chiens écrasés et qu'il ne voyait pas très bien la relation entre cette anecdote et la tragédie présente.

– Il y en a peut-être une, le contra l'importun. N'est-ce pas dans la nuit qui suivit cet incident que le banquier Louis Bonivard a fait une chute mortelle ?

Le préfet sentit la moutarde lui monter au nez.

– Et avec la perspicacité qui vous caractérise, vous allez m'inventer, je vous fais confiance là-dessus, une histoire de loge P2 en lien avec le Vatican et je ne sais quelle mafia.

Il mit les rieurs de son côté, sans pour autant désarmer le contradicteur qui poursuivit sur sa lancée :

– Tout de même, il y a beaucoup de zones d'ombre dans cette affaire. Par exemple, pourquoi le PDG de Geotechnik est-il revenu ici, à votre insu, avec deux employés qui n'avaient apparemment aucune formation scientifique ? Pour affiner sa recherche ou pour tenter de récupérer quelque chose qui finalement lui a coûté la vie ?

– Cela, monsieuuuur ?

– Caserio !

– Eh bien, monsieur Caserio, cela est du ressort de la police, pas du mien. Si vous détenez des informations susceptibles de faire progresser l'enquête, n'hésitez pas à en faire part au commissaire Marcillac. Commissaire, je vous confie notre ami.

Sans plus attendre, le préfet s'éclipsa. « Caserio ? Caserio ? Le nom de ce freluquet ne me dit rien qui vaille », pensa-t-il, avant de se mêler à un groupe de joyeux bavards qui n'avaient pas plus envie que cela de se creuser la cervelle sur un fait divers dont ils avaient déjà alimenté leurs manchettes.

– Je ne suis pas entièrement d'accord avec vous, Alban. Une montagne qui produit de si bons vins ne peut pas être aussi cruelle que vous le prétendez, gloussa le correspondant du *Figaro* en contemplant à contre-jour le liquide doré qui emplissait son verre.

– Cruelle ? Moi, j'ai dit « cruelle » ? Comme c'est cruel ! blagua le préfet en imitant la voix de Louis Jouvet.

Et une fois de plus, il sut séduire les rieurs dont le nombre augmentait au fur et à mesure que les bouteilles se vidaient…

Tout en répondant aux questions perfides de Caserio, Marcillac pestait contre Montbrison qui, le laissant se dépatouiller seul, s'était enfui comme un voleur.

– Croyez-vous vraiment que nous ne faisons pas tout ce qui est en notre pouvoir pour élucider cette affaire, monsieur Caserio ?

Non, il ne le croyait pas.

Coup de chance, le colonel Mongelaz, jusque-là en grande conversation avec le sénateur Guerraz, passa à proximité, pour se rapprocher d'un serveur. Marcillac lui fit signe et s'empressa de lui confier le raseur qui commençait à lui taper sur les nerfs. Poliment, le gendarme prêta une oreille attentive à ses litanies et trouva la parade.

– Écoutez, jeune homme, passez quand vous voulez à la gendarmerie. On vous donnera le nom et l'adresse des randonneurs qui se sont fait chasser du refuge de l'Alpette par des inconnus. Ils habitent Lyon, je crois. Peut-être vous en diront-ils plus qu'à nous. Par ailleurs, demain, une équipe de plongeurs va retourner derrière le cul-de-sac où ont été découvertes les trois victimes. On vous prête une tenue de plongée et vous les suivez, ça vous va ?

Caserio ne sauta pas de joie.

– C'est que je n'ai aucune compétence en ce domaine, moi.

Le colonel prit un air rassurant.

– N'ayez crainte, vous serez avec des professionnels.

– Et il faudra nager longtemps sous l'eau ?

D'un ton badin, l'officier se plut à lui répondre :

– Pas plus d'une heure, dans un goulet tortueux qui ne laisse passer qu'un homme à la fois et où la visibilité est quasi inexistante. Alors, c'est bon ? Je dis aux gars de venir vous chercher à votre hôtel ? C'est un scoop que je vous propose là. Chut ! n'en parlez pas à vos confrères.

Caserio n'osait même plus regarder le gendarme dans les yeux.

– Je croyais qu'il fallait un brevet pour être habilité à accomplir ce genre de mission, bredouilla-t-il.

– Sauf si vous êtes encadré par des plongeurs expérimentés, ce qui est le cas. Alors ?

– Voyez-vous, demain j'ai une journée chargée…

Complètement affolé, le journaliste cherchait un prétexte pour se défiler. Ayant aperçu le correspondant de *Libération* qui revenait du buffet un verre à la main, il le héla et lança au colonel un bref « excusez-moi » en courant le rejoindre.

Marcillac, qui avait observé la scène à distance, se rapprocha de Mongelaz.

– Bien joué ! Vous l'avez mis en fuite.

Le gendarme eut le triomphe modeste.

– Le client n'était pas coriace.

Le but recherché par le préfet fut atteint, l'argument sur la loi des séries largement repris par la presse et le mystère oublié. Les hôtels se vidèrent, l'effervescence se dissipa et, dans la quiétude retrouvée, Alban de Montbrison put poursuivre ses rêves maltais.

25

PRÈS DE LA FONTAINE MAURE

Il avait fallu attendre le retour au calme pour reprendre les chapitres dans la crypte de Lémenc. Les Porte-glaive de la Divine Relique, heureux de se retrouver en habit de cérémonie sous les voûtes millénaires, affichaient des mines sereines. Même Mugnier de Lépin, qui avait toujours l'air d'avoir avalé un parchemin de travers, arborait la face placide d'un homme enfin guéri de ses indigestions. Quant à Emmanuel Bourget d'Asti, comment n'eût-il pas été satisfait ? Le gendarme qui avait séduit sa femme venait d'être muté et était parti sans avoir eu le courage de venir la saluer. Du coup, elle avait reporté sur son hobereau de mari une attention jusque-là réservée à son amant.

La confrérie avait craint le pire. Beaucoup, pour ne pas dire tous, avaient redouté que leur sainte cave ne fût pillée. Le commandeur Guerraz réclama une minute de recueillement en souvenir de Louis Bonivard puis appela Albert de Mongey.

– Notre frère a une révélation importante à nous faire.

L'inspecteur d'académie leur raconta son entrevue avec Nadine Gachet.

– Cette jeune femme mérite d'être connue. Certes, nous lui devons tous les ennuis que nous venons de vivre mais, reconnaissons-le, mes frères, elle est douée. Par elle, j'ai appris que la malle d'Innocent IV pourrait être encore plus précieuse qu'on ne le pensait. Savez-vous pourquoi ?

Le silence et les mimiques dubitatives qui suivirent étaient éloquents. La voix de frère Albert frémit d'émotion.

– Pas pour les calices et les ciboires précieux, pas pour les sacs de pièces d'or qu'elle renferme, non, mais pour un simple gobelet de terre cuite, enveloppé dans un tissu de lin.

Un murmure d'étonnement s'éleva dans l'abside polygonale de la crypte.

– Nadine Gachet, reprit l'inspecteur d'académie, a vu La Renardière prendre un objet insignifiant caché au milieu des joyaux et le jeter avec dédain.

Il marqua un temps d'arrêt pour ménager l'effet de la révélation qu'il s'apprêtait à faire. On le pressa de poursuivre. Il s'enflamma :

– Eh bien, selon elle, cet objet misérable n'avait logiquement rien à faire là… À moins qu'il ne s'agisse de la coupe dans laquelle notre Seigneur a bu le vin de son dernier repas !

Une même exclamation jaillit de toutes les lèvres.

– Le calice de la Cène !

– Oui, mes amis, le Saint-Graal lui-même !

S'ensuivit un long murmure d'incrédulité que le commandeur arrêta net :

– Si je m'en réfère aux péripéties que nous venons de vivre, je pense qu'il faut prendre très au sérieux les intuitions de Mlle Gachet. Qu'en pensez-vous, frère Albert ?

– C'est aussi mon avis. On peut, si vous le souhaitez, faire analyser la coupe.

Guerraz de Saint-Alban secoua la tête.

– Vous l'avez confirmé, tout a été remis en ordre par elle et ses trois camarades à l'intérieur de la malle que nous nous sommes toujours interdits d'ouvrir. Nous n'allons pas transgresser cette règle maintenant. En ce qui me concerne, j'aurais tendance à croire qu'elle a vu juste.

– Prodigieux ! Prodigieux ! s'exalta l'archiviste Mugnier de Lépin.

– Oui, frère Arthur ?

– Vous rendez-vous compte, frère Humbert ? On a failli tout perdre et, in fine, on découvre qu'on détenait deux reliques au lieu d'une !

Ce gobelet de terre cuite les obligeait à reconsidérer le moment le plus solennel de la liturgie catholique. Jusqu'alors, avec tous les falbalas dont le dogme chrétien avait paré l'eucharistie, ils avaient imaginé une Cène beaucoup plus glorieuse.

À peine effleuré par les rumeurs qui venaient du dehors, le calme régnait dans la crypte. De loin en loin, une toux brève résonnait, comme pour ponctuer le temps qui semblait s'être arrêté. Le premier à regarder sa montre fut le procureur de Lyon. Jugeant que le moment était venu de rompre le silence, il leva la main.

– Oui, frère Philibert ?

– Je crois qu'il faut accorder nos violons au cas très improbable, j'en conviens, où nous serions convoqués par un juge. La jeune Nadine Gachet et ses trois camarades n'ont commis aucun délit et n'ont fait que mettre à la porte des gens sans foi ni loi qui se préparaient à commettre un crime. On est tous d'accord, n'est-ce pas ?

– D'accord ! répondit le concert des voix, à l'exception de Chabot d'Arbin.

– Sauf que la porte qu'ils leur ont fait prendre leur laissait très peu de chances de trouver la sortie.

– C'est juste, frère Jocelyn. En droit médiéval, cela s'appelle une ordalie.

Après avoir embrassé d'un regard circulaire l'ensemble du chapitre, les yeux du procureur se plantèrent dans ceux du commandeur.

– À propos de cette jeune femme et de ses trois amis, peut-on être certain qu'ils ne seront plus tentés par les richesses de la sainte cave ?

Frère Humbert s'adressa à l'inspecteur d'académie :

– Albert, votre avis ?

– Ce n'est pas l'or qui attirait Mlle Gachet, c'était essentiellement la curiosité, le goût de la découverte. Cette affaire a failli lui coûter la vie, ne l'oubliez pas. Croyez-moi, elle a parfaitement compris notre rôle et n'a pas l'intention de nous mettre des bâtons dans les roues.

– Ces jeunes sauront-ils garder leurs langues ? Ne risquent-ils pas de nous trahir, même involontairement ? insista le magistrat. On parle beaucoup sur les campus, vous savez.

Le commandeur reprit la parole :

– Je fais confiance au jugement de frère Albert. Je vais même vous dire mieux : souvenez-vous, j'avais émis la possibilité de faire entrer des femmes dans notre confrérie et pensé à Adélaïde Bonivard quand elle aurait quelques années de plus. Je vois une deuxième candidate potentielle en Nadine Gachet !

Une rumeur de réprobation emplit la crypte.

– Mes frères, ne vous laissez pas dominer par vos préjugés. Je vous le redis, il est grand temps de rajeunir notre ordre et de le moderniser.

Énervé par l'attitude rétrograde de certains compagnons, maître Costa de Saint-Séverin vint prêter main-forte au commandeur :

– Vous fermeriez la porte à la fille de celui qui fut notre guide éclairé pendant plusieurs années, ainsi qu'à une jeune intellectuelle promise à un bel avenir ? Bravo, messieurs ! Où est votre esprit d'ouverture ? Dans vos talons ?

Comme s'ils cherchaient à vérifier les dires du notaire, les Porte-glaive, confus, fixèrent machinalement leurs chaussures.

– Cela ne se fera pas avant quatre ou cinq ans, prévint Guerraz de Saint-Alban. Il faut d'abord préparer ces jeunes femmes à cette idée (il haussa le ton) et vous aussi d'ailleurs !

S'il y eut des objections, elles furent très discrètes.

On passa donc à la dernière question à l'ordre du jour.

– À propos de la protection de la sainte cave, où en est-on ?

Jocelyn Chabot d'Arbin expliqua qu'il avait déjà acquis le matériel le plus sophistiqué actuellement disponible sur le marché et attendait que les gendarmes cessent leurs rondes dans le secteur de Bellecombe pour aller l'installer avec Victor de Tresserve.

Le commandeur décida que la confrérie reprendrait ses réunions le premier vendredi de chaque mois, comme elle l'avait toujours fait depuis sa création. Elle venait de connaître des heures sombres et de surmonter de rudes épreuves. Certains frères avaient failli flancher. D'autres s'étaient laissé envahir par de mauvaises pensées. Cependant, ils étaient restés unis. Jamais auparavant ils n'avaient eu l'occasion de se tester dans l'adversité. Maintenant, ils jubilaient, un peu à la manière d'une équipe sportive qui vient de remporter une victoire inattendue. Ils n'étaient plus seulement les gardiens du saint suaire, ils étaient peut-être aussi les dépositaires du Saint-Graal ! S'en convaincre les hissait à la hauteur des chevaliers de légende. L'émoi collectif étant à son comble, le commandeur, aussitôt imité par ses compagnons, s'agenouilla et, de sa voix de tribun, récita :

Seigneur Jésus-Christ,
Que ton esprit souffle en nos cœurs
Qu'il insuffle à tes disciples
Le courage de la liberté,
La joie de l'intégrité,
Le désir d'aimer.
Amen !

C'est avec le cœur léger que les Porte-glaive se séparèrent.

Albert de Mongey et Nadine Gachet prirent l'habitude de se rencontrer devant la fontaine maure du parc des

Thermes d'Aix-les-Bains, chaque fois que la jeune femme rendait visite à sa famille.

L'inspecteur d'académie comprit que sa tâche n'allait pas être simple. Dès leurs premiers échanges, il réalisa qu'il aurait du mal à la convaincre. Elle ne mettait pas en doute l'existence de Jésus. En revanche, elle manifestait une réelle allergie aux dogmes chrétiens. Si Guerraz de Saint-Alban tenait à sa présence au sein de la confrérie, il faudrait qu'il l'accepte avec ses idées.

– Pourquoi pas ? répondit le commandeur quand il lui en parla.

D'une voix inquiète, l'inspecteur le mit en garde :

– Frère Humbert, vous risquez de faire imploser notre ordre.

En fin politique qu'il était, le sénateur Guerraz sut trouver l'argument qui allait encourager Albert de Mongey :

– Écoutez, cher ami, comme je l'ai déjà dit, nous avons cinq ans devant nous pour faire évoluer les mentalités. Il s'en passe des choses en cinq ans. Sous votre influence, cette jeune historienne sera peut-être un peu moins sceptique et, sous la nôtre – je pense aussi à Thomas –, les Porte-glaive un peu moins sectaires.

Nadine se plongea à corps perdu dans ses études avec l'intention de brûler les étapes. Elle n'avait, au demeurant, pas choisi une époque facile. Ce Moyen Âge, quel embrouillamini ! En fait, le système féodal s'était vraiment développé au début du IXe siècle avec la déliquescence des monarchies carolingiennes. Faire des recherches sur cette dispersion de l'autorité centrale ne la passionnait pas autant qu'elle l'aurait cru. Elle en fit part à Albert de Mongey au cours d'une de leurs rencontres. À la suivante, il lui suggéra une nouvelle piste.

– À la faveur de cette période de confusion dont vous

me parliez, un mini-État musulman est parvenu à durer presque un siècle en Provence.

Nadine réfléchit.

– Vous faites allusion à ce repaire de pirates qui contrôlaient le golfe de Port-Grimaud ?

Il ne cacha pas son étonnement.

– Ma parole, vous êtes incollable !

– Le Xe siècle est un peu ma spécialité, bien que, sur cette enclave, j'ignore presque tout. Comment la nommait-on déjà ?

– Le Fraxinetum. C'était le nom latin de La Garde-Freinet, perché tout en haut de la forêt des Maures. Les Arabes, eux, l'appelaient le Djabal al-Kilal, la montagne des Jarres.

Il l'observa d'un air amusé avant de poursuivre :

– Il y a des énigmes historiques à élucider là-bas et peut-être même un trésor à exhumer. Cela pourrait vous valoir un renom largement équivalent à celui qu'aurait pu vous apporter la malle du pape. Croyez-vous qu'un simple « repaire de pirates », pour reprendre votre expression, aurait pu perdurer si longtemps en terre hostile ?

La curiosité alluma le regard de Nadine.

– Je l'ignore, fit-elle. C'est vrai qu'on ne s'est pas pressé de les déloger.

Les bruissements de la fontaine maure et les parfums exhalés par les massifs de fleurs eurent-ils un effet grisant sur l'inspecteur d'académie ? Il devint soudain plus exalté.

– Il faut tordre le cou à la légende ! Une vingtaine de Sarrasins qui, en pleine tempête, s'échouent sur le rivage entre Saint-Tropez et Sainte-Maxime ne pouvaient à eux seuls attaquer cette contrée et s'en rendre maîtres. Ces musulmans, dont certains étaient des convertis de fraîche date, furent plutôt bien accueillis par les petits barons locaux, contrairement aux barbares francs descendus du nord pour s'arroger leurs fiefs.

– Y a-t-il des chroniques qui parlent de cet épisode ?

Il fit « non » de la tête.

– Les annales franques sont très vagues sur ce point. Le seul texte dont on dispose prétend que, trouvant la place bonne et le mouillage exceptionnel, ces marins, sujets de l'émir de Cordoue, firent venir des renforts. Qu'en déduisez-vous ?

Elle leva les yeux au ciel, comme pour y chercher l'inspiration et, après quelques secondes de réflexion, risqua une réponse :

– Qu'ils avaient l'intention de créer une base militaire ?

– Pas une base, Nadine, un comptoir ! Leur objectif n'était pas de piller cette contrée, mais de faire du commerce avec elle.

Elle se cabra.

– Vous oubliez le sac de Marseille, de Toulon, de Nice, de Fréjus et j'en passe !

– Allons ! les Sarrasins n'étaient pas assez nombreux pour se lancer seuls dans de telles opérations. Les dissidents provençaux ont sans doute dû leur donner un coup de main.

– C'est ça, en pillant ! ironisa-t-elle.

– Si vous voulez. Il existe pourtant une preuve qui démontre le contraire.

– Vous m'avez dit qu'on en manquait.

Sourd à son intonation moqueuse, il fit référence à une épave hispano-mauresque datant du Xe siècle, découverte en 1973, au large de Marseille.

– Sachez, Nadine, qu'elle transportait de la quincaillerie, des jarres remplies d'huile, de très beaux objets en céramique et des meubles.

– Où voulez-vous en venir ?

– Au fait qu'on n'y a en revanche trouvé aucune arme ! Quand on vient pour faire la guerre, ce n'est pas de l'épicerie et de la brocante qu'on emmène !

– Vendu ! fit-elle.

Il plaisanta :

– Quoi, vendu ? Vous voulez acheter la cargaison ?

Elle sourit.

– Non, je prends l'idée. C'est un sujet de thèse qui peut être passionnant. Merci de m'avoir mise sur la piste.

Elle marqua un temps d'hésitation et ajouta :

– De quel trésor parliez-vous tout à l'heure ?

Le visage d'Albert de Mongey s'égaya.

– C'est à vous, ma chère, de le découvrir. Je ne vais tout de même pas vous mâcher le travail !

Ils se séparèrent, enchantés de leur échange et ravis à l'idée de se revoir bientôt.

Adieu veaux, vaches, cochons, couvées. Alban de Montbrison sanglotait sur l'épaule de son épouse. L'avènement du nouveau gouvernement avait changé la donne. Ses principaux soutiens aux ministères des Affaires étrangères et de l'Intérieur venaient d'être placardisés. Première conséquence : l'ambassade de Malte allait lui passer sous le nez. Deuxième conséquence, pire encore que la première : il venait d'être nommé préfet de la Creuse en remplacement d'Aymard Dupontet, qui avait hérité de son poste en Savoie.

– La Creuse, Marie-Alice, la Creuse ! Comment a-t-on pu me faire ça à moi ? Tu te vois vivre à Guéret, hein ?

Pour ça, non, elle ne s'y voyait pas. Ici, au moins, il y avait les lacs, l'été, les stations de ski, l'hiver : Annecy, Genève, Grenoble et Lyon à deux pas. Si ce n'était pas le paradis, ce n'était pas, tant s'en faut, un purgatoire. Là-bas, elle habiterait à presque cent kilomètres de Limoges, la ville la plus proche. Lors de la Première Guerre mondiale, c'était dans cette région qu'on expédiait les généraux considérés comme inaptes au commandement. Eh bien, son cher Alban venait d'être limogé, parfaitement, limogé ! Elle en était terriblement affectée. Elle aurait préféré qu'il briguât des chancelleries un peu plus prestigieuses que la lilliputienne ambassade de Malte. Madrid, Athènes, Rome, par exemple ! C'était au-dessus de ses forces. Malte répondait tout à fait aux aspirations du sybarite Alban de Montbrison. L'en priver était pire qu'une punition, un supplice. Rendez-vous compte : Malte, ce tout petit joyau au centre d'une mer bordant des pays en proie à mille tourments. Malte, ou le rêve brisé d'un préfet de la République.

26

LA RANÇON DE L'ABBÉ MAYEUL

L'acharnement de Nadine au travail finit par être payant et, un soir, un cri de joie retentit dans sa chambre. En parcourant de vieilles chroniques, elle mit le doigt sur la fameuse énigme à laquelle Albert de Mongey avait fait allusion. D'origine franque, le comte de Provence, qui avait longtemps combattu les Arabes du Fraxinetum, eut un jour, pour les neutraliser, l'idée de leur confier la surveillance des cols alpins donnant accès à ses territoires[1]. Ces gardes frontières inattendus prirent l'habitude de taxer les voyageurs à chaque passage.

Or, le 21 juillet 972, une longue caravane de mules lourdement bâtées se présenta au col du Grand-Saint-Bernard. C'était celle du révérend Mayeul, supérieur de la très puissante abbaye de Cluny, qui revenait de Rome. Les Sarrasins la virent arriver de loin. Ils n'eurent aucune difficulté à mettre son escorte hors de combat. Convaincus d'avoir fait une belle prise, ils enchaînèrent le saint homme et l'emmenèrent à La Garde-Freinet. Le caïd Nasr ibn Ahmad qui commandait la garnison comprit que ses guerriers avaient commis une très grave erreur.

1. La Maurienne doit très certainement son nom aux Sarrasins qui, à cette époque, avaient la garde du mont Cenis.

Né à Valensole, ami de l'empereur germanique, des ducs ou comtes francs et vénéré de ses compatriotes provençaux, Mayeul était l'un des personnages les plus éminents de toute la chrétienté. Que faire ? Le libérer sans rien demander eût été perdre la face. Le caïd fut donc contraint, vu l'importance de son prisonnier, de réclamer une énorme rançon de deux mille livres. Dès qu'on la lui remit, il le relâcha, mais ce fut la goutte d'eau qui fit déborder le vase. Oubliant son acrimonie à l'encontre de l'aristocratie franque, toute l'élite provençale s'unit à elle afin de châtier les Sarrasins pour leur impardonnable outrage et, bien sûr, récupérer l'argent. Le premier objectif fut atteint, pas le second. Avant de livrer son dernier combat et de prendre le large, Nasr ibn Ahmad cacha les deux mille livres dans une mine de fer du massif des Maures dont il fit obstruer l'entrée.

Le cœur de Nadine se mit à battre la chamade. C'était donc cela, le fameux trésor dont lui avait parlé Albert de Mongey ! Comment le retrouver ? Là était la question.

Elle s'enferma des journées entières en bibliothèque pour étudier tous les documents qu'elle avait pu trouver sur la forêt des Maures et la Provence médiévale. Inquiets de ne plus avoir de ses nouvelles, Alexis, Joël et Xavier l'appelèrent à tour de rôle. Elle prétexta une surcharge de travail, mais leur insistance finit par venir à bout de ses scrupules. Ils convinrent de se retrouver à Aix-les-Bains, à la brasserie du port, le samedi suivant à treize heures.

C'était la mi-août. Les vacances d'été battaient son plein. Les touristes se pressaient sur l'embarcadère pour accéder aux bateaux de croisière qui les mèneraient jusqu'au Rhône, via l'abbaye de Hautecombe et le canal de Savières. Sur les graviers de l'esplanade, les joueurs de pétanque aixois ou chambériens affrontaient des Marseillais en villégiature. Promeneurs, nageurs, cyclistes profitaient des berges qui avaient été réaménagées récemment. Les haut-parleurs des animateurs créaient une cacophonie qui couvrait les rumeurs provenant de la jetée.

Après le déjeuner où ils évitèrent de revenir sur l'affaire qui les avait mobilisés pendant trois bons mois, Alexis demanda à son père s'ils pouvaient emprunter son Zodiac. Quelques minutes plus tard, ils fonçaient tous les quatre vers les plages nouvelles, près de l'embouchure de la Leysse, en laissant derrière eux un long sillage d'écume. Effrayées, des poules d'eau fuyaient à leur passage vers leurs nids cachés dans les roselières.

Le lac était calme et, du côté du mont Revard, des parapentes de toutes les couleurs tournoyaient dans le ciel. Alexis coupa le moteur. Ils avaient tous leurs maillots de bain sur eux. Après quelques sprints en crawl, ils revinrent s'asseoir sur le bateau pour se dorer au soleil.

– Ça fait longtemps qu'on n'a pas visité de grottes, constata Joël.

– La spéléo, pour moi, c'est fini, dit Nadine. Par contre, je tâterais bien de la randonnée en forêt, si le cœur vous en dit.

– Pourquoi pas ? lâcha Xavier.

C'est alors qu'elle leur parla de ses rencontres avec l'inspecteur d'académie qui lui avait révélé l'existence et l'histoire des Porte-glaive.

– Quelle constance ! s'exclama Joël à la fin du récit. Plus de cinq siècles, dis-tu, qu'ils se passent le relais pour surveiller leurs reliques !

– On leur en a fait sacrément baver, reconnut Alexis.

Xavier approuva :

– Oui et, pourtant, ils se sont montrés indulgents avec nous. Ils auraient pu très bien nous laisser pourrir au cœur de la montagne.

– Ils ont fait beaucoup mieux qu'être indulgents, le corrigea Nadine. Je pense qu'ils nous offrent, comment dirais-je, une compensation.

L'étonnement les fit sursauter.

– Pour avoir voulu les piller ?

– Ils ne sont pas rancuniers, tes chevaliers !

– Qu'attendent-ils de nous ?

– Rien, fit-elle, ou plutôt si, ils veulent nous faire oublier la malle en nous orientant vers un autre mystère tout aussi excitant.

Elle leur raconta comment, alors qu'elle séchait sur son sujet de thèse, Albert de Mongey l'avait aiguillée sur l'histoire du Fraxinetum.

Ils roulèrent tous des yeux en bille de loto.

– Le Fraxi quoi ?

Avec une passion nouvelle, elle leur dévoila tout ce qu'elle avait déjà appris sur ce mini-État musulman, ses villages fortifiés allant de Saint-Tropez à La Garde-Freinet en passant par Ramatuelle, de l'arabe *Rahmat-ûllah* signifiant « miséricorde divine ».

Ménageant ses effets, elle en vint à la capture de l'abbé Mayeul et à sa rançon qui n'avait jamais été retrouvée.

Comme la première fois, les regards de ses trois complices se braquèrent sur elle.

Elle prit un air de sainte-nitouche.

– Après sa mort, il fut sanctifié par le pape. Son culte se répandit dans toute l'Europe chrétienne et…

– Laisse tomber ton saint Mayeul ! s'écria Joël, impatient. Les deux mille livres, tu sais où elles peuvent être cachées ?

Sans se concerter, en la fixant avec une acuité particulière, les trois garçons lâchèrent en même temps :

– Tu as encore une… intuition ?

Avec un large sourire, elle approuva.

Elle s'attendait à des protestations. Eh bien, non. Depuis que leurs péripéties avaient pris fin, ses camarades s'ennuyaient. La recherche de la malle du pape les avait à ce point mobilisés et excités que l'effort exigé pour leurs études ne suffisait plus à les satisfaire. Le retour à une existence casanière les avait plongés dans une mélancolie qui les cueillait dès leur réveil et ne les quittait que le soir, au moment où le sommeil leur faisait revivre cette aventure révolue dont ils avaient été les acteurs. Et sur ce bateau, bercé par un lac d'huile que les reflets du soleil faisaient chatoyer, la voici qui leur proposait à nouveau de briser leur routine.

– Ton envie de faire des randonnées en forêt, c'est pour nous préparer à fouiller le massif des Maures, c'est ça ? la relança Joël.

Derechef, elle hocha la tête.

– Je crains qu'on ne soit pas les seuls sur le coup, observa Alexis. Ça doit déjà fourmiller de chercheurs de trésor équipés de détecteurs de métaux.

– Oui, mais sans le flair de notre copine, camarade, souligna Joël.

– Le plus haut sommet, là-bas, fait moins de huit cents mètres, je crois, fit Xavier. Pour nous, ce sera du gâteau !

Elle tempéra son ardeur :

– La forêt est très accidentée et étendue. Comment y repérer les mines de fer ou de cuivre exploitées jadis par les Romains, puis les Sarrasins ? Elles sont presque toutes enterrées et envahies de ronces. C'est probablement dans l'une d'elles que dorment les deux mille livres.

Le soleil était en train de disparaître derrière la montagne et un filet doré nimbait la dent du Chat. Alors qu'ils s'apprêtaient à regagner le port d'Aix-les-Bains, elle leur signala qu'Igor et Renaud seraient peut-être tentés de se mettre en congé pour venir les épauler.

Cette idée les enchanta.

– Je me charge de les convaincre, cria Xavier pour dominer le tumulte du moteur lancé à pleine puissance.

À Grenoble, Nadine se consacra à ses recherches, s'efforçant aussi, pour ses travaux universitaires, de comprendre et de décrire le chaos provoqué en Provence par la conquête des barons carolingiens au sein des vieilles hiérarchies régionales. S'ils n'étaient pas devenus incontrôlables, les Sarrasins auraient eu encore de beaux jours devant eux dans le Fraxinetum.

Alexis l'appelait souvent ou passait la voir en coup de vent. Elle n'était pas dupe : il la draguait. Elle accepta de dîner deux fois en tête à tête avec lui, s'amusant de le voir tourner autour du pot sans oser s'y poser. S'il n'avait pas été aussi jaloux, elle aurait suppléé à son manque d'audace. C'est qu'il avait du charme, le bougre. Un soir, elle lui parla à cœur ouvert.

– Pas question d'avoir une histoire avec toi pour l'instant. J'ai besoin me sentir libre, tu comprends ça ?

Il fit signe que oui.

– Et puis vis-à-vis de Joël et de Xavier, ça la ficherait mal. Dis-toi bien que, tant que la mission qu'on projette ne sera pas terminée, il ne se passera rien entre nous, rien !

– Et après ? fit-il.

– Ça dépendra de toi. Si tu continues à jouer les rabat-joie, on restera bons copains, c'est tout.

C'était presque une promesse. Il n'en espérait pas tant. Tandis qu'il fonçait sur son scooter dans les rues éclairées de Grenoble en sifflotant, elle se replongea dans sa documentation.

Pour localiser les zones à prospecter, elle ne se contentait pas d'étudier de vieilles cartes, elle se servait aussi de Google Earth. Un soir qu'elle cliquait sur le bourg de Collobrières, riche en collobriérite – une pierre pouvant contenir jusqu'à cinquante pour cent de fer –, son curseur s'immobilisa sur le ravin de Vaubarnier et un fourmillement la parcourut de la tête aux pieds. Pas de doute, elle brûlait ! C'était cet endroit qu'il faudrait ratisser en premier. La rançon versée pour la libération de saint Mayeul pouvait être cachée là. Elle prit son téléphone et rameuta la bande.

Bien décidés à ne pas rater une telle aubaine, tous répondirent présents, y compris Igor et Renaud.

– Alors, on attaque quand ? s'excita Joël.

– Pourquoi pas en mai prochain ?

– Oui, pourquoi pas !

Octobre touchait à sa fin. Définitivement rassérénés, les Porte-glaive avaient trouvé un nouveau sens à leurs vies. Certains, convaincus d'avoir désormais, en plus du saint suaire, la garde du calice de la Cène, avaient même proposé de renommer leur confrérie « les chevaliers du Saint-Graal ».

– Nous ne sommes plus à l'époque du roi Arthur, mes frères ! s'était écrié le commandeur. Les chevaliers du Saint-Graal, non mais vous voulez rire ! Il ne faut surtout pas que le calice du Sauveur vous monte à la tête. Il doit au contraire nous inciter à plus d'humilité et, personnellement, si j'ai une proposition à faire, c'est de nous appeler à l'avenir « les Veilleurs des reliques sacrées ». C'est plus modeste et moins belliqueux que « Porte-glaive », un terme qui n'est plus d'actualité depuis déjà quelques siècles.

La proposition fut acceptée, avec une voix d'avance seulement.

Depuis la disparition de Louis Bonivard, les Guerraz de Saint-Alban et les Costa de Saint-Séverin avaient pris l'habitude de se voir régulièrement, soit chez l'un, soit chez l'autre. Ce soir, c'était le notaire qui recevait le sénateur dans son manoir, sur les hauteurs de Montmélian et, pendant que les deux hommes arpentaient à pas lents l'allée de grands hêtres, Hortense et Pauline sirotaient un porto au salon en se félicitant du retour à la sérénité de leurs époux qu'elles avaient trouvé préoccupés et irritables durant ces derniers mois.

Le mystérieux accident de montagne qui avait coûté la vie à ce cher Louis y était, selon elles, pour beaucoup. Pourtant, elles pensaient que d'autres contrariétés étaient venues s'ajouter à ce drame. Aucune des deux n'était dupe. Depuis longtemps, elles s'étaient aperçues que Thomas et Humbert avaient un jardin secret, qu'il y avait une part de leurs vies dont ils ne parlaient jamais. Louis Bonivard, aussi, avait dissimulé des choses à Gisèle.

Pendant qu'elles évoquaient avec émotion la mémoire des deux disparus, le sénateur et le notaire poursuivaient leur promenade en se laissant distraire par la beauté de la lumière automnale qui éclairait les cimes des arbres et lançait des rais d'or entre les frondaisons. De grasses perdrix cacabaient en courant dans la prairie du parc où trônait le vieux chêne, refuge de la hulotte qui somnolait encore. Quand ils parvinrent devant le portail grand ouvert de la propriété, ils s'immobilisèrent.

En face d'eux, la vue était parfaitement dégagée. Dans le fond de la combe, l'Isère amorçait sa courbe vers Pontcharra. Au-delà de la rivière, légèrement sur la droite, les coteaux d'Apremont s'échelonnaient sur les flancs du Granier. Ce soir, il leur faisait penser à un sphinx gigantesque à la tête tranchée, reposant sur un socle de vignobles qui puisaient leur vigueur dans les gravats nourriciers de la catastrophe.

D'où ils étaient, ils pouvaient distinguer l'alignement des pampres, alourdis par le poids des grappes arrivées à maturité. Ils savaient, car c'était la saison, que les vignobles étaient envahis de vendangeurs et que, dès la tombée de la nuit, on ripaillerait et chanterait dans les celliers pour célébrer la coulée du vin nouveau.

Leur regard glissa ensuite le long de la face est jusqu'à la passe de Bellecombe, en partie cachée par la forêt. Les reliques étaient là, sous leurs yeux, juste derrière la roche. Non, cette montagne ne serait jamais comme les autres. C'était un tabernacle géant, à l'échelle de Dieu. Ils tendirent les mains dans sa direction pour capter l'énergie émanant de la sainte cave et fermèrent leurs paupières. Quand ils les rouvrirent, les crêtes étaient devenues roses et les merles, autour d'eux, volaient en rase-mottes pour regagner leurs nids.

Thomas Costa de Saint-Séverin prit doucement le bras du commandeur.

– Voyez-vous, mon cher Humbert, aujourd'hui, pour tous ces vignerons qui vivent sur les pentes, l'or du Granier, c'est ce vin blanc qui emplit les cuves. Leurs ancêtres sont venus s'installer sur ces terres maudites et, aujourd'hui, leurs descendants en sont récompensés.

Pauline et Hortense les attendaient sur le perron du salon. À l'office, Paulette, qui avait mis les plats à réchauffer, pestait contre eux en patois et dans le vieux chêne la hulotte lança son premier cri.

BIBLIOGRAPHIE

« Une montagne insolite : le mont Granier », *Bulletin de l'Association des amis de Montmélian*, n° 46, juin 1991, p. 26-30.

Jacques Berlioz, *L'Effondrement du mont Granier en Savoie (1248). Histoire et légendes*, Centre alpin et rhodanien d'ethnologie, 1998.

Réjane Brondy, Bernard Demotz, Jean-Pierre Leguay, *La Savoie de l'an mil à la Réforme. XIe-XVIe siècles*, Ouest France, 1984.

Sous la direction de Guido Castelnuovo et Olivier Mattéoni, *De part et d'autre des Alpes. Les châtelains des princes à la fin du Moyen Âge*, Publications de la Sorbonne, 1996.

Louis Comby, *Histoire des Savoyards*, Nathan, collection « Dossiers de l'Histoire », 1977.

Bernard Demotz, *Le Comté de Savoie du XIe au XVe siècle. Pouvoir, château et État au Moyen Âge*, Slatkine, 2000.

Ghislain Garlatti, *L'Histoire des Marches*, La Fontaine de Siloé, collection « Les Savoisiennes », 2006.

Jean Goguel et Albert Pachoud, « Géologie et dynamique de l'écroulement du mont Granier dans le massif de la Chartreuse, en novembre 1248 », *Bulletin BRGM*, 1972.

Paul Guichonnet
Histoire de la Savoie, Privat, 1973.
Nouvelle Histoire de la Savoie, Privat, 1984.
Histoire de l'annexion de la Savoie à la France et ses dossiers secrets, La Fontaine de Siloé, 1988.
Histoire et Civilisation des Alpes, Privat, 1980.

Amédée Guillomin, « Les abîmes de Myans », *Revue de géographie alpine*, v. 25, n° 25-4, 1937.

Henri Ménabréa, *Histoire de la Savoie*, Grasset, 1933.

Léon Ménabréa, *Des origines féodales dans les Alpes occidentales*, Imprimerie royale de Turin, 1865.

Albert Pachoud
« Une catastrophe naturelle majeure : l'écroulement du mont Granier dans le massif de la Chartreuse au XIIIe siècle », *La Houille blanche*, n° 5, août 1991.
Notre-Dame de Myans, trésors de la Savoie, AFNIL 9034 88, 1983.

André Palluel-Guillard, *La Maison de Savoie. Une ambition millénaire*, Le Dauphiné, 2005.

Brice Perrier, *Qui a peur du saint suaire ?*, Florent Massot, 2011.

Jean de Pingon, *Savoie française. Histoire d'un pays annexé*, Cabédita, 1996.

Philippe Sénac
Musulmans et Sarrasins dans le sud de la Gaule du VIII*e au* XI*e siècle*, Sycomore, 1980.
Les Musulmans en Provence au Xe siècle, Albin Michel, 2006.

Christian Sorrel, *La Savoie. Une terre, des hommes*, La Fontaine de Siloé, 2000.
Aux urnes Savoyards ! Douze petites leçons d'histoire sur le vote de 1860, La Fontaine de Siloé, 2010.
Histoire de la Savoie en images : images & récits, La Fontaine de Siloé, 2006.

Toute ma gratitude

À Marion Desmarres qui a apporté son regard à la fois critique et bienveillant dans la relecture du livre.

À Cécile Rivière pour ses pertinentes observations.

Remerciements

À Jacques Berlioz, ancien membre de l'École française de Rome, ancien directeur de l'École des chartes et directeur de recherche au CNRS, pour ses informations précieuses.

À François Guerraz pour ses encouragements et sa documentation.

À Maurice Bétemps pour ses renseignements utiles sur l'hydrologie du Granier et de l'Alpette.

À Brice Perrier, grand spécialiste du saint suaire, qui a su exciter mon imagination.

Collection

« FRANCE DE TOUJOURS ET D'AUJOURD'HUI »

Jean ANGLADE
Une vie en rouge et bleu
Le Dernier de la paroisse
Le Choix d'Auguste
Le Sculpteur de nuages

Sylvie ANNE
Le Gantier de Jourgnac
La Maison du feuillardier

Jean-François BAZIN
Les Raisins bleus
Le Clos des Monts-Luisants
Le Vin de Bonne-Espérance
Les Compagnons du grand flot

Henriette BERNIER
Le Baron des champs

Jean-Baptiste BESTER
L'Homme de la Clarée
Plus près des anges

Françoise BOURDON
Le Moulin des Sources
Le Mas des Tilleuls
La Grange de Rochebrune
Retour au pays bleu

Édouard BRASEY
Les Lavandières de Brocéliande
Les Pardons de Locronan

Patrick BREUZÉ
Les Remèdes de nos campagnes
La Valse des nuages

Michel CAFFIER
Corne de brume
La Paille et l'Osier
Les Étincelles de l'espoir

Anne COURTILLÉ
La Tentation d'Isabeau
Le Gaucher du diable

Annie DEGROOTE
Les Racines du temps

Jérôme DELIRY
Une rivière trop tranquille
L'Héritage de Terrefondrée

Raphaël DELPARD
L'Enfant sans étoile
Pour l'amour de ma terre
L'Enfant qui parlait avec les nuages

Alain DUBOS
La Mémoire du vent
La Corne de Dieu

Marie-Bernadette DUPUY
Les Fiancés du Rhin
Angélina. Les mains de la vie
Le Temps des délivrances

Élise FISCHER
Les Noces de Marie-Victoire
Je jouerai encore pour nous

Emmanuelle FRIEDMANN
Le Rêveur des Halles
La Dynastie des Chevallier

Alain GANDY
Les Cousins de Saintonge

Gérard GEORGES
Une terre pour demain
Le Destin des Renardias
Le Bal des conscrits
Mademoiselle Clarisse

Georges-Patrick GLEIZE
La Fille de la fabrique

Yves JACOB
Sous l'ombre des pommiers

Hélène LEGRAIS
L'Ermitage du soleil
Les Héros perdus de Gabrielle
Les Ailes de la tramontane
La Guerre des cousins Buscail

Philippe LEMAIRE
Rue de la Côte-Chaude
L'Enfant des silences
L'Oiseau de passage

Éric LE NABOUR
Retour à Tinténiac
La Louve de Lorient

Jean-Paul MALAVAL
L'Or des Borderies
Soleil d'octobre
Les Noces de soie
La Villa des térébinthes
Rendez-vous à Fontbelair

Antonin MALROUX
La Promesse des lilas
La Cascade des loups
La Pierre marquée
L'Homme aux ciseaux d'argent

Jean-Luc MOUSSET
L'Enfant des labours

Joël RAGUÉNÈS
La Maîtresse de Ker-Huella
La Dame de Roz Avel

Geneviève SENGER
La Maison Vogel

Jean SICCARDI
La Source de saint Germain
Le Maître du diamant noir
L'Ivresse des anges

Jean-Michel THIBAUX
L'Olivier du Diable
Le Maître des Bastides

Katia VALÈRE
Après la nuit vient l'aube

Brigitte VAREL
Le Secret des pierres

Louis-Olivier VITTÉ
La Guérisseuse de Peyreforte
Là où coule une rivière

Collection

« ROMAN D'AILLEURS »

Jean BERTOLINO
Pour qu'il ne meure jamais

Jean-Baptiste BESTER
Les Neiges de Toula

Marie-Bernadette DUPUY
L'Orpheline des neiges
Le Rossignol de Val-Jalbert
Les Soupirs du vent

Éric LE NABOUR
La Dame de Kyoto

Michel PEYRAMAURE
Les Villes du silence
Tempête sur le Mexique
Mourir pour Saragosse

Bernard SIMONAY
La Fille de l'île Longue
L'Amazone de Californie

ROMANS HORS COLLECTION

Jean-Jacques ANTIER
Blanche du Lac
Le Convoi de l'espoir

Jean-Baptiste BESTER
Le Cocher du Pont-Neuf

Lucien DE PENA
L'Argent des autres

Michel PEYRAMAURE
Les Folies de la duchesse d'Abrantès
L'Orpheline de la forêt Barade

Joël RAGUÉNÈS
L'Instinct du prédateur

Bernard SIMONAY
Le Lys et les Ombres

DOCUMENTS

Jérôme DELIRY
Sept Enfants autour du monde

Charles GUILHAMON
Sur les traces des chrétiens oubliés

Frédéric PONS
Algérie. Le vrai état des lieux

Photocomposition PCA

Cet ouvrage a été imprimé en France
par CPI Bussière
à Saint-Amand-Montrond (Cher)
pour le compte des éditions Calmann-Lévy
31, rue de Fleurus 75006 Paris
en février 2014

PAPIER À BASE DE
FIBRES CERTIFIÉES

calmann-lévy s'engage
pour l'environnement en réduisant
l'empreinte carbone de ses livres.
Celle de cet exemplaire est de :
850 g éq. CO_2
Rendez-vous sur
www.calmann-levy-durable.fr

N° d'édition : 5141940/01.
N° d'impression : 2007914.
Dépôt légal : mars 2014.